刘慧心　松鹰

著

落红

BIOGRAPHY NOVEL

OF

XIAO HONG

萧萧

台海出版社

图书在版编目（CIP）数据

落红萧萧 / 刘慧心，松鹰著 . –– 北京：台海出版
社，2021.10
ISBN 978-7-5168-3108-3

Ⅰ.①落… Ⅱ.①刘…②松… Ⅲ.①传记文学—中
国—当代 Ⅳ.① I25

中国版本图书馆 CIP 数据核字（2021）第 183702 号

落红萧萧

著　　者：刘慧心　松　鹰

出 版 人：蔡　旭　　　　　　　　装帧设计：欧阳颖
责任编辑：曹任云

出版发行：台海出版社
地　　址：北京市东城区景山东街 20 号　邮政编码：100009
电　　话：010 — 64041652（发行，邮购）
传　　真：010 — 84045799（总编室）
网　　址：www.taimeng.org.cn/thcbs/default.htm
E － mail：thcbs@126.com

经　　销：全国各地新华书店
印　　刷：北京金特印刷有限责任公司
本书如有破损、缺页、装订错误，请与本社联系调换

开　　本：889 毫米 × 1194 毫米　　1/32
字　　数：272 千字　　　　　　　印　　张：10.25
版　　次：2021 年 10 月第 1 版　　印　　次：2021 年 10 月第 1 次印刷
书　　号：ISBN 978-7-5168-3108-3

定　　价：59.80 元

何人绘得萧红影？
——关于萧红、《呼兰河传》和《落红萧萧》的记忆碎片

梁由之

1

百年以还，中国最好的东北籍女作家，前有萧红，后有迟子建。

萧红的书，我最喜欢《呼兰河传》。

有人说，二十世纪中国的中篇小说，以"两传一城"最为经典。两传，即萧红的《呼兰河传》，孙犁的《铁木前传》；一城，指沈从文的《边城》。

写萧红的书也很多。我印象最深的，当数刘慧心、松鹰合著的长篇小说《落红萧萧》。

2

最初知道萧红，应该是从小说《红岩》中，一看到，就记住了。当时刚十来岁吧，认识几个字，父母和姐姐们的书，找着就看，瘾头奇大。

银行职员、地下党员甫志高开了家书店，交给手下的青年工人陈松林打理。一个头发长长、脸色苍白、衣衫破旧的青年，常来看书，间或也买一点。有一次，他买了本《萧红小传》，发感慨说：萧红是中国有数的女作家，是鲁迅先生一手培养的，可惜生不逢辰，年纪轻轻就被万恶的社会夺去了生命。

陈松林大受感动，认为这个名叫郑克昌的青年值得关注，引为同

类，想发展他入党，却险些吃了大亏——其实，那厮是个伪装进步的军统特务。

3

接下来，先看到鲁迅的《萧红作〈生死场〉序》，那是一篇要言不烦、笔力千钧的名文。迅翁写道：

> 这自然还不过是略图，叙事和写景，胜于人物的描写，然而北方人民的对于生的坚强，对于死的挣扎，却往往已经力透纸背；女性作者的细致的观察和越轨的笔致，又增加了不少明丽和新鲜。精神是健全的，就是深恶文艺和功利有关的人，如果看起来，他不幸得很，他也难免不能毫无所得。

随后，才读到《生死场》，和萧红若干其他著作。

顺便说一句。怀念鲁迅的文章，车载斗量。我以为写得最好的，出自迅翁当年偏爱的两位青年作家的手笔——萧红的《回忆鲁迅先生》，徐梵澄的《星花旧影》。

4

孙犁晚年，曾用罕见的饱含深情的笔墨写道：

> 鲁迅是真正的一代文宗。"人谁不爱先生？"是徐懋庸写给鲁迅的那封著名信中的一句话，我一直记得。这是三十年代，青年人的一种心声。
>
> 书，一经鲁迅作序，便不胫而走；文章，一经他入选，便有了定评，能进文学史；名字，一在他著作中出现，不管声誉好坏，便万古长存。鲁门，是真正的龙门。上溯下延，几个时代，

找不到能与他比肩的人。梁启超、章太炎、胡适，都不行。

耕堂又说：萧红是带着《生死场》的手稿去见鲁迅的。
这些话，大有深意，值得反复吟味。

5

1983年，我读到了新出的长篇小说《落红萧萧》，很喜欢。推荐给母亲看，她一口气读完了。她爱惜萧红，也很喜欢这本写萧红的小说。

一年多后，母亲病逝。我挑了几种她爱看的书，放入棺木相伴。现当代小说，有《青春之歌》《晋阳秋》，还有《落红萧萧》。

6

2005年，我开始写作。年底，开敲《百年五牛图之四：关于陈寅恪》，其中一段写道：

1999年大约是春天，梁某特意去了一趟广州。主要目的有二：到银河公墓凭吊萧红，到中山大学瞻仰陈寅恪旧居。

在陈先生故居，绕室彷徨，心事浩茫。不由想起何士光的中篇小说《青砖的楼房》里面的句子：

"要是很早很早的时候，就有人预先地告诉你，说你后来能有的日子不过只有这样的一条远远的楼廊，那你会怎样想？那时你还愿不愿意再往前走？"

那是一个美丽的春日。春草芊芊，燕子呢喃，阳光暖洋洋的，微风中略带一丝薄寒。

人去楼空，旧游飞燕能说。

整整20年后，2019年初冬，我重复了当年的两个举动。在萧红墓地，想起聂绀弩的诗句：

> 浅水湾头千顷浪，
> 五羊城外四山风。

7

我正在编撰的多卷本《清晰与模糊的背影：百年文人》中，破例选了一首诗——戴望舒的《萧红墓畔口占》：

> 走六小时寂寞的长途，
> 到你头边放一束红山茶，
> 我等待着，长夜漫漫，
> 你却卧听着海涛闲话。

8

1961年3月，夏志清的力作《中国现代小说史》由美国耶鲁大学出版社初版。十年后，又推出增订二版。列专章论述的作家有：鲁迅、茅盾、老舍、沈从文、张天翼、巴金、吴组缃、张爱玲、钱锺书、师陀。夏志清未提到《呼兰河传》。关于萧红，也仅有寥寥数语：

> 萧军（亦名田军，1908年生）、萧红（1911—1942）抵达上海后，同鲁迅极为亲近。鲁迅也斥资为他们出书写序。萧红的长篇《生死场》写东北农村，极具真实感，艺术成就比萧军的长篇《八月的乡村》高。

1979年9月,《中国现代小说史》港版中译本面世。夏志清在《中译本序》中特别补充说明:

> 抗战期间大后方出版的文学作品和文学期刊我当年能在哥大看到的,比起二三十年代的作品来,实在少得可怜。(别的图书馆收藏的也不多,但我如能去斯坦福的胡佛图书馆走一遭,供我参阅的资料当然可以多少。)四五年前我生平第一次有系统地读了萧红的作品,真认为我书里未把《生死场》《呼兰河传》加以评论,实是最不可宽恕的疏忽。

三十多年后,他又这样说到萧红和《呼兰河传》:

> 《中国现代小说史》未提萧红,因为我当年尚未读到过她的作品。后来我在中译本《原作者序》里对自己的疏忽大表后悔,并在另一篇文章里对《呼兰河传》予以最高的评价:"我相信萧红的书,将成为此后世世代代都有人阅读的经典之作。"

9

迟子建有次坐飞机旅行,邻座是一位干净体面的青年。他不玩电脑,不听耳机,也不翻报刊,兀自静静地读书。迟子建有点好奇。及至终于看清他读的什么书时,她不能保持淡定了:万米高空上,青年手中,正是萧红的《呼兰河传》。

她克制不住好奇心,破例主动搭讪:为什么喜欢看这种书呢?

青年回答:这个世界,太过喧嚣热闹,我更愿意读点冷清寂寞的文字。

迟子建听闻此言,甚是感动,泪珠盈睫。

这个故事也感动了我。时隔多年,仍能记住梗概。

10

2011年初，机缘巧合，我出高价，在长沙买到一本1947年6月寰星书店的初版《呼兰河传》。内容包括：著者遗像、萧红小传（骆宾基撰）、序（茅盾撰）、正文。

此书原由望城一中一位高中语文老教师收藏，书中夹有一张"上海旧书店门市发票"，时间是1964年4月23日。

老人去世后，晚辈对文艺无感，开始售卖旧藏，我方得以入手。

有次在尚书吧，带给陈子善过目。据他说，那是他见过的该书品相最好的一本。

11

2018年，在电视上看到许鞍华的电影《黄金时代》，汤唯饰萧红，郝蕾饰丁玲。若有所思。

翻出《落红萧萧》，又看了一遍。检索了一通，那么多年，时光流逝，花开花落，此书仍只有当年四川人民出版社旧版行世。

该出个新版了。它配。

当年年底，经朱晓剑协助，我与作者之一松鹰顺利接上头。他的写作，早已转向，却念念不忘壮年时这部呕心沥血之作。

12

2019年6月7日，端午节，我从上海飞成都。松鹰当晚为我接风，一见如故，一拍即合。

随后，《落红萧萧》新版正式排上日程。我们商定，除将原书真实人物姓名尽量改回本名或常用笔名（如聂长弓改为聂绀弩，司马少白改为端木蕻良，罗铮改为骆宾基）外，一仍其旧。

尤为令人开心的是，"九〇"后的编辑，很喜欢这本书，看得感动、入迷，工作积极、认真。

钱锺书说："东海西海，心理攸同；南学北学，道术未裂。"看来，好的书籍，经受得住地域、时间和不同读者群的综合考验。

新版即将出炉，松鹰兄坚持要我写篇序。辞不获已，遂在岭南冬日的艳阳下，敲下这篇拉杂的文字，聊以塞责。

2020年12月29日，夏历庚子冬月十五，写定于深圳天海楼。

目录

1	一	心的呼唤
9	二	流水落花
19	三	命运的洪波
38	四	燕子啁啾
47	五	笔和剑
62	六	血红的广告
77	七	黑夜的星星
86	八	珠联璧合
96	九	逃亡
104	十	希望之光
120	十一	两颗漂泊的心
127	十二	啊，主将
138	十三	文坛新秀
144	十四	震撼了奴隶们的魂魄
157	十五	决斗
169	十六	摆脱不了的寂寞
179	十七	她漂海而去

190　　十八　　巨星陨落

198　　十九　　魂兮归来

209　　二十　　我心残缺

221　　二十一　昨夜的明灯

234　　二十二　要朝上飞啊

242　　二十三　奴隶的死所

252　　二十四　落红萧萧

267　　呼兰河寻梦
　　　　——《落红萧萧》再版代后记

每一个作家的经历，都是一部小说。尤其是那些在民族危难中诞生和成长的青年作家，在他们身上往往可以看到一个时代的缩影。他们的青春、生命和爱情，像划过夜空的流星，闪耀着奇光异彩。

一　心的呼唤

一九三二年的哈尔滨之夏。

这是一个闷热潮湿、动荡不安的季节。

雨，哗哗地下着，大地在呻吟。

水墨般乌黑的天空，仿佛裂开了口，把无边的水帘倾泻下来，冲刷着这块被日本侵略军铁蹄蹂躏的土地。

两个被困在南岗小旅馆的青年，这时不由得诅咒起来。

"真他妈的鬼天气！下个没完没了。今天又得挨饿啦！"他们从起床到现在，大半天还粒米没沾牙呢。

"忍耐一下吧，三郎。"躺在床上的舒群懒洋洋地说。他正抱着一本高尔基的小说在读。

"我什么都能忍，就这挨饿忍不得。一饿就眼冒金星。"三郎抱怨着。他转过脸来，国字脸方方正正，眼睛不大，但灼灼逼人；两道挑起的剑眉和那一头又黑又乱的头发，显露出一种桀骜不驯的神气。

"可这次你只好委屈一下了，就是雨停了也没有办法。"舒群抬起头来。他皮肤微黑，面目清俊，看上去比三郎年轻，但态度沉着，给人一种温厚老成的印象。

"怎么？今天当真吃不成饭了吗？"

"吃得成！还剩两个铜板，买半个黑面包都不够。"

1

"唉！"三郎沮丧地往床上一坐，小木床发出"嘎吱"的声响，好像也在叹息。

"不过不要紧，你可以好好体验一下饿的经验，然后写一篇小说，标题就叫《饿》。"舒群戏谑地说。

"饿的经验？我早就体会过上百次啦！腹中空空如也，走路像腾云驾雾……喂！还躺着干什么！"三郎夺下舒群手中的书，命令道，"起来想想法子！"

舒群跳下床，在三郎的撺掇下，从床下拖出一只旧柳条箱。两人打开，翻寻起来，看还有什么值钱的东西。可是翻腾了一阵，箱内只有一些旧报纸和发黄的稿纸。凡是可以送当铺换钱的东西，早当光了。

两个朋友相对苦笑，又坐在床头讨论起"饿"来。

"幸亏我们是光棍，要挨饿也是自己一个人。"三郎自我解嘲。

"要是有个女郎爱上你呢？"

"我？"三郎滑稽地一笑，"转身就跑。"

"真是狗熊。我可不这样……"

这时，外面传来几下敲门声。

一个矮小机灵、满面春风的小厮出现在门口。他裤腿绾过膝盖，手里拿着一把还在滴水的伞，两只眼睛忽闪忽闪的。三郎一眼认出这是为进步报纸《国际协报》送信的小伙计。

"先生，您的《剑啊，剑》在副刊上发表了，裴先生让我送稿费来。"小伙计毕恭毕敬地递给三郎一个纸袋。

裴先生是这家报馆的副刊主笔，对青年作者的处境一向是体恤的。三郎对他格外敬重。

三郎接过纸袋，抽出五张一元的钞票，朝舒群兴奋地喊起来："黑龙！天无绝人之路，财神来啦！"

"老裴真是雪里送炭。"舒群被三郎的情绪所感染，笑着问小厮，

"我的《乡恋》呢？"

"裴先生说，正在打小样，改日请舒先生过目。"因为房间狭小，小伙计仍然站在门口，伞尖上不住滴落的水珠把地板洇湿了一大块。

"谢谢你，小老弟，还有事吗？"三郎在他肩上拍了一下，算是嘉奖的意思。

"裴先生还有一封信，让当面交给先生。"小伙计又掏出一个牛皮纸信封。

"该死！怎么不早说？"

小厮的肩头又挨了一下，他调皮地朝舒群吐了吐舌头，一转身跑了。

三郎急不可待地撕开信封，抽出一张便笺，两行毛笔急就的小字映入眼帘：

三郎君：

　　若有暇，见信后请速来编辑部一叙，有要事相商。舒群有暇，也请同来。

老裴

信的语气显然是急迫的，但究竟有什么事又没写明。

不知什么时候雨停了。三郎匆匆穿上外衣，这是一件褪了色的学生装，套在身上紧绷绷的，仿佛随时都会被撑破。

这两个饿了一整天的青年作家走出了旅馆。他们走进一家俄国人开的饭店，坐在靠落地玻璃橱窗的两个空位上。

一个穿白色制服的高个子侍者站在柜台前，冷冷地瞟着他们，一动不动。那傲慢的气派仿佛在说：你们吃得起吗？

两位朋友交换了一下眼色。

三郎哼了一声，从口袋里掏出五张钞票，向桌上重重一放。侍者立即快步走过来，脸上堆满笑容。

"两位先生想吃点什么？"

"两份烧牛肉。"

"两份咖喱鸡。"

"再来两客炸鱼！"

三郎还想要什么，忽然觉得舒群在桌下踢了他一下，才赶紧住嘴。

"就这些了，请快一点，我们还有急事。"舒群向侍者挥了挥手。

侍者微一躬身，退了下去。

不一会儿，他们点的菜送了上来，还有一碟面包，飘着诱人的香味。两人狼吞虎咽地吃起来。最后付完账时，三郎口袋里只剩下一把铜圆了。

他俩红光满面地走出饭店，互相取笑。

"真险。你老兄再叫菜，我们就出洋相啦！"

"那小子还以为我们掏不出钱来呢！"

"势利眼。不过一顿饭就把你的《剑啊，剑》给吃光啦。"

"没什么，下次再吃你的《乡恋》！"

两个青年作家迈着军人般的步伐，在大街上行进着。他们挺胸昂首，谈笑风生，颇像两个得胜的将军。

一对身穿和服的日本男女迎面走过，那日本女人还回过头，诧异地望了他俩一眼。

三郎朝地上啐了一口唾沫，恨恨地："倭寇挡道，晦气！"

舒群拉着他拐过一条街口，三郎发现身后跟着一串衣衫褴褛的小孩，是要钱的。小家伙们学着他的姿势也迈着方步，模样很可笑。

"去，去，你们这些连我都不如的小东西。我也没钱！"三郎站住，笑着把口袋拍了拍，里面发出铜板的撞击声。孩子们明白了意思，脸上也绽开笑容。

舒群走了一段路，发觉三郎不在了，他回头一看，三郎正向一群小孩分发铜板。

"走啊！无赖汉。老裴还在等咱们呢！"

"好，就来！"三郎急忙应声。他索性把手中的铜板往地上一撒，让孩子们自己去捡，拔腿追上了朋友。

一刻钟后，他们来到了报社。

这是一幢浅红色的砖楼建筑，像座小公馆，窗户一律是拱形的，不过颜色已有些陈旧。二楼的尽头，是文艺副刊编辑室。

三郎推开房门，里面有三四个先到的文坛熟人在随便聊天。房间里青烟缭绕，看不出有什么异样的气氛。

"噢，三郎来啦！舒群也来啦！请稍等片刻。"一个瘦小精干的江浙人坐在写字台后面招呼着，态度和蔼可亲。他左手夹着一支烟，右手正握笔写什么。案头的文稿堆得像座小山。他就是深受一班文学青年敬重的副刊主笔老裴。

三郎和舒群跟大家寒暄着。老裴很快地写完，放下笔，深深地吸了一口烟。

"今天约了几位同人来，有一件事情请大家出谋划策。"他用手扶了扶茶色圆框眼镜，操着浓重的江浙口音，"这件事关系着我们副刊在读者中的威信，也关系到一个少女的命运。"

老裴后面一句话，使在座的人都很惊奇，一个个眼睛里透露出关切的神情。

"关系到一个少女的命运？一个少女的命运……"说话的是一个面孔瘦削、衣冠楚楚的青年。

三郎转过脸，认出是爱写抒情诗的欧阳晨。

"她现在的处境相当危急。"老裴环视大家，从抽屉里取出一封信，举在手里说，"这是昨天编辑部收到的她写的信。信是一个要饭的小孩送来的。诸位可以过目。"

信是用一张发黄的草纸写的，字迹娟秀，字里行间还依稀可见泪水的痕迹。这张纸从一个人手里传到另一个人手里，每个人都为信的内容所震动。

这是一个落难女子发自内心的哀鸣，也是不屈求生的呼喊。三郎接信展读时，一阵怜悯和激愤之情猛然涌上心头。信没有落日期，上面写道：

编辑先生：

我是一个二十岁的女学生，因为反抗父亲包办的婚姻，毅然出走。但是社会对我多么不公平啊！我逃出了封建家庭，却没有逃脱一个伪君子设下的陷阱。他欺骗了我，侮辱了我，抛弃了我！

现在我住在滨江旅店，欠老板六百元的巨债，被当作人质，每走动一步都受到旅店严密的监视，真像一只被封在茧里的蛹，孤独，窒息。我简直不敢相信，难道现今的世界还有卖人的吗？有！我就将要被卖掉。谁能救我呀？上帝！谁能救我！

我曾经有过少女的梦想、美丽的青春，可如今这一切都毁灭了……也许人生除掉冰冷和憎恶而外，还应该有温暖和爱。我还年轻，还有憧憬和追求，还要生活，要苦斗，请你们伸出手来。

悄吟

写信人的不幸遭遇，引起了在座人的深切同情，编辑室里的气氛顿时活跃起来。这一群文坛勇士开始讨论如何去营救这个处在沉沦边缘的少女。

"'鸟之将死，其鸣也哀'，我们一定要想法救她。这也是我们进步报纸的责任。"老裴的话里充满着诚意和决心。

"这种事太多了，我们也管不完呀！"欧阳晨露出犹豫的表情。

"我们不管，还算什么民众的喉舌和良心！"舒群瞟了一眼抒情诗人。

"那女子不知是怎么被人骗的？"

"这个以后再研究，当务之急是救她。"

"旅店老板真可恨！"

"对！可以先在报上揭露他。"

"眼下最要紧的，是如何替她把债还清。"舒群说罢，注视着大家。

听着大家的议论，三郎神色黯然，一语不发。他不愿用空洞的语言表示自己的同情，但又恼恨自己没有援救的力量。他真后悔那五元稿费一顿饭就吃光了。可是，就算那五元还在，又能有多大作用？他的双眉痛苦地拧在一起。

"三郎，你怎么一声不吭呀？"老裴注意到他的表情。

"我？我是一无所有的人。"三郎抬起头，嘴角掠过一丝苦笑，"我只有头上这几个月没剪的头发是富余的。"

大家望着他那蓬乱的头发，真有点好似"怒发冲冠"的样子。

"头发也可以卖钱呀！"欧阳晨取笑道。

"要是头发可以换钱，"三郎两眼闪着火焰，"就是连根拔下来，我也在所不惜！"

编辑室里一阵难堪的沉默。

还是老裴首先打破沉默，他说："诸位，我看还是先派一个人去旅店慰问那个女子，同时了解一下事情原委，然后再采取对策。"这个方案立即得到通过。

主笔用深沉的目光望了望大家，选定由三郎去执行这个任务。一是他认为三郎的文章在读者中影响较大，二是这位行伍出身的青年人会武术，可以防止不测。他拿起桌上刚写好的信，添了几句，又选了几本小说，叫三郎一起带上。

三郎怀着复杂的心情，同舒群回到小旅店时，天色已经黑尽了。舒群将一本高尔基的小说也交给他："明天你带去，我认识不少工人，还可找他们想想办法。"

两位朋友和衣倒在床上，晚饭照例又节约了。

三郎整夜没有入睡。那少女悲切的呼唤，一直在耳畔回旋。路灯昏黄的微光把窗外婆娑的树影投射在小屋的墙壁上。他一翻身，好像看见一个柔弱的姑娘，正抓住悬崖上的枯枝，在拼死地挣扎，发出哀婉的呼喊声："……谁能救我呀？上帝！谁能救我！"不对，那是风在呼号，又像是松花江不息的涛声。呵，她叫什么名字？悄吟。这名字真美呀！真美！此时，她一定在痛苦中悄悄地呻吟……

当三郎朦朦胧胧合上眼时，窗外已透出晨曦的白光。

二　流水落花

哈尔滨的早晨是美丽的，尤其是雨后之晨，空气格外清新。巍峨的教堂、浓密的树木、高低错落的房屋，各具风采。在薄明的晨光中，显露出绰约的身姿。蛋黄色的阳光照在滨江旅馆的墙壁上，给这幢古老的灰色建筑增添了一点活气。

悄吟趴在二楼的窗台上，焦急地眺望着楼下。她鹅蛋形的脸是苍白的，清澈的大眼睛里隐藏着一种凄怆之色，秀发披散在穿着蓝衫的肩上，好似镶嵌在窗框里的一幅油画。

不远处，是滔滔奔泻的松花江，江水在阳光下闪闪发光。

天空中飞来一群鸽子，鸽哨呜呜响着。悄吟抬头望着鸽子，眼里闪过一点火花，又熄灭了。

她闭上了双眼，一丝痛苦的阴影从脸上掠过。前天，也是这个时候，房门开着，她和衣躺在床上。老板倚在门边，两臂抱在胸前，用一种奇异的眼光打量着那窄狭昏暗的房间，那神气像是在欣赏一只鸟笼。过了一会儿，他才叹了一口气说："唉，那个先生也真是缺德，扔下小姐走了快一个月了，把一屁股债扔给了你，我看你也怪可怜的……可是，你老是这样待着总不是办法呀。我看，干脆这么着，过两天送你到医院看看病，病好了，你去找找亲戚朋友，借借钱……办法总是有的……"

对老板的话，她将信将疑，所以一时没有做出反应。而老板也仿佛猜透了她的心思似的，并不等待她的回答便带上房门走了。不一会儿，小伙计送饭来了。这是一个憨厚老实的后生，他把一碗粥、一碟咸菜放在小桌上说："小姐，趁热吃吧！"

悄吟感激地说："小六，我病了，多亏你照顾我，可我快离开这儿了……"

小六脸上露出惊讶的神色："怎么，你知道了要走？"

"刚才掌柜的来说，过两天要送我到医院治病……"

小六朝门口看看，凑到她身边，压低声音说："他不是送你到医院，他要把你卖到圈楼去！"圈楼是哈尔滨的下等妓院。

悄吟大惊失色："啊！"

小伙计紧张地说："可别说是我告诉你的呀！我听见掌柜的和人贩子商量啦……过几天，钱一到手，人贩子就来带人了！"

就在这时，楼下响起了老板刺耳的喊声："小六子！来客人啦！死在哪儿啦？"

小伙计匆匆告辞走了。

悄吟眼里涌出泪水，心里哀叹道："天呀！为什么不幸的遭遇接踵而至？我可怎么办？怎么办？逃吧……逃……"

她跌跌撞撞地走到窗边，推开窗子向下一望，窗口离地面两丈多高，光溜溜直立的墙壁，怎么下得去呀！

她回头望望屋子，这阴暗的房间像只老虎张着血盆大口。转头再看看窗外，外面又像是无底的深渊。在这一刹那，她感到自己已经站立在死亡的边缘……

在她陷入绝望的时候，从窗下忽然飘进一缕凄楚的声音："老爷太太可怜吧……可怜吧……"

一个形容枯槁的老大娘拄着根棍子，提着一只讨饭篮，在路边缓缓走来，一个小男孩牵着老人的衣襟。

当时悄吟看见这一老一小，真像看见了救星一般。她急忙跑到床前，在枕头下一个布包里摸索了一会儿，终于找到四枚铜板，然后从窗口丢下去，铜板散落在老大娘脚边。老人和孩子一齐诧异地抬起头来。

"大娘，求你一件事，稍为等一等，只要一会儿。"她返身回到桌边，找到一张发黄的纸，匆匆地写起来。写一会儿，又起身到窗口张望一眼，生怕他们不愿等她。写完最后的落名时，泪水已经滴了满纸。

"大娘，我求你把这封信给我送走。"她把信扔了下去，信落在地上，小男孩捡了起来。

她看见满脸皱纹的老人点了点头，于是哀告说："大娘，行行好吧，我也是苦命人。信上有地址，可千万别把信搞丢了！"

老人接过信，牵着孩子走了。

她望着他俩远去的背影，心里喃喃地说："老天保佑吧……我的希望，就寄托在这封信上了……"

一阵悠扬的鸽哨声从头顶划过，把悄吟从痛苦的回忆中唤醒。她睁开双眼，鸽群已飞到屋顶后面。她失望地注视着下面的街道，那老大娘也许再也不会出现了。她相信老大娘的心肠是好的，可是她本人就那样可怜，信能送到吗？

悄吟的视线茫然地移向远处。啊，松花江，多美的江啊，可是为什么它现在变得这么混浊、急湍，好像要吞没一切似的。

春天的时候，它是多么清澈呀！四个月前的那一天，她沿江漫无目的地走着，踯躅着。在颠沛流离之中有说不出的孤寂。她站住了，望着一江春水出神。

她身无分文，拖着疲惫的两腿，实在不知道该走向哪里。心里只有对父亲的怨和恨。

"吟小姐！"后面传来一声亲切的呼唤。

悄吟转过身，只见面前站着一位风流倜傥的青年，以友好、殷勤的目光望着她。

她迟疑地打量着他："你……"

青年虔诚地一鞠躬："我是向你赔罪来的。"

她困惑地问："可我并不认识你。"

他却是那样地谦恭："是的。但是我认识你，了解你，敬重你……"

"你，你到底是谁？"悄吟警惕起来。

"敝姓匡。"青年一字一板地道出了自己的名字，"匡、殿、才！"

一听是匡殿才，悄吟脸色陡变，背过身去。啊，冤家路窄！要不是眼前横着大江，她真会拔腿就跑。

匡殿才又绕到她面前，他的声音是那样动听："小姐不要误会。我在华洋学堂读书，家父与令尊包办我与你的亲事，我概不知晓。后来听说小姐因此从家中出逃，备受流浪之苦，我内心深感不安……是我害了小姐……"

悄吟望着波澜起伏的江水，冷冷地说："亲事既然是双方父母所定，与你也无干，我不会记恨你的……你请走吧。"

匡殿才并不离去，悄吟转身欲走。

"小姐，哪里去？"

"你不用管。"

显然，他看出她无处可去，于是装出遗憾的样子："我明白了，你不相信我。"他观察着她脸上表情的变化，然后彬彬有礼地说了一句，"那么……再见了！"

"不不，先生不要误会……"她也不知道自己当时为什么那样慌乱，说出这样的话来。她被这青年的热忱所打动，脸上泛起红晕。

在一瞬间，匡殿才嘴角掠过一丝不易察觉的笑。

他们在堤上缓缓地踱步。脚下，江水拍击堤岸，发出有节奏的声响，听起来像音乐一样悦耳。

匡殿才庄重地说："……你应该继续读书，继续读书。……吟小姐，我已经想好了。我可以使你既不依靠家庭，又能实现自己的愿望——读书！"

悄吟惊喜地问："真的吗？"

"真的，"匡殿才向她挨近一步，用充满柔情的语调说，"但是，你要答应我一个条件——相信我。"

悄吟羞涩地低下头去。此刻，年轻貌美的悄吟全然不知，自己苦苦挣扎，刚挣脱了封建家庭的樊篱，却又微笑着自投于更加阴冷的深渊！啊，她善良的心弦被拨动了。

匡殿才带着她走进一家旅馆，就是她现在被困作人质的这个地方！

走进旅馆大门，柜台前一个皮肤白皙、秃顶的中年人急忙笑脸迎上来："欢迎，欢迎！"他就是老板。

"租个单间。"匡殿才朝老板点头示意。

"好，好。"老板吩咐旁边的小伙计："小六子！带先生和太太去——"

悄吟听到老板的称呼，反感地瞥了一眼。

小伙计把他俩领到二楼的一个房间，开了门。那房间在过道的中央，宽敞明亮。

一进门，匡殿才就把门反扣上了。

悄吟不安地靠着门："你不是要供我读书吗？还是联系一所学校，我住到学生宿舍吧……"

匡殿才把双手放在她的肩上，眼里露出狡黠的光："你还是先在这里养几天，把身体养好，再去读书也不迟嘛。"

悄吟本能地向后一缩，慌乱地说："我身体还好……还是去学校吧！"

匡殿才狂热地望着她："吟，我是你的未婚夫呀，你让我找得好苦。我爱你！"

"不！还是去学校吧，不然就让我走！"她的话里含着愤慨。

匡殿才缓和了口气："好，好，去学校，我明天就给你联系，放心吧……"说着，突然扑上前一把抱住她，在她脸上狂吻起来。她躲闪着，挣扎着，但终于被他紧紧地拥在怀中，仿佛有一堵墙向她压过来，她感到一阵昏眩，觉得自己沉沦了下去……

往事的回想使悄吟的心战栗起来，她悔恨交加，禁不住眼泪扑簌簌地往下掉。松花江模糊了，窗下的街道模糊了，一阵无边无际的悲哀像黑夜一般向她袭来。

忽然，撩动人心的鸽哨声又从天际传来。悄吟抹了抹泪水，眼里透射出一线微光。

鸽子飞近了。

她的目光紧随着这一群自由的天使，默默地数起来：一只、两只、三只……七只！

此刻，背后响起了三下敲门声。

悄吟一惊。

从门口探进老板发亮的秃头，他皮笑肉不笑地说："有位先生来看你。"

悄吟脸色陡变，心头一阵寒战："……掌柜的把我卖了……他们要人来了！"

听到脚步声，她紧张地闭上眼睛。当她睁开眼睛的时候，面前站着一位气宇轩昂的青年！

两人默默对视了片刻。

她的眸子又大又黑，游动着悲伤的影子。

他望着她，眼睛里闪耀着坚定、温和的光芒。

悄吟掩饰着心中的慌乱，终于先打破了沉默。

"请问您找谁？"她的声音是颤抖的。

"悄吟女士。"青年温厚地答道。

"噢！……"

青年未经邀请，自行走进房间，把几本书放在桌上，然后从衣袋里取出一个棕色信封，递给悄吟。

"我叫三郎，受《协报》副刊主笔裴先生之托，来看你。"他说着，拉过一把椅子，在桌边坐下。

悄吟接过信，贴在胸前，心里喃喃地说："……这么说，他们收到我的信了！终于收到了！"

她急切地从信封里抽出信纸，低头读起来。她的手在微微地颤抖。

坐在桌对面的三郎，一语不发地打量着房间，这女子的恶劣处境使他深感吃惊。眼前是一间不足十平方米的陋室，墙上灰粉斑驳，室内光线晦暗，屋角挂着沾满尘灰的蛛网，只有临街一面有个很小的窗子。这间小室位于甬道的尽头，原是一间堆放杂物的储藏室，房间里散发着一股霉味。除了一架挂着破帐子的小床，只有一张条桌、两把旧椅。桌上散放着用过的信封、旧报纸，一只还没有洗的小菜碟、一双发黑的筷子、两个扣在一起的粗瓷碗。地上到处都是纸屑。这简直就是一间牢房。

三郎双手紧紧按着桌沿，注视着悄吟。

她还在读着信，脸上的表情不停地变换着。她的面孔是秀丽、苍白的，使三郎觉得有一种圣洁的美。她穿一件洗褪了色的阴丹蓝布旗袍，赤着脚。旗袍侧面的开襟很高。臃肿的体态和她年轻的容貌显得很不协调，看来已有身孕……

"先生，原来您就是三郎！"悄吟从信纸上抬起目光，兴奋地望着三郎。

"是的。你写给《协报》的信，我们都看了，大家很同情你不幸的遭遇。"

悄吟的泪花在睫毛边滚动。

"我刚刚读过您的文章。真没想到是您……"

她从枕头下抽出一张报纸，指着副刊上的《剑啊，剑》说："就是这一篇。先生写得真好：武力可以征服一个地区，但要征服这个地区的民族比登天还难。"

"你是这样领会的吗？"三郎凝视着她的眼睛。这弱女子一语就道出了他那篇文章的精髓，使他很意外。

"先生不是这个意思吗？"悄吟莞尔一笑。在这一瞬间，三郎忽然觉得她像一个顽皮的女孩子。

"是这个意思。"他点头承认，"不过不要称我先生，如果高兴就叫三郎好啦。"

屋里的气氛轻松了些。三郎指了指桌对面的椅子，示意悄吟坐下来。

悄吟顺从地坐下，低垂着头，又恢复了她起初的羞涩和端庄。

一缕金色的阳光从小窗口射进来，洒落在她瘦削的双肩上，她下意识地把身子移动了一下。

"多好的太阳！"三郎情不自禁地说。

悄吟抬起头，淡淡地说："我不喜欢太阳。"

"为什么？"

"我没有得到过它的温暖。"

"不，太阳为每一个人发光。"他温和地说。

"可是，并不是每一个人都能享受到它的光明。"她的话里含着伤感和矜持。

"你还年轻，不应该这样感伤。现实虽然充满着丑恶，但光明是可以战取的。"

三郎站起来，走到窗前。阳光映照在他身上，勾勒出一个青年男性健美的轮廓。

在一刹那，悄吟仿佛看见立在自己面前的是一座山。她感觉到了一种力量，这是她从来没有感受过的。

三郎坐下来，关切地询问她的身世和遭遇。他问得很婉转，尽量避免伤着她的隐痛。

悄吟毫无保留地把一切都谈了。她说得很快，很动感情，从朦胧的童年、父亲的逼婚，一直谈到自己被匪殿才欺骗的经过……三郎的表情严肃而沉静。他感觉到，悄吟长时间来郁积在心底的悲哀、伤痛和愤恨，此时像泉水一样奔泻出来，太不幸了！

"你每天吃什么呢？"三郎问。

悄吟揭开桌上的粗瓷碗，下面的碗里还剩一半红糁糁的高粱米饭，硬得像石粒。

三郎感慨地摇了摇头。无意间，他瞥见盛高粱米饭的碗下面，压着几页纸，上面画着、写着些什么，顺手抽出来看。纸上画着紫色的图案，虽然是随意的勾勒，但构图却很别致，花纹的线条也很流畅。没有相当美术素养的人，是画不出这样的图画的。

"这，是谁画的？"

"我无聊时乱涂的……"悄吟有些不好意思，从抽屉里找出一段半截铅笔说，"就是用这个铅笔头。"

三郎两眼一亮，大感意外。

"这首诗呢？"他指着第二页纸上用魏碑体小字写的短诗。

"也是我随手写的……"她说话的声音很轻，脸上难为情地泛起了一抹红晕。

三郎激动地读着：

这边树叶绿了，

那边清溪唱着：

——姑娘啊！

春天到了……

去年在这时，

正是吃青杏的时节；

今年我的命运，

比青杏还酸！

　　这时，三郎似乎觉得面前的稿纸、人物、房间都变了，整个世界也变了！眼前的一切都焕发着灿烂的光辉……他热血奔流，心潮激荡，目不转睛地望着悄吟，望着她深潭般的眸子，仿佛要一直望穿她的心底。他心中呼喊着："这是一个才女。我要不惜一切牺牲拯救她，拯救这颗晶莹、美丽的灵魂！拯救她，拯救她……"

　　悄吟天真地望着三郎。他赤热的感情温暖了她久已冻僵的心。

　　"我读您的文章时，还以为您一定是西装革履的大作家。想不到您竟然也是这般落拓不羁。"她打量着三郎身上寒碜的衣着，裂了绽口的皮鞋，直率地说。

　　"这个世界上真正的作家都是贫困的。"三郎洒脱地一笑，语气坚定地说，"不过，我们会想办法帮助你！"

　　悄吟点了点头。

　　三郎随即起身道别。

　　悄吟好像怕他一去不复返似的，依依地倚在门口。她感到自己还有活力有热情，虽然曾被封建礼教所压抑，被伪君子所欺骗，但并未完全被扼杀，在她心灵的深处也正像别人一样奔涌着生命的激流。这几个月来，她活着，但并不敢去生活，她给自己戴着枷锁。现在她要勇敢地追求新生。

　　三郎从口袋里掏出唯一的五角钱放在桌子上，那是同伴们给他凑的车费。

　　"随便买点什么吃吧！"他的声音是酸楚的。

　　悄吟努力控制着自己，不让泪水流出来。

　　他转身走了。甬道上响起一阵军人的脚步声，铿锵有力。那声音渐渐远去，仿佛带走了悄吟的情思……

三　命运的洪波

三郎走下楼梯，大踏步地穿过旅店大厅。他的一双锐利的眼睛左右扫视着。

早已等在柜台前的老板迎了上来。

"记者先生还有吩咐吗？"他态度谦恭而又胸有城府。

"我想了解一下悄吟女士同旅馆的经济关系。"

三郎紧盯着老板，看上去他有四十开外，秃顶丰颐，保养很好，穿件浅色入时的长衫。他的鼻子微微发红，大眼圈仿佛受到晕染，也是红的，瞳孔和眉毛的颜色很淡。这是一幅庸俗的面孔。但他的眼神是机敏狡黠的，举止间处处流露出商人的圆滑。

"这当然可以，请随我来。"

老板把三郎带进账房，说："这位是报馆来的记者，要了解那位悄小姐的账目。"

三郎隐隐觉得，老板说"悄小姐"三个字的口气，带有明显的讥讽。

账房先生翻开账簿，查找一番之后，机械地宣读起来："悄吟小姐和其夫匡先生今年三月一日住进本店，至今已四月有余。先按四个月算，每日房金三元、伙食两元，共欠六百元整；匡先生六月初离店，伙食减少一元，实欠五百七十元。外加匡平时几次借款七十五元，总共欠本店六百四十五元！这是账目和借据，请先生过目。"

三郎看过账目，想了想，冷冷地扫视老板一眼："难道她现在住储藏室也要付三元房金吗？"

"先生误会了。一个多月前匡某人说要回家取钱，留下她做人质。本店宽大为怀，所欠的债只算到七月一日为止。悄小姐迁入另室后，我们一直免费提供食宿。只要她丈夫回来还清了钱，她就可以走了。"

三郎当然明白这"免费"背后的险恶用心。他冷笑一下，警告老板说，"如果你们居心不良，我们报馆是不会袖手旁观的！"

老板不紧不慢地回答："敝店本分，岂敢居不良之心？只是欠债还钱，此乃天经地义之举。如果先生能够代她还钱，也可以领她走。"

在旧社会报馆记者被称作"无冕之王"，一般的商贾不敢轻易得罪他们，唯恐遭到报纸攻击，生意无法做下去。所以老板说话的语调仍然是"客气"的，不过话中有刺，听得出一种轻蔑之意。他从来客的穿着举止上，已狡猾地猜出三郎是一个"无产者"。

三郎浑身的血液一齐涌到脸上。他咬住牙关，压着怒火，一字一句地说："你听着，这钱由我来付！一个子儿都不会差你的。你们对待悄吟女士若有半点差错，我就唯你是问！"

他把拳头在老板的秃顶上扬了扬，转身走出账房，头也不回地径直朝外走去。整个旅馆大厅仿佛都被他沉重的脚步声震动了……

一路上，三郎情绪激动，思潮奔涌不息。他想：她是柔弱的，不幸的，但在这纤细之中似乎又藏着一种刚强的气质。这样一个落魄的女子，仍不失纯真质朴的天性，真是奇迹。没有搭乘电车的钱，只好安步当车。他绕过正阳路，穿过堆满垃圾的草地，再爬上土岗。整个哈尔滨尽收眼底。太阳已升到中天，火辣辣的。远望松花江，就像一条金色的腰带，在天际间蜿蜒。三郎无心欣赏这"东方莫斯科"的景致，他心里只有一个念头："她的处境是可怕的。我无论如何要措齐六百四十五块钱！不管付出什么代价……"

刺耳的刹车声把三郎从冥想中惊醒。一辆黑色轿车刹在街边，车后尘土飞扬。一个面目可憎的日本司机打开门冲出来，大声咒骂着。车里坐着个留小胡子的胖绅士，穿着和服，神态傲慢。

在轿车前一米的地方，一个卖冰激凌的小男孩摔倒在地，满脸沾着泥土，装冰淇凌的木箱被撞坏了。

日本司机提起男孩的衣领，抬手就是一记耳光。殷红的血从孩子鼻孔里渗出来。

四周围观的都是中国人，他们脸上露出不满的神色，但大多敢怒而不敢言。自从一年前在沈阳爆发了九一八事变后，日本侵略军很快占领了东三省，哈尔滨也沦陷半年多了。民族的文化，做人的权利，都被武力征服者绞杀着。可是人心是永远不可征服的。九一八事变时，三郎正在奉天一所东北军的陆军军官学校受训，他和一群爱国的青年军官因不满蒋介石的投降政策，曾密谋拉起一支队伍成立抗日义勇军。但是因计划不周，力量单薄，起义很快流产了。他就是从那时只身逃到哈尔滨，开始了流浪生涯的。如今。他手中的枪变成了笔，但心头的战斗欲望和反抗精神，却从没有泯灭。目睹孩子被打的惨状，他再也忍不住了。

当司机举起手准备再打第二下时，猛然间手腕被一只大手钳住了。

司机眼里射出凶光，瞪着面前的三郎："你的，什么人？"

"中国人！"话音刚落，三郎对准那张小短脸就是一拳。他用的是武术里的"崩拳"，司机被打得倒退三步，瘫倒在地，人群里骚动起来，发出喝彩声。

三郎把满脸血迹的小孩扶起来，朝小轿车投去鄙夷的一瞥，然后扬长而去。他的心头洋溢着一种民族的自尊感。

青年作家得意地往回走着，丝毫也没有想到刚才的义举带来的危险。当他走在通往报社的路上时，才发现上衣不见了。本来他是搭在肩上的，很可能丢失在痛打日本司机的现场了。糟糕的是，上衣口袋里揣着张纸条，上面写着他的住址。但三郎救人心切，也顾不得去多想它了。

老裴听了三郎滨江之行的报告，脸上露出隐隐的忧虑，他抽着烟，在编辑室来回踱步。

三郎坐在临窗的椅子上，目光追随着老裴。

"是要想法救她，但这六百多元巨款可是个大问题。"老裴吐了一口浓烟，停住脚说。

"裴先生，哈尔滨找不到第二个像她这样的女子，她会成为很有才华的女作家的！"三郎说得很激动。

"唔……"老裴表示同意，"你考虑过没有，怎样凑这笔钱？"

"我考虑过。"三郎兴奋地站了起来。

"说说你的想法。"老裴掐灭了手中的烟头，示意三郎坐下谈。

"六百四十五元当然是笔大数。我想，能不能以副刊的名义，在同人当中来一次募捐？副刊的特约撰稿人大约有三四十位，每人若能贡献一两篇文章的稿费，以十元计，就可措齐三四百元。剩下的部分，我再去想其他办法。"三郎陈述着自己的计划，他的眼睛里闪烁着火花。

"好吧！"老裴把手放在三郎的肩上，"副刊募捐的事由我来办，我们分头进行，越快越好。"

"募什么捐呀？哟，钦差大臣回来啦！"欧阳晨从门外闯进来，他穿着一件淡蓝色的衬衫，系着领带，手里握着一卷稿笺，是来交诗稿的。

"哦，是欧阳君。我和三郎正商议为悄吟女士募捐的事。希望每一位同人都有所表示。"老裴亲切地招呼诗人坐下。

"那女士怎么样？"欧阳晨朝三郎问道。

"她也写诗，而且写得很美！"

"真的？那我第一个募捐。"欧阳晨将手中的新作在三郎面前一晃，姿态潇洒。

老裴接过诗稿，略为思忖道："后天就可见报。舒群已经有篇小说了；三郎再赶一篇来，小说、随笔都可以。我们几个先打头阵。"

两天以后，《国际协报》刊出了副刊"专号"。有舒群的《乡恋》，欧阳晨的抒情诗《玫瑰》，还有三郎连夜赶写出的散文《一江春水》，是以悄吟的不幸身世作为素材的。副刊的挈领之作，是老裴亲笔写的杂感《艺海拾珠》，标题是双关的。这一期《国际协报》副刊，颇引人注目，唤起了许多人的同情。

但是，稿酬毕竟有限。经过老裴多方活动通融，同人们个个挥笔上阵，只募到两百多元。这已经很不容易了。

经过连日的焦急和奔波，三郎明显消瘦，眼睛里布满了血丝。还差将近四百元，到哪里去搞？

一天晚上，三郎问舒群，除了去偷去抢，去杀人放火，还有什么办法可以搞到钱？舒群灵机一动，忽然想起，他们在好几家报刊上发表过文章，许多都没寄稿费来，有的时间都快半年了。

两个作家从藤箱里把所有旧报刊都翻出来，一张一本地清理。足足清出了二十几篇没得过稿酬的作品。大部分是三郎写的小说和散文。在这之前，他们宁愿过着半饥半饱的生活，也从不向哪家报馆、杂志社讨索稿酬。

此时此刻，三郎的思想活动了。舒群粗粗计算了一下，这些应得稿费若能全部收回，可有百十来元，这是一个非常吸引人的数目。

"我们可以一家一家地去交涉。"舒群微黑的脸上焕发着光彩。

"这等于是去讨债了。"

"按稿付酬，是理所当然的事。"

"那好吧！"三郎被说动了。

第二天一早，两位青年作家出动了。天空中布满鸭青色的碎云，云隙间透出灿白的晨光。空气是清爽的，街上行人稀疏。

他们的第一个目标，是位于文昌路的一家大报报馆。这里离南岗旅店最近。

两人沿着林荫道，走到报馆门前，发现大门还没有开。

舒群有礼貌地敲了几下，里面一点动静也没有。两棵高大的菩提树从围墙里伸出头来，俨然像两个守门的巨人。

"笃！笃！笃！"舒群又用劲敲了几下，仍然没有反应。

"哐——哐——哐！"三郎朝这死闭的门扇上踹了三脚。

片刻，从门里传来沙哑的声音，像是守门老头的。

"大清早就敲门，找谁呀？"

"找报馆的编辑。"

"找编辑吗？……都没起来呢！"

"劳驾您让我们先进去好吗？"

里面又恢复了死一般的静寂。三郎把脸贴在门缝上，朝里张望，连人影子也没有。

真倒霉！一出马就碰了一鼻子灰。两人对视片刻，决定改变计划，先去找一家文学期刊。那家刊物用过三郎的两篇小说，舒群的一篇散文，都是压卷之作。

舒群抽出一本蓝色封面、装订单薄的杂志，从封底查到杂志社的地址。在一条很偏僻的巷子里找到那家杂志社。

和那家报馆相比，杂志社真是简陋得可怜。起初他们还以为是找错了地方，可是一看门牌号数和杂志上印的完全一样。

一间很窄的铺面，门口没有挂牌子。一道小门进去，连着一条甬道，甬道尽头是两间破旧平房。

三郎和舒群交换了一下眼色，他们踌躇片刻，是不是应该进去。

这时，一位留着长发的中年人迎了出来，鼻梁上架着深度近视眼镜，说话有些神经质。

"欢迎二位光临敝社，请问尊姓大名？"

"我们是贵刊的读者。"舒群点头施礼，接着自我介绍，"敝姓舒名群，他是我的朋友三郎。"

三郎也微微颔首致意。

听到三郎的名字，长发编辑就像听到贵人驾到一般，大有受宠若惊之态。

"久闻大名！久闻大名！"

三郎、舒群随编辑走进平房。主人忙着沏茶递烟。

长发编辑和两位来客应酬着，扯着一些不着边际的话，但只字不提稿酬的事，三郎和舒群也不好开口。最后，主人似乎猜到他们的来意，从屋角的期刊堆里抽出几本，恭敬地摆在他们面前。

"敝社财力薄弱，勉强维持生存，全仗同人们慷慨扶植。这几本期刊，聊表敬意。"

三郎和舒群相视一笑，起身告辞出来。那笑容既是苦涩的，又染上一种喜剧色彩。直到他们走出门口，长发编辑还没有回过神来。

一个小时以后，他们跨进了文昌路那家报社的大门。大报确实有大报的气派。一位皮肤光滑、戴金丝眼镜的胖子出来接待他们。他脸色冰冷，看人时的表情傲慢得就像在看两条爬虫。三郎和舒群开门见山地说明了来意，并出示了载有三郎小说的报纸。

"金丝眼镜"露出了讥讽的笑容。

"稿费我们倒是照付的，"他漫不经心地盯了盯三郎，话锋一转，"可是谁能证明你就是报上的'三郎'呢？"

"我可以证明。这篇文章是我亲眼看见他写的。"舒群理直气壮地说。

"那么，谁又来证明你呢？"

"我！"三郎气得吼了起来。

"唯一的证据是拿出底稿来，你们有吗？"

三郎、舒群面面相觑。他们的稿笺都是从饭钱里挤出来的，哪里还留什么底稿呀！

"既然没有凭证，那就难说了！"胖子打了一个哈欠。

三郎怒不可遏。他当着胖子的面，把报纸撕得粉碎，扔在地上，同舒群气冲冲地离开了报馆。

走了这两遭，三郎向报刊讨索稿酬的兴致已荡然无存。

他们悻悻地走上大街。空气闷热起来，大片大片的乌云从天边飞奔而过，像是暴雨要来临。两位朋友不由加快了脚步。街上的男女行人也露出仓皇的神色。

快到旅店时，舒群突然发现一位扎辫子的姑娘向他们跑来，神态非常慌张。他认出她是旅店里的勤杂工。

"三郎先生！舒先生！你们千万不要进旅店！"

"出了什么事？"三郎、舒群愕然。

"宪兵刚来搜查过，是一个头上缠着绷带的日本人带来的，说要抓三郎先生！"

"啊！一定是那个东洋司机。"三郎冷笑了一声。

"他们说了些什么？"舒群感到问题严重。

"他们说还要找三郎先生算账。那日本人把藤箱抱走了。"

"糟了！"三郎顿时觉得全身的血液唰地涌到头上。那准备赎出悄吟的两百多块钱全部藏在藤箱里的。十几天拼命地努力、奔波，朋友们的心血，拯救悄吟的希望……全部付之东流！

"他们走了多久了？"三郎绝望地叫起来。

"走了一个时辰。掌柜的说再住在这里怕有危险，叫你们先在外面避一避。"姑娘不安地走了。

"狗娘养的！我去找他们！"三郎唰地把衬衣剥下来，塞在舒群手里。他脸色铁青，有一种要拼命的凶险之气。

"不能去自投罗网！"舒群上前一步拦住了他。

三郎痛苦地呻吟了一声，像一只受伤的猛兽，抱头蹲在地上。

舒群搀起他说："走吧，我认识几个工人，先到他们那里去避避。"

夜里，一阵阵闷雷滚动，接着大雨滂沱，屋檐水流如注。

三郎赤着上身，躺在床上辗转反侧，心乱如麻。在他眼前，浮现出悄吟倚在房门时的身影，老板的秃顶，东洋司机的短脸……像走马灯一样，越转越快，越转越乱……

黎明时分，突然从远处传来一阵可怕的骚乱声。三郎猛起身，使劲地摇着熟睡的舒群。

"黑龙，快醒醒，你听！"

他俩惊愕地竖起耳朵，一种混杂着喊叫声和恐怖的声浪，仿佛从天边漫卷过来，越来越近。

"松花江决口啦！……"

"大水来啦！大水来啦！……"

人们一边惊呼，一边从他们住房边跑过。

三郎霍地从床上跳下来，剑眉倒竖，眼里闪过一道异彩。

"你快去老裴那里！"

"那你？"舒群迟疑地望着三郎。

三郎推了舒群一把，逆着人流，拔腿向北奔去。

他那赤着上身的背影，眨眼间消失在人群的旋涡中。

舒群震动了：那是朝江边的方向……

松花江宛如一条疯狂的巨龙咆哮着。

如注的暴雨，加上从上游涌泻下来的山洪，这条素以美丽、清澈著称的大江，霎时间变成了混浊可怕的洪流。滔滔的江水挟带着的泥沙、浊物，奔泻而下，发出隆隆的呼啸。

松花江江堤是用条石砌筑的，由于年久失修，在大水的冲击下，终究决口了。洪水像脱缰的野马，四下奔腾，临江的居民区顷刻间变成一片泽国。

"江堤决口啦！"

"大水来啦！大水来啦！"

嘈杂的嘶喊声、呼救声，伴着洪水的轰鸣，汇成了一股恐怖的巨浪，涌进滨江旅馆的窗口。

正躺在床上的悄吟从朦胧中惊醒。她脸色灰白，眼圈发黑，支撑着身子急忙爬起来，蹒跚到窗前向外张望，不由得怔住了：天哪，窗下已是一片汪洋！大街变成了河道，小船正来往救人。旅馆门口，人们扶老携幼，提包挟裹，争着向停泊在水中的柴船上跳。哭喊声，叫骂声，一片混乱……

悄吟脸色白得像蜡，一种无名的恐惧向她袭来。

她转身，拖着无力的两条腿，向门口走去。

这时，从门外传来一阵急促的脚步声，接着"咔嚓"一声，不知是谁给房门上了锁。

悄吟冲到门边，使劲推门，哪里还推得动！她急得举起拳头，在门上狠狠捶打，凄怆地高呼："开门！开门呀！开门！"

她绝望地扑在门上，门缝里闪过旅馆老板的背影。一种不可遏止的愤怒涌上心头，悄吟觉得眼前一黑，摔倒在地板上。

在迷迷糊糊之中，她仍然听得见窗外混乱的喧声，却爬不起来。

恍恍惚惚，她想起了自己的家乡呼兰城。呵，呼兰河畔，这生她、养她，最后又遗弃了她的地方，此时此刻大约也成了汪洋。那是一座衰败、苍老的小城，距哈尔滨五十公里，如今对她来说，却像相隔天涯一样遥远……往年，每当暴雨之后，呼兰城的大街都会变成河流。此时，她眼前又浮现出东街上那处巨大的水坑，真像可怕的地狱入口。那里面，淹死过猫狗这些小动物，也淹死过小孩和马匹。大泥坑正置车马必经之途，年年都要出翻车的事。然而年复一年，愚昧麻木的居民，只是站在坑边报怨、诅咒、看热闹，谁也没有想过铲土去填平它。她上小学每天都要经过这里。雨大的时候，大泥坑的水一直泛溢到街两边的墙根。每当这时，男孩子们都会抓着板墙贴着墙根一个接一个慢慢挪过去。他们讥笑小悄吟："喂，绕着另外的街走吧，这道女孩子是过不去的！"小悄吟咬着嘴唇，涨红了脸，倔强地走上去。她抓住了土灰色的木墙板，心里扑腾扑腾直跳，她相信男孩子能做到的事，女孩子也一定能做到，于是紧紧抿住嘴唇，沉住气，终于，蹚过了那段污浊和泥泞。她的小脸上绽开了笑容，那是胜利的微笑。从此以后，男孩子们再也不敢轻视她了。谁能料想呢？那大泥坑，似乎正预示了而今她坎坷的人生之途……

不知过了多久，她的耳畔响起了什么声音。悄吟睁开眼睛，挣扎着爬起来。

"咚！"一声响，地板被震动了。

悄吟扭过头一看——

从窗口跳进一个膀大腰粗、目光炯炯的年轻人。他赤裸着的臂上挎着一盘粗绳，浑身湿透，水从裤腿流下来，在地板上积了一摊。

"你……"悄吟摇晃着，从地板上站起来，"三郎先生！"

"快走！"

悄吟正迟疑间，三郎不由分说，把她搀到窗前，扶上窗台。

窗外的水面，停着一只木划子，在轻轻晃动。悄吟觉得整个天地似乎都在旋转，她无力地将头倚在窗沿。

三郎将带来的绳子捆在窗台下的一根铁条上，把绳子的另一头从窗口甩下去，正好落在木划子上。

他背起悄吟，顺着绳索一溜而下。悄吟的双臂紧紧地扣着他的脖子，她产生了一种奇妙的感觉：自己好像正伏在一只大鹏背上，从乌云里降落下来。他的身上是湿淋淋的。悄吟透过自己薄薄的衣衫，感觉到三郎的体温。那体温，像一股无形的暖流，流遍了她全身……一下轻微的震动，接着开始摇晃，三郎已立在木划子上了。

三郎小心地将她放在木划子上，然后纵身入水，泅水推动木划子。

悄吟回头望了一眼越来越远的滨江旅馆，那灰色的建筑浸泡在洪水中，像一头无可奈何的巨兽。一种飞出牢笼的悲喜交集之情涌上心头，使她激动不已。

啊，自由啦！她感激地盯着水中的三郎，他正吃力地划着水，向她投来深切的一笑。

木划子摇摆着，颠簸着，缓缓前进。突然，一个浪头打过来，悄吟坐立不稳，惊呼一声，落入水中。三郎大喊一声，丢下木划子，奋力游过去，想拽住她。洪水蓦地淹没了她的头顶。悄吟模糊地听到三郎的喊叫，她挣扎着想把头露出水面，但又沉了下去，她只觉得身体轻飘飘地坠入无底的深潭。在一刹那，死亡的念头闪过她的脑际，随后她就什么也不知道了……

悄吟醒过来时，已经躺在医院的病床上。她脸色苍白，呼吸十分微弱。

三郎焦灼地守护在旁，身上还滴着雨水、泥水和汗水。

悄吟呻吟了一下，又昏睡过去。

三郎急切地呼唤："悄吟！悄吟！"

悄吟慢慢睁开眼睛，望着三郎，微微摆了摆头："我会死了吧……会死了。"

三郎紧紧握住悄吟的手，激动地说："不！一定要活下去。你会活的！"

悄吟吃力地笑了笑，像是自言自语："我总在想，应该怎样活，而且要活得美好！"

她的目光投向窗外灰色的天空，眼睛里含着忧伤和希望。那对又大又黑的眸子，看起来就像两粒熟透了的葡萄，只要风一吹，泪水就会滴落下来。

这时，门开了。一个瘦高个的大夫走了进来，露出一副傲慢和庄严的神态。后面，跟随着一名年轻的女看护。

三郎迎上去，恳求地说："大夫，快来救她！"

大夫冷漠地望望床上的悄吟，又望望三郎："你是她的什么人？"

"我……"三郎迟疑了一下，接着，果断地说，"她的丈夫。"

大夫唔了一声，朝三郎伸出一只手："先交押金。"

三郎惶然不知所措："这……"

"拿来！"

"大夫，救人要紧呀！"三郎央求道，"过两天，我一定把钱交来。"

大夫鼻子哼了一声，对身旁的看护说："以后，不交押金的一律不许入院！"

三郎还想说什么，大夫却冷冷地说："请便吧，先生。"说罢，和看护转身欲走。

悄吟喘息着，想爬起来："三郎……我……累赘了你，不要为难了……我们……走吧。"

三郎见此情景，如万箭钻心，猛地转身大喝："站住！"

他大步奔至门前，像一堵兀立的墙，拦住大夫和看护。

大夫和看护被这突如其来的举动镇住了。

三郎愤怒地逼视着大夫："你，要救活她！要是她死了，我会杀了你，杀你的全家，杀了你们医院所有的人！"

大夫惊奇、诧异、不寒而栗。

沉默之中，屋里的空气紧张得像要爆炸。双方敌视地僵持着，一个眼里喷着火，一个眼里藏着冰。

终于，大夫投降了。他避开三郎灼灼逼人的目光，转过脸吩咐看护："准备注射。"

就这样，极度虚弱的悄吟被医院收下了。三郎看着看护给悄吟打完针，吃了药，心里落下一块石头。这时，他才感到浑身疲惫已极，靠在床沿昏昏地睡了一会儿。他醒过来时，发现悄吟正望着他，她的脸白得像大理石。悄吟的表情是恬静的，但是她的脉搏却很衰弱。一年多流浪生活的折磨，心灵的创伤，在旅馆中所受的虐待、饥饿、屈辱，已使她的健康受到严重损害。再加上在冷水中长时间浸泡，入院第二天，她就流产了。

三郎辗转反侧，寸步不离地照料着她，自己也说不清，为什么会对这个陌生女子的安危担这么大的心。他是一个硬汉子，平时很难流露自己的感情。也许是某些共同的遭遇触动了他。他也是从小就失去了母爱，犹如一个孤儿。父亲是辽宁山区县镇一个有血性的木匠，为人正直，很受乡亲们敬重。但是这位木匠性情很坏，在家庭中专制粗暴，令人望而生畏。三郎的母亲是个屠弱、温顺，而又可怜的妇女。在他出生六个月后，有一天父亲喝得酩酊大醉回来，母亲稍为顶了一句，就遭到毒打。当天夜里母亲竟上吊自杀了！这件事，造成了木匠家庭的悲剧和父子之间终身的隔阂。三郎开始懂事后曾对人说，他长大后要替母亲报仇，这话传到父亲耳里，使老人大为震惊和悲哀。木匠懊悔自己的过失铸下的大错，但已永远不可挽回了。父子之间的关系是冷淡的、陌生的。在失去母爱和没有父爱的环境下长大，三郎变成了一个硬汉。他刚强、粗犷，讲义气，这些秉性也许有一部分是从他父亲的血液里遗传下来的。十八岁时，他离开了家。当时东北山区的民风剽悍尚武，当军官和绿林好汉是一般年轻人向往的目标。三郎凭着强健的体格，在东北军一个骑兵营里当了一名骑兵，开始了戎马生涯。照这样的一条路走下去，他也许会成为一名骁勇的将领。但是，九一八事变改变了他的生活道路。民族的危机和苦难使他惊醒过来。他和一群血气方刚的少壮军人，举起了抗日的义旗。可惜起义失败了。他成了一个失去依托的流浪汉，从此拿起了笔，但仍然念念不忘曾经举过的枪。他在哈尔滨徘徊着，向往着有一天到抗日联军去，寻找报国耻雪家恨的机会。就在这时候，悄吟闯进了他的生活。这个美丽不幸、富有文才的女子激起了他深深的同情，也点燃了他心底爱的火焰。

爱神终于战胜了死神。几天之后，悄吟从病危中奇迹般地康复了。她的脸上渐渐有了一点血色，眼睛也有了光泽。女性青春的美，不知不觉地回到她的身上，像一朵经过风吹雨打的山花，更加妩媚动人。

一天，三郎陪着舒群来看悄吟，她的文静和天真给舒群留下很深的印象。他隐隐地感觉到，在这死里逃生的女孩子和三郎之间，悄悄地萌生着一种超过一般信任和友谊的感情。他为他们感到由衷的高兴。告别时，舒群留心地瞅了一眼悄吟脚上的鞋，已经变形裂口。走出病室，他向三郎开起玩笑。

"看来，这位姑娘爱上了你。"

"谁说的？我看不出来。"

"我可看得出来。"舒群神秘地一笑，"而且你对她也……"

"是的，我是很爱她。"三郎语调深沉，向朋友吐露了内心的秘密。

"还记得你说过的话吗？"

"什么话？"

"'转身就跑'呀！"

"你这黑龙，真可恶！"三郎给了舒群一拳，接着两人都笑起来。

悄吟在病房里听见了门外爽朗的笑声，但听不清两个人在嘀咕些什么。一会儿，舒群走了。三郎推门进来，手里提着一双半新的皮鞋，做了个滑稽的动作："这是舒群从脚上脱下来送你的。他说我是个粗心汉，对你关心不够，一定要把这双鞋子留下来。看来，我是够粗心的!"悄吟拿着鞋子,心里充满了感激。她把鞋穿在脚上,稍大一点。她抬起头看了看三郎,露出了孩子般天真的笑容,没想到他贸然说出了下面的话。

"舒群还说,有位姑娘爱上了我。"

"谁?"悄吟的心骤然紧缩了。

"一个没有鞋的姑娘。"三郎目不转睛地望着她。

她的脸顿时羞得通红,竭力掩饰着心里的慌乱。

"不!"悄吟的眼眶潮湿了,喃喃地低声说,"你是一个前程远大的青年作家,我……"

"我和你一样,也是一个流浪者。"他握住了她的手。

"你是一个好人。可我不能……不能!"

悄吟痛苦地低着头,泪水在眼眶里打转。

三郎还想说什么,一个年轻的看护推门进来,打断了他们的谈话……

月光从窗外射进来,倾泻在地上,晶莹清澈,恍如泉水。月色照在睁大双眼的悄吟脸上。

她耳畔又响起了白天与三郎的对话。

"舒群还说,有位姑娘爱上了我。"

"谁?"

"一个没有鞋的姑娘。"

悄吟脸上露出了甜蜜的微笑,慢慢地那微笑的嘴角下沉,又变成了双唇的抖动。

她想起被匡殿才骗进旅馆的第一天夜里……

泪水模糊了她的眼睛,她一把抓住被子,塞住嘴,凄楚地呜咽……

无尽的泪水,像在冲洗那个伪君子带给她的污垢。

生活的憧憬，像健康的血液一般鼓动着她的整个身心。

这是令人回忆、令人悲伤、令人激动的夜，它似乎要唤醒悄吟心灵深处隐藏的诗情。

第二天上午，病房外传来一阵有节奏的脚步声，那是三郎的脚步声。"他来了！"悄吟的心怦怦地跳了起来。

门开了，三郎满面春风地走进来，手里拿着一张报纸。

"瞧，我给你带来一样好东西。"

"啥好东西？"

悄吟掩饰着内心的激动，露出探询的目光。

三郎在床边坐下，将手中的报纸轻轻地放在悄吟面前，那神情，仿佛是献上了一束鲜花。

悄吟接过报纸，打开一看，里面夹着两片连在一起的枫叶。

"真美！"悄吟望着火红的枫叶。

"你再仔细瞧吧！在枫叶下面。"

悄吟的目光落在报纸三版的文艺副刊上，她像一个猜谜的孩子饶有兴趣而又急迫地在那些小说、诗歌的天地搜索着。突然，她的脸上焕发出一种奇异的光彩，她怔住了——

在副刊的左下角，一首加了花边的小诗赫然映入眼帘，那每一个乌黑的铅字好像都在叩击她的心：

　　这边树叶绿了，
　　那边清溪唱着：
　　——姑娘啊！
　　春天到了……

　　去年在这时，
　　正是吃青杏的时节；

今年我的命运，

比青杏还酸！

"啊！我的诗怎么会印出来了？"

悄吟说话的音调，因为情绪激动而生出特殊的颤抖。她在学生时代就很喜欢文学，曾贪婪地读着鲁迅、茅盾的小说和冰心的散文。她也试着写过一些小东西，但从来没有想到过它们会印出来，而且是印在自己一向崇拜的《国际协报》副刊上！一种复杂的感情，像春潮一样冲击着悄吟的心扉。这首诗记录了她的悲哀和不幸，是她命运的写照，她的心声……一时间，她悲喜交集，百感丛生，热泪夺眶而出。她不好意思地用手背抹了一下眼睛，冲着三郎笑了。

悄吟的情绪也深深感染着三郎。他久久地凝视着她，剑眉下的双眸闪烁着柔和的光芒，流露出一股暖意。

"干吗这样瞅着我？"悄吟低下了头。

三郎仍然入神地望着她，他深沉的心弦被震动了，像有很多话要说。

"三郎，你怎么不说话呀！"悄吟抬起头，显得格外妩媚。

"吟！我们在一起吧！我从心里爱你……"三郎的话，像是从胸腔深处发出来的。

"我……我是不幸的……我不愿把悲伤揉进你的生活。"悄吟迟疑地又低下了头。

"吟！过去的噩梦已经过去，赶快解脱心灵的负担，站起来吧，你会成为一个很有希望的女作家。"

"真的吗？我不敢相信……"

"要相信自己的力量。"三郎握住了她的纤手，热切地说，"你是一只小鸽子，我们一块飞吧！虽然我真正的理想是在战场，但我愿意陪着你一同去开拓荒芜的文苑。"

悄吟的心被溶化了。这颗让人世的欺诈冻僵了的少女之心，终于被三郎的满腔热忱温暖了，复苏了，跳动了！她蓦地伏在三郎的怀里，轻声啜泣起来。

在这一瞬间，双方都陶醉在爱的甜蜜和幸福之中，他们忘记了洪水、饥饿、贫困，忘记了人世间的一切烦恼，像两只风雨中相逢的孤雏，紧紧地，紧紧地依偎在一起……

淡淡的阳光从窗外射进来，映照在他们身上。三郎凝望着窗外的云天，眉宇间露出一种展翅高飞的气概。悄吟也脉脉地望着云隙里露出的一小块蓝天，心中升起了无限的柔情，这是她的日出！她的黎明！她的希望！她生命的风帆！

四　燕子啁啾

一辆马车嘚嘚地沿街驶来，车上坐着悄吟和三郎。

悄吟穿着一件褪了色的蓝布单衫，病后初愈的身体，显得苗条、单薄。她左顾右盼，像一只受伤的鸟儿冲出樊笼，重新回到蓝天，心中洋溢着自由的喜悦。可是，未来将是什么样呢？哪里是家？她和三郎，除了两颗赤子之心和一口装着破书旧被子的藤箱，可以说是一无所有。

三郎转过头看了悄吟一眼，朝她温存地笑了笑。他总是乐观的，一往直前的，对一切坎坷曲折都抱着无所谓的态度。"车到山前必有路"是他常说的话。此刻，他刚接悄吟出院，口袋里只揣着五元钱，却要去打天下了！

马车在石子街道上奔跑着。街边闪过商店的玻璃橱窗、乞丐、牵着小洋狗的俄国女人……

"请问两位在哪里下车？"车夫回头问了一句。

悄吟和三郎相对而视。悄吟茫然地笑一下，在哪里下车呢？连他们自己也不知道呀！

"一直朝前走。"三郎应道。

马车不停地沿着大街驶去。林荫道上的梧桐，不时有落叶飘下，已经呈现出斑斓的秋色。

悄吟感到阵阵凉意，把身体向三郎靠了靠。三郎抬起头，打量着大街两侧，像在寻找什么。忽然，他的眼睛一亮。

"有啦！就在那里停车。"他指了指前面不远的一个地方。

悄吟顺着三郎手指的方向，看见一幢白色的三层楼房。门的上方伸出一个长条形铁架，上面油漆着几个醒目的白色大字"欧罗巴旅馆"。马车在旅馆门口停下来。

当他们走进底楼大厅，才发现这是一家白俄罗斯人开的旅店，楼上楼下走动着各种肤色的旅客。一对穿戴体面的俄国夫妇正从大厅里走出来，差点撞到三郎肩上的柳条箱。男的回过头来，悻悻地用俄语骂了一句话，扬长而去。靠楼梯口摆着一面落地式穿衣镜，一个吉卜赛女郎从镜子里好奇地打量着悄吟，她脸旁的两只大耳环看上去就像两个大铜板。悄吟被她火热的目光看得很不自在，悄悄地拉了一下三郎的衣襟。

"我们换一个地方吧？"

"没有关系。"三郎将肩上的柳条箱搁在柜台前，朝一位红皮肤的俄国管事问道："还有小房间吗？"

管事查了一下旅客登记牌，用一口生硬的中国话答道："有的，在三楼309房间。"

悄吟抬头望了一下楼梯，又陡又高，真像一条登天的栈道。她跟在三郎后面吃力地爬着，苍白的脸上沁出了汗珠。但是她的心是兴奋快乐的。就要有"家"了，哪怕是筑在树梢上的一个小巢，风雨飘摇，那也是自己的家啊！她望了望三郎高大的身躯，加快了脚步。

当他们登上三楼时，悄吟已精疲力竭。她喘着气，脸上泛着红潮，一屁股坐在楼梯口用袖口抹着脸上的汗水。

"怎么，哭啦？"三郎转过脸来。

"谁说的？我在擦汗。"

"跟着我吧，309房间就在那头。"三郎抬头看了一眼门楣上的蓝瓷小牌。

他们终于走到钉着"309"小牌的门前。

三郎用脚把门轻轻踢开，还没有放下箱子，他和悄吟几乎都怔住了。

这是一间非常漂亮的小房间，雪白的墙，雪白的床单，雪白的桌布，连窗框也是白色的。窗台上摆着一盆淡紫色的绣球花，在一片玉洁之中显得格外悦目。

他们走进小屋。这就是我们的家吗？悄吟几乎不相信自己的眼睛，她觉得仿佛闯入了一个童话世界。

"我们将在这银色世界度蜜月啦！你是白雪公主，我是赤膊王子……"三郎像孩子一样，在床上翻起跟斗来。

就在这时，响起了"笃、笃"的敲门声，把他们从幻想中拉回现实里来。

一个肥胖的白俄罗斯女招待走进来，后面跟着一个中国茶房。

"一天房租两元，用具另算。你们租被单吗？"

"租。"悄吟说。

"每天另加五毛。"

"呵！那不租。"悄吟吓了一跳。

"不租。"三郎也说。

胖女人像一头骄傲的鹅，扬着脖子，噔噔地走过去，动手收掉被子、床单，连桌布也扯下来，一齐夹在腋下。几分钟之后，这雪白的小室，像遭到旋风洗劫一般，连窗台上的花盆，也随着胖女人一起消失了。

他们的童话梦，就这样被打碎了。

床上露出了发黑的棕垫子，桌子成了赤条条的，上面陈迹斑斑，连窗框仿佛也变成灰色。

"这才像我们的家。"三郎仍然那样乐观，他朝悄吟扮了个鬼脸说，"看来白雪公主你当不成了，当灰姑娘吧！"

悄吟为他的情绪感染。她打开柳条箱，从里面取出唯一的一床被子，放在床上。没有床单，只好睡棕垫子了。片刻，悄吟又找出几本厚一点的旧书，当枕头用。

到了吃晚饭的时候，三郎到街上买回一个大黑"列巴"[1]，又打了一瓷缸白开水，他们在桌子两边相对而坐，这是他们"蜜月"的第一顿晚餐。

"我们不是新婚吗？"三郎喜盈盈地看着悄吟。

"是的。"悄吟含笑点头。

"为新娘干一杯！"三郎举起瓷缸，咕嘟咕嘟地喝了两口开水。

他在一片黑面包上涂了一层白色的盐霜，先送到悄吟嘴边，让她咬了一小口，剩下的全部塞进自己嘴里。

忽然，他皱着眉头叫起来："嗨呀！真咸死人，这样度蜜月可不行。"

悄吟望着他的窘态，乐得哈哈大笑。

吃完黑"列巴"，夜色已降临。窗外亮起了灯火。

一轮明月挂在中天。小屋里洒上了幸福的光辉。

床上，三郎和悄吟紧紧地依偎在一起，他们热烈地拥抱着，亲吻着。把自己的爱情和秋夜柔和的月光交织在一起。

"真想不到，一场洪水，把我们俩冲到了一起……"三郎无限感慨地说。

"不，这是命运。"

"是啊，命运……共同的命运……"

他们拥抱得更紧了。悄吟发烫的脸贴着三郎宽阔的胸膛，她觉得

---

[1] 列巴：俄语，黑面包。

就像躺在大地的怀里一样安稳。三郎轻轻地抚摸着她的面颊……

悄吟一觉醒来时，发现三郎正伏在桌上写作。蜡烛只剩下半截，昏黄的烛焰摇动着，把三郎的身影投射在墙上，显得格外高大。

"三郎，别太累了，明天再写吧。"悄吟疼爱地说。

"唔，我得把这一篇赶出来，明天就交出去。"

"写的什么呀？"

"骗钱的文章。"三郎头也未回，又苦思冥想起来。他已经考虑了好几个题目：什么《大江决堤》《飘落的花》《拳师的喜剧》《灯光》等等，可是一个字也没写出来。

"睡吧！我不许你再写了。"悄吟一翻身，又睡着了。

三郎回头看了看，悄吟睡得很甜，红扑扑的脸庞上呈现出梦中的微笑。

"一对没有娘的孤儿！我们偏偏遇到一起了！"

三郎起身在她微微开启的嘴唇上亲了一下，又重新埋头写起来。他开了几个头，都不满意，连撕了好几页稿纸。

一行烛泪缓缓淌下，三郎对着摇曳的烛焰，苦苦地搜寻着合适的字句，他剑眉紧锁，笔在稿纸上划得唰唰直响。

"三郎，还在写呀！"悄吟睡意蒙眬的声音响起。

"好，乖孩子，你再多睡一会儿，为我做个好梦，讲给我听——那时我就可以睡啦。"

他转过身去，哄着爱人。

悄吟的头枕着几本书，书上垫着她的蓝布单衫当"枕套"。三郎俯下身去，想把书给她垫高点，悄吟却伸出一只雪白的胳膊勾住了他的脖子，不让他离开。她的眼睛闭着，睫毛又黑又长。

"放开我，灰姑娘。只差几页了，最后几页。"三郎放低了声音。

"不要写啦！天都快亮了！"

"不写，怎么交房租呢？我们的钱只够住两天，还得吃饭呢！"

三郎第一次感觉到做丈夫的担子。

在他的抚爱下，悄吟像一个娇小的孩子，又沉沉睡去。

月光悄悄隐入云层，窗外刮起了风，树枝被刮得直响。夜色更浓了。三郎揉了揉发酸的手腕，继续伏案写起来，在他脑海里，浮现出一幅暴风骤雨的图画，两只孤燕在闪电中搏击着，被雨打落在地，又飞起来，飞起来……

他在稿纸上一气写下去：

> 像春天的燕子似的：一嘴泥，一嘴草，我和我的爱人终于也筑成了一个家！
>
> 无论这个家多么简陋，是建筑在什么人的梁檐下，它的寿命能安享几时，这在我们是没有顾到的，也不想顾到。我的任务只是飞啊飞，寻找着可吃的食物，好使等待在巢中病着的一只康强起来！我顾不了那整日盘旋在空中的鹞鹰，也顾不了那冰冷的风暴、旋风，和那专以射击燕雀取乐的射手……

当他写完最后一页时，蜡烛已滩成泪泊。三郎疲倦地站起来想装订写好的稿子，但他的精力已经耗尽，一种不可抗拒的倦意爬上眼睑，眼睛再也睁不开，他昏昏地倒了下去。他醒来时，已偎睡在悄吟温暖的怀里。

天亮了，窗外透着微白的晨曦。门外，茶房开始送牛奶，奶瓶子的碰击声，旅客们来去匆匆的脚步声、吆喝声……不绝于耳。沉寂了一夜的旅馆苏醒了。

三郎感到脑袋像灌了铅一样沉，翻了一下身子，又呼呼睡去。

等他爬起来时，天已大亮。悄吟正在整理他夜里写的稿子，桌上放着两个"列巴"圈。

"再睡一会吧！"悄吟怜爱地说。

"不行，马上要把稿子交出去！"三郎披上衣服，一翻身跳下床来。

"写得真好，可还没有标题哩！"悄吟的目光从稿纸上抬起来。

"就叫《燕子啁啾》吧！"

三郎匆匆地洗漱完毕，将稿子卷起来，放进口袋。悄吟把"列巴"塞在他手中。

"你也饿了吧？"

悄吟摇了摇头。三郎接过"列巴"一边大口吃着一边走了出去。

悄吟倚在门边，望着他渐渐远去的背影，她在心里默默念着三郎写的那句话："我的任务，只是飞啊飞，寻找着可吃的食物……"

过道里渐渐响动起来，房客们招呼着茶房端水，送早点。此时，悄吟仿佛闻到"列巴"圈发出的诱人麦香。她咽了咽口水，觉得胃肠都快收缩了。她摸摸身上还剩几个铜板，那是留着中午用的。

她抬头望了望窗户，发觉外面飘起蒙蒙细雨，雨花飞在窗玻璃上，划出许多凌乱的斜线。她开始担起心来，三郎只穿了一件旧学生装，他一定会淋湿的。

雨越下越大，悄吟希望三郎能够中途折回来。她坐在床沿上，留意着过道里每一声脚步：一阵很响的硬底皮鞋声，像马蹄一样从门外走过；一会儿，是一串清脆、急促的高跟鞋声；又一会儿，是杂沓混乱的脚步，那兴许是一群戏谑打闹的男女。

她一次次失望，也一次次不安。"他是一匹受冻受饿的马呀！"她从心里发出叹息。

快到中午时，她饿得四肢软弱，饥肠辘辘，肚子好像泄了气的皮球。

这时，过道里传来一阵响声，是软底鞋的声音，悄吟的心怦然一跳：那是三郎的脚步吧？他一定淋得浑身湿透了。

她跳起来，打开了门。门外站着一个精瘦的中国茶房，手里端着放有肉饼、牛奶和面包的大托盘。

"太太，包午饭吗？"

"多少钱？"

"每客六角。包月十五元。"

悄吟吓得吐了吐舌头，立即摇头回绝了，好像怕茶房把托盘送进来强迫她吃，强迫她交钱似的。

茶房毫无表情地看了她一眼，转身走了，留下一团扑鼻的香气。

一会儿，过道里传来了叫卖声："列巴！列巴！"

悄吟赶紧拉开门，一个提着篮子的小贩走了过来，篮子里盛着长形、圆形的面包。

悄吟数着钱，两个、五个、八个……把所有的铜板给了小贩，得到一块黑面包。

她把面包抱在嘴前闻了闻，一股烤熟的麦香沁入肺腑。她刚把面包放在桌上，便听到一阵胶底鞋的脚步声，矫健有力，由远而近。

悄吟连忙藏在门后。

三郎走了进来。他全身上下已经湿透，衣服贴住身体，隐隐显出肉色，脚上的鞋也像刚从水里捞起来一样。

他用手在湿发上捋了捋，打量着房间。猛听背后一声叫，他一回身，见悄吟从门后跳出来。

三郎顺势把悄吟搂在怀里，亲吻着。

"你真凉！快把衣服脱了，当心感冒。"悄吟从他臂里逃出来。

"跑了好几家报社，都说稿子一时登不出去。最后还是交给《协报》副刊啦！"三郎边说边脱贴在身上的湿衣湿裤。

因为找不到换的衣服，悄吟拿过被子，披在他赤条条的身上。三郎裹着被子，模样十分滑稽，二人不由得对笑起来。

"饿了吧？呶——"悄吟示意三郎吃面包。

"你呢？"

"我还不饿，你先吃吧。"悄吟拿着茶缸去给他打水。

三郎撕了一块面包，放进嘴里大嚼起来，又拉开抽屉找盐碟。

悄吟端着开水回来，桌上的面包已经剩下空壳了。

三郎接过茶缸，歉然地说："我吃得真快。怎么吃得这样快？真自私，男人不好，真自私。"

悄吟看着他咕咕地喝着水。

"你吃吧，吃就吃饱。"

"我吃了一大半了。男人不好，只顾自己。你的病刚好，应该多吃。"

悄吟疼爱地望着他，强装微笑，眼眶里闪烁着泪光。

三郎兴致勃勃地说："我在报社碰到舒群了，他说过两天来看你。另外，我们几个朋友还商量了，要搞一个画展，赈济水灾难民；还要办一个学社，写文章，演戏剧，练武术，振兴民族精神，唤起民众……"说着，三郎下意识地又伸手撕了一块面包，塞进嘴里，第二次又去撕时，发觉不好，连忙将手缩回来，"我不该吃了，我已经饱了。"

悄吟撕下一块面包皮，爱怜地送到他嘴里。她刚刚立起身，忽然觉得眼前冒出一片金星，两腿一软，昏倒在三郎的怀里。

三郎惊慌地捧起她苍白的面孔，大声呼喊："悄吟，你怎么啦？"

两颗晶莹的泪珠顺着悄吟的眼角慢慢滚下，她微微张开眼睛，吃力地笑着："没什么，一会就会好的……"

"嗨，我真该死！"三郎懊悔地捶着头。

雨淅淅沥沥下着，那滴滴答答的声音，像一支柔和哀婉的牧歌，弥漫在整个空间里……

五　笔和剑

天放晴了。湛蓝的天空，澄澈明朗，连一丝云彩都没有。

悄吟和三郎各占小桌一角。三郎在写小说，他赤着膊，头也不抬，笔尖在纸上唰唰地移动。悄吟拿着一支画笔，在一张纸上涂抹着，她已画好一幅，斜钉在墙上，画的是两只鼓翅的鸽子。现在正画的这幅是一张静物：几个水萝卜，一碟白盐，一个大"列巴"。悄吟正给面包涂着深咖啡色。一边画，一边端详着，仿佛那纸上的食物真的可以充饥似的。

画完画后，悄吟感到无聊，她好奇地趴在窗口，观察着街上过往的行人、车辆……

三郎坐在桌前埋头写着，他捉着笔，就像握着一把剑，脸上露出激奋的神情。蓦地，他把笔往墨水瓶里用劲一掷，几乎把墨水瓶撞倒。

"唉！写、写、写，没完没了地写，肚子却总是喊饿……今天吃什么呢？"三郎望着悄吟，自嘲地说。

"连黑'列巴'也没钱买了。"悄吟回过头来。

《燕子啁啾》的稿费，至少还要等十天。"三郎双手往胸前一抱，愤然地说，"那些容易骗钱的文章，什么春宫赋、艳情诗、歌功颂德的台阁体，我宁愿饿死也不写！"

“文人都这么自尊吗?”

“不，不是自尊。是艺术家的良心。不过大作家是饿不死的。”三郎想了想说，“曹雪芹十年寒苦，贫困到‘饔飧有时不继’的境地，却写出了不朽的《红楼梦》。巴尔扎克一生都欠着债，据说他肚子越饿，头脑越清醒，写作速度也越快。”

“李清照的身世好像也很颠沛不幸。”悄吟想起她喜爱的女诗人。

“是的。古人说，‘梅花香自苦寒来’，一点不假。”

三郎望着悄吟的眼睛：“你也写吧。”

“我行吗?”悄吟睁大了眼睛。

“行呀！作家的妻子等于半个作家。”

“我可不当别人的附庸。”悄吟噘着小嘴。

“对，对，没有作家丈夫你也能成为作家的。你写吧！先试试看。”三郎鼓励她。

“写什么呢?”悄吟被说动了。

“写真实的，最使你感动的。要写出人世的不平，民众心底的声音!”

“好，我试试……”

三郎下意识地把裤带紧了紧。

“我们到底吃什么呢?”三郎望着悄吟，就像一个嗷嗷待哺的婴儿望着年轻的母亲。

悄吟想了想，从床下拖出柳条箱，打开翻了翻，捡出一件紫色棉袍。

“只有这个了。”她把棉袍捧给三郎。

“进当铺?”三郎摇了摇头，“你去吧，我不去。”

“作家不仅有良心，还有面子呀。”悄吟取笑地说，“我去就我去。进当铺，我一点也不怕，理直气壮。”

她卷起棉袍欲走，三郎又不放心地叮嘱：“至少要当两元，非两元不当！"

话音刚落，门外传来一阵脚步声。有人说了一句"就在这里"，接着敲起门来。

三郎示意悄吟把棉袍收起来，然后打开门。

一阵喧声笑语，三个朋友闯了进来。舒群走在最前面，满面春风。

"我们看新娘子来啦！"他朝着三郎打趣。

悄吟微笑着答礼，窘得满面绯红。这一群不速之客突然闯入这寒窑似的"洞房"，使她感到有些慌乱。用什么招待三郎这些朋友呀？连茶杯都没有一个！

"欢迎大家光临，我来介绍一下。"三郎却爽朗而潇洒。

"这位是金剑啸，哈尔滨的青年画家，也是这次赈济画展的发起人。"三郎指着舒群后面的年轻人。悄吟礼貌地点了点头。

"不敢称画家，算个美术爱好者吧！"金剑啸用手捋了捋向后倒梳的长发，谦虚地说。他和舒群年纪相仿，圆脸，戴一副宽边眼镜，身材纤瘦，看上去有些书生气。

"这位是诗人，欧阳晨。"

"哪里！哪里！悄吟女士才是诗人，我是微不足道的。"欧阳晨殷勤地打开手中的报纸，取出一支粉红色的月季花，递上说，"这是送给女主人的。"

悄吟接过月季，道了一声谢，将它随意插进瓷缸里。

"你们真是罗曼蒂克！"舒群摸着床上赤裸的棕垫说。

悄吟注意到舒群脚上穿的是草鞋，感到很过意不去，但又不知说什么好。

金剑啸突然像发现新大陆似的，快步走到临窗的墙边，对着悄吟的两幅画端详起来。

"不错！素描功夫深厚，色彩也用得协调。"

"这是悄吟特为赈济画展作的。"三郎高兴地解释道。

"太好了！静物是对饥饿的抗议，鸽子象征着追求自由。一定会受欢迎的。"

"请您多指点。"悄吟很不好意思。

"三郎，你也得做点贡献啊。"青年画家露出不整齐的牙齿笑道。

"我又不会画画……"三郎耸耸肩。

"你写篇文章吧，在报上给画展吹一吹……"

"不必了吧，悄吟就算我的代表啦。"

"我可代表不了你这位作家！"

"对，你无论如何要写一篇，就登在我们要出的画刊上……"

三郎笑着搔了搔头，没有回答。

金剑啸拍着墨迹斑斑的桌子说："阁下一定要写！"

"好，我写吧——"三郎投降了。

"我也来写两首诗吹一吹。"欧阳晨看了悄吟一眼，凑趣地说。

朋友们又谈笑一阵，就告辞了。金剑啸把悄吟的两幅作品也顺便带走了。

他们的欢声笑语给小屋子带来了一种愉快的气氛，这种气氛一直维持到他们想起了饥饿。

"可惜这不能当面包吃。"三郎从瓷缸里拿起月季花，用手指轻轻转动着。

"可是我们吃什么啊？肚皮都快贴到脊梁骨了！"三郎又叫起屈来。

"好，我马上就去换钱。"

悄吟重新卷起棉袍，走了出去。

"记住，至少要当两元！"三郎在她背后喊着。

大街上，悄吟匆匆走着。

她在一家当铺前停下来，照壁上那个桌面大的"当"字，看起来好像阎王狰狞的面孔。

悄吟壮壮胆，走了进去。她仰着头，踮起脚尖，才把棉袍递上柜台。她真不明白，当铺的柜台为什么要设得这么高！

柜台里边，一个戴着瓜皮帽的瘦子漫不经心地翻弄着棉袍。

悄吟抢先说："两块钱！"

那瘦子连看也不看一眼，就把棉袍卷起推开。

"两块钱不行，给多少呢？"

"多少钱也不要。"瘦子摇着脑袋，瓜皮帽的红帽球也跟着摇了摇。

悄吟失望地接过棉袍。

"五毛钱。——这衣服袖子太瘦，值不了几个钱。"瘦子总算还了个价。

悄吟看出他的狡猾，坚决地说："不当！"

"那么一块钱，再不能添了。"瘦子把头一扬，伸出一只细长的手指说。

悄吟想了想："好吧。"

她从柜台上接过一张一元的钞票和一张当票，走出当铺，心里觉得一阵轻快。

"我是有钱人了！"她一路想着，走进食品店，买了一包吃的，捧在手里。

马路上，一队扛着枪的日本宪兵走过，皮靴踏着地面"噔噔"直响，行人望而生畏。

悄吟亲眼见过日本兵在乡村污辱妇女，她横睨了一眼，加快了脚步。

"太太！太太！可怜可怜吧。"一个颤颤巍巍的声音在悄吟身后响起。

她停下步子，见一个衣衫破烂的老头儿，带着一个梳根长辫子的小姑娘站在面前。小姑娘可怜巴巴地朝悄吟伸过小手来。

她掏了两个铜板，放在小姑娘手心。"我有饭吃，他们也应该吃啊！"她怜悯地想道。

老头儿和小姑娘千恩万谢，给悄吟鞠了个躬，又蹒跚离去。

悄吟小心地摸了摸怀里的当票，向前走去。

忽然，她像想起什么，又站下来，回头望着那小姑娘的背影。她觉得这个女孩子挺面熟，那根又粗又长的辫子，圆圆的小脸，好像在哪里见过。

姑娘的背影渐渐远去，那根粗大的辫子似乎还在眼前晃动着。直到姑娘的背影消失在人潮中，悄吟才叹息了一声，继续走去。

路过一家包子铺，她又特意买了十个冒热气的小笼包子。

她脸上流着汗，腿也走软了，但心头很兴奋。总算可以饱餐一顿了，而这钱是她换来的，是她的心意和收获。

回到旅馆，她几乎是小跑着登上三楼，一边喘着气，一边推开了小屋的门。

三郎看见她满载而归，高兴地跳了起来。

"你还真有办法。"他接过一个包子，两口就吞了进去。

待几个包子下肚，三郎才想起细问："当了多少钱？当铺没有欺负你吧？"

悄吟从怀里掏出当票，递给三郎。三郎瞥了一眼说："才当一元，太少了！"

"一元虽少，可包子还是好吃呀！街上还有很多吃不上饭的人呢。"

"在街上又看见什么了？"

悄吟的表情黯淡下来，眼里隐隐地含着哀伤。

"看见一个讨饭的女孩，模样很像我们呼兰河老胡家的小童养媳。"悄吟缓缓地说着。

"她什么样？"

"圆圆的脸，有一条又粗又黑的辫子。老家的人们都叫她团圆媳妇，只有十二岁，据说她还有一个妹妹，说不定就是那讨饭的女孩。"悄吟呆呆地望着窗外，凄楚地说，"小团圆媳妇是被她那个狠心肠的封建婆婆折磨死的，死得太惨了！我一辈子都忘不了那凄惨的景象……"

"这是一个激动人心的题材，你把它写出来。写吧！让更多的人都知道她的不幸，都来诅咒这悲惨的世界。"

悄吟表情庄严地说："我一定要写！"

"我们一块写吧。我写画展广告，你写你的小团圆媳妇。"三郎把钢笔吸满了墨水，又分给她一沓稿笺。他俩分头坐在桌子两头，三郎先动手写，悄吟握着笔沉思，童年的记忆在她脑海里复活了……

那是十年前了，当时她还是一个扎小辫的姑娘。在家乡呼兰河——有一天，她正和祖父在后园子里，突然，一阵阵"呜里哇——呜里哇"的唢呐声，夹杂着有二伯浑浊的嗓音：

"快去看看吧！老胡家团圆媳妇来了，看热闹的人才多呢！"

男女老少争先恐后朝老胡家大院跑，在大院的一间小偏房里，老胡家正给二孙子娶团圆媳妇。悄吟也挤在人群中，好奇地睁大了眼睛。

那团圆媳妇是一个皮肤黑黑的小女孩，圆圆的脸，梳着一根又长又黑的大辫子，胸脯已渐丰满，看上去很可爱。

小偏房里外围满了人，还有的扒着小窗子看，边看边窃窃私语：

"听说是两斗小米买来的，她家里还有一个老爹和妹妹。"

"这年头真是，连人也不值钱！"

"这丫头个头高，挺壮实，老胡家可是白捡了一个劳动力呀！"几个忠厚的老农民议论着。

婶子大娘们说的又不一样了：

"这是啥年头呢，团圆媳妇也不像团圆媳妇了！"

"没见过，大模大样的，一点也不知道羞。"

"看她胸脯鼓鼓的，真不害臊。"

"听说头一顿饭就吃了三大碗！"

人们像围观一只稀罕的动物，七嘴八舌，评头论足。直到他们说得心满意足，才姗姗离去。

围观的人们都已散去，悄吟还趴在窗口上张望。老胡家的人阴沉着脸，拽着小团圆媳妇的手臂，把她往厨房里拖。接着，从里边传来鞭子的抽打和一阵惨叫声，悄吟吓得直往回跑。

那种凄厉的叫声像刀子一般插进她的心里，她一辈子也忘不掉。他们为什么打小团圆媳妇，她不理解。难道就因为她长得高，不怕羞吗？

第二天清晨，在井台边。

悄吟吃着饼，看见小团圆媳妇牵着一匹马来饮水。圆圆的脸上尽是伤痕。

她对她笑笑，她也对她笑笑。

"夜里是你哭吗？"

小团圆媳妇点了点头。

"大人打你啦！"

"他们不让说。"

"你十几啦？"

"十二岁。"

"你和我去玩，好吗？"

"不。他们不让的……"

"那你饿了吧？"

"饿……不饿……"

悄吟把手里的饼分一个给她："给！你饿了，你不说。"

小团圆媳妇接过饼，眼泪一大颗一大颗地滚落下来……

悄吟从痛苦的回忆中抬起头，她握着笔，在稿纸上激动地写起来。那一行行清秀的笔迹，仿佛在倾诉人间的悲惨和不幸——

几个月以后，小团圆媳妇被折磨得已不像人，她的眼睛凹下去了，脸变得又黄又瘦，只有她那条又粗又长的辫子还和原来一样。

一天，又传来了有二伯浑浊的嗓音："嘿嘿！今晚又有好戏看啦！老胡家团圆媳妇中了邪，跳了一个月的神也不管用，今晚要洗热水澡啦！"

晚上，老胡家果真热闹起来了。

院子里摆好了大缸，烧沸了开水。小团圆媳妇被她婆婆抱住，旁边几个人帮忙，剥掉衣服，把她一丝不挂地丢进滚热的水缸里。

穿着怪异的大神敲着鼓，口里念念有词。围观的人们像看把戏一样，好奇地望着水缸。

小团圆媳妇在水缸里嘶喊着，拼命地挣扎。几个人从大缸里舀起滚烫的水往她头上、身上浇。小团圆媳妇渐渐不支，喊叫也无力了……围观中的悄吟双手捂着脸，吓得哇哇哭了。

只见热气升腾，升腾……小团圆媳妇终于倒在大缸里了。

第二天，呼兰河畔的荒地上，增添了一座小小的新坟。一个年轻的生命，还来不及领略人生的乐趣，还未尝跋涉漫长的生命旅途，就这样悲惨地去了。

悄吟写完最后一页，泪水已经模糊了双眼，那讨饭女孩的背影，小团圆媳妇挣扎的惨状，不断地叠现在眼前——那根又粗又长的辫子，仿佛还在悄吟眼前晃动，抽打着她的心。

"怎么，又哭鼻子啦？"三郎关切地问。

悄吟摇摇头，用手背抹了抹眼睛。

"写完了！"她长长地吐了一口气，"可是在哪儿发表呢？"

"这个交给我来办，"三郎信心十足，他把悄吟的稿子接过来看了看说，"也许，哈尔滨文坛将出现一个女性作家！"

"别取笑我啦！"

第二天，三郎将悄吟的小说稿交给了老裴。老裴只读了几页，就称赞起来："有特色，充满女性的细腻和同情心，稍做改动就可以用。"

半个月后，悄吟的处女作在《国际协报》副刊上登了出来，题目叫《一个童养媳的死》。

小说登出来后，立即引起了哈尔滨文学界的注意。《国际协报》副刊编辑部在几天里就收到上百封读者来信，不少是青年读者，他们对小团圆媳妇之死表示了极大的同情。作品触动了人们的心灵，悄吟的名字开始在评论栏目里出现。

这一切都是悄吟始所不料的，她第一次感觉到文学唤醒人心的力量，体验到了创作的喜悦。

几乎在同时，他们筹办的赈济画展也开幕了。地点设在金剑啸租借的一间大屋里。沉寂萧索的北国文苑，在这一群二十几岁的爱国文艺青年的躁动下，刮起了一阵狂飙。

开幕的翌日下午，飘着星星散散的毛毛雨，悄吟和三郎来到画展的地方。

这是一间临街的旧房子，很宽敞，窗子也很大，墙上新糊了白纸，显得很干净。房子的四壁依次挂着大小不等的画框，悄吟的两幅画挂在显眼的一角。

冬雨淅沥，只有几个观众。金剑啸很兴奋地给三郎和悄吟指点着。

"老弟的作品全都搬出来啦？"三郎环视着墙壁，不少画他在金剑啸那里见过。其中有写生油画、素描裸女，还有画家的自画像。

"艺术是属于人民的，我全部献给灾民。"剑啸用手把长发向脑后捋了捋。

悄吟端详着剑啸的自画像，神态十分逼真，只是头发的线条有些凌乱。她感兴趣地问："金先生喜欢留长发？艺术家就是这样吗？"

"不，我是因为在上海学画时常常没有钱理发，才这样的。"金剑啸自嘲地笑了笑说，"后来就成习惯了。搞艺术的并不都是怪人，可是人们常常不理解他们……"

"卖出去多少幅了？"三郎问。

"大概一两幅吧。"剑啸把手背在背后，不满地说，"哈尔滨有几个真正懂画的人呢？"

最后，他们走到一幅没有完成的大幅画前，上面只有粗线条的炭笔构图，画的是煤层下的矿工，裸露着身子，正用力挥着镐。那鼓突的肌肉、扭曲的筋骨，蕴含着一种巨大的力量，使人想起米开朗琪罗的雕塑。画的标题是：《奴隶》。

悄吟和三郎站在这幅画前，久久地凝视着。他们感觉到，这画中表达出了一种信念和思想，那正是他们所向往、追求的。

房间里回荡着金剑啸意味深长的声音——

"这幅画还没有完成……"

落雪了。纷纷扬扬的雪花飘洒着，有的打在窗玻璃上，不一会儿就融化成小水珠。淌下来，仅留下弯弯曲曲的水痕。悄吟坐在桌边，感到很寂寞。小屋子静得像一座荒凉的广场，没有声音，没有阳光，冷飕飕的。她无聊地拿起笔，在一张线条粗俗的画稿上勾勒着。这画是三郎学着画的，他把人的下巴简直画成了皮鞋的后跟！悄吟在这"后跟"里添上一根线条，人像就协调多了。忽然觉得背后有人，她忙扭头，三郎不知什么时候已经回来，正躲在她背后笑，帽檐上还滴着水。

"冒失鬼！吓我一跳。"

"夫人把下巴改得真好，我的画可以登大雅之堂了。"三郎戏谑地说。

"你不是说下巴大吃饭有劲吗?"悄吟一边挖苦,一边替他把帽子取下来。

"这年头还是下巴小一点好。"三郎抓住悄吟的手,关切地问道,"怎么样,一定饿坏了吧?"

"不……"

"别骗我了。"三郎像变戏法一样,从衣兜里掏出二十元钞票,得意地扬了扬,"看,二十块! 好啦,可以不饿肚子啦!"

悄吟又惊又喜:"这么多? 哪儿来的?"

三郎甩了甩头发上的水:"找到职业了。家庭教师,又教国语,又教武术。每月二十块,还管住。"

"真的?"悄吟勾着三郎的脖子,像小孩一样跳起来。

搬家对他们来说,实在再简单不过了。三郎扛起那只破旧的柳条箱,叫了一辆马车,两个人坐上去,"家"就搬走了。

马车离开欧罗巴旅馆时,悄吟留恋地回头望了一下。那白色的小屋,连同他俩新婚的甜蜜和凄苦永远留在了记忆的深处……

新居在沈家院宅,位于商业区的一条小街。

他们穿过一座很大的院子,还没有看见房子。这个新的"家"又将是什么样子呢?悄吟左顾右盼,暮色中,一切都显得模糊昏暗。终于走到院子尽头。三郎拉开了一个房间的门。

"妈妈,老师搬来啦! 我的老师搬来啦!"一个穿马靴的男孩,约莫十四五岁,从里面高兴地跑出来。接着,走出来一个很有风韵的妇人,穿着入时的旗袍,脸上的表情不冷不热。

"欢迎你们。小龙他爹带女儿看戏去了。房间就在后面耳房,小龙带你们去吧。"

悄吟顿时感到一种被轻待的屈辱。说什么搬家呀?移了一个巢,还是寄人篱下! 只有这纯朴的男孩还使人感到一点温暖。她不由得想起了自己的弟弟，他的脸是圆圆的，眼睛也是黑黑的，已经快一年没有见到他啦……三郎教这样的学生，也还不错。

小男孩把他们领进小屋，又忙着搬这搬那，好一会儿才离去。

"老师，明天多早开始教武术呀？"临走时，他还兴奋地问。

"早饭以后，九点吧。"

次日清晨，阳光融融。在沈宅庭院的草坪上，三郎开始教沈龙武术。师生俩的关系很融洽。

三郎腰上缠着一条很宽的黑色软带，他身段灵巧，动作敏捷，先示范了一路少林拳。练得性起时，他索性脱去上衣，只穿一件白色的开襟背心，显衬出鼓突的肌肉。

三郎示范完毕，沈龙跟着操练。小伙子的悟性很高，两三遍后就可以自己比画了，三郎不时给他纠正着动作。

练完拳，三郎又表演了一阵剑术。他取出剑，凝神起舞，只见一道寒光，如流星，似闪电，令人目不暇接。沈龙立在一旁眼睛睁得大大的，情不自禁地喝着彩：

"好！太好了！"

稍远处。一个肌肤白净、衣着时髦的少女，正在树后看书，也被这喝彩声吸引住了。她不时抬起头向三郎这边窥望，流露出赞赏的目光。

这姑娘是沈家的三小姐。

武术课后，她悄悄叫住沈龙。姐弟二人在小径漫步走着。

"小龙，刚才穿着单衫舞剑的是谁呀？"

"我的老师，真棒！他还会写小说哩！"沈龙眉飞色舞地说。

"能带我去看看吗？"

"行呀！"

沈龙兴冲冲地陪着姐姐，穿过庭院，走到耳房门前。

房间里，只有一张床，一张条桌，两把椅子，显得空寂，清静。

只有一盆炉火，带来些许温暖。

悄吟已收拾了碗筷去涮洗，三郎正坐在桌前，举杯独酌。

沈龙得意地朝姐姐做了个手势，然后敲响了门。

三郎放下杯子："请！"

姐弟俩推门进来。

"老师！"沈龙向三郎介绍道，"这是我三姐。"

"我叫沈莉，茉莉花的莉。"沈莉娇滴滴地说。

"欢迎欢迎，我叫三郎。"三郎点头施礼。

沈莉大大方方地说："先生，我在《协报》上拜读过您的大作，写得真好。没想到您还会武术。而且……"她端详着三郎，"很有骑士风度。"

三郎发窘地笑笑，不知作何回答。正在尴尬间，悄吟洗罢碗出来。

"啊，我来介绍一下，"三郎介绍，"这是我太太。"

"哎呀！"沈莉眼尖，一眼认出悄吟来，"你不是悄吟吗？"

悄吟望着她嘴唇上的口红，困惑地问："你是……"

"我是沈莉。你不记得啦？比你低一年，我们还一块排过节目呢！"

"哦，你是沈莉呀！越长越漂亮，都快认不出来了。"

"你真会取笑！"沈莉亲昵地说。

三郎和沈龙望着她俩，感到意外。

"想不到吧？"沈莉搂着悄吟，嚷着，"我们是同学呐！"说着，把悄吟拉到一边，悄悄地耳语，"你真走运——你这位先生比你那位先生……嘻嘻……"她只顾自己说话，没留意悄吟的脸上掠过一层阴影，接着又说，"听说你成了女作家啦！"

"哪里，不过一篇习作……"

沈莉抬起目光，望着三郎："先生，您太太可是一位才女哪！"

悄吟漠然地叹道："什么才女呀！找个职业都难……"

"有我挣钱，"三郎踌躇满志，"我太太用不着找事干。"

"不，我要……我要找职业。"悄吟突然感到受了伤害，"我才不想靠男人哩！"

三郎愕然。这以前悄吟还从未这样当众顶过他。

"三郎先生，您可不能轻视我们女性啊！"沈莉帮着悄吟说话，尽力缓和气氛。不一会儿，她就拉着弟弟告辞了。出门时，她回头瞥了一眼墙上挂着的宝剑，剑柄上垂悬着一支红色的穗带，显得格外夺目。

走出门后，沈莉情不自禁地想：他和她多像那剑和穗呀，可她却不愿做那漂亮的穗。她是才女，心比天高，不甘做男人的装饰和附庸……要是换成我呢？

六　血红的广告

　　几天后的一个早晨。悄吟在炉子旁烧早饭，她一边用勺子搅着锅里的粥，一边读着报纸。以往她感兴趣的大都是文艺版，现在却留心起广告版来。

　　招聘栏里，有一条不引人注目的小广告，登着一家名叫"皇后"的电影院招聘广告员，月薪四十元。悄吟顿时心动：画广告我能凑合，一个月四十元，比三郎的收入还高一倍呢！

　　吃早饭时，她兴致勃勃地向三郎提起了这事。

　　"尽是骗人的！招一个人，报名的就有好几十。"三郎瞥了一眼报纸，不以为然地说。

　　一连好几天，悄吟和三郎谁也没再提广告员的事。不过，三郎看得出，悄吟一直郁郁不乐，人好像也消瘦了。于是，他暗中到皇后电影院去看了看。影院已经聘了广告员，听说是一位年轻的画家。

　　三郎回到家里，一肚子的火。

　　"皇后电影我去过了。"他把帽子往桌上一摔，"他们早已聘了人，还是一个什么画家。"

　　悄吟诧异地望着他，心里又意外，又感激。三郎能为她去联系，使她很感动。

　　三郎又骂起那个当广告员的画家来。

"真混蛋！为了四十块钱，就出卖艺术家的良心，去给他们画什么艳史呀，哀史呀，尽是些肉麻的东西！"

"那倒不一定，广告画里也有艺术。"

"算啦！那无聊的事，干不成就拉倒！八人大轿抬我，还不去哩。"三郎安慰着悄吟，"你别整天闷在家里，咱们去看望老裴。"

他们走到中央大街时，忽然有人从背后拍了三郎一下："老兄，到哪里去？听说你们乔迁了。"

三郎回头一看是戴眼镜的金剑啸，脖上围着一条旧围巾，露出不整齐的牙齿在笑。

"是剑啸啊，我们搬到商市街22号了，欢迎光临。"三郎伸出手和剑啸握了握，关切地问："你那幅《奴隶》完成了吗？"

"还没有，整天忙忙碌碌。"

"你鞋上怎么花花绿绿的呀？"悄吟看见他鞋上洒满了各种颜料。

"我给电影院画广告，每天下班后都去，忙得够呛……"

"哪个电影院？"三郎急忙问。

"皇后电影院。"

三郎和悄吟面面相觑。一刻短暂的沉默，悄吟终于忍不住，扑哧一声笑了起来。

"他们说的那个画家原来是你呀！"三郎笑着朝剑啸打了一拳。

"他把你狠狠骂了一通，什么无聊，出卖良心呀……"悄吟揭发三郎。

"你们怎么知道的？"剑啸感到莫名其妙。

"我们也见到广告了，三郎还跑到电影院去问了。"

"哈哈，是这样。"剑啸开怀大笑，他想了想，洒脱地说，"那你们来帮忙吧，四十元月薪咱们平分秋色。"

三郎望了望悄吟，没有表态。

"下午五点我在影院售票处等你们，别忘啦！"说完，剑啸把围巾往脖后一甩，匆匆地走了。

午后，三郎外出了，悄吟伏在桌前构思着一篇新的小说。她写写，停停，又想想，不时揉揉眼睛。冬日的阳光照进耳房，亮度很微弱。哈尔滨的冬天，下午三四点钟就是黄昏了。

这是她的第二篇作品，在稿笺的第一行，写着几个娟秀的小字：广告副手的梦。

天色渐渐昏暗，三郎还没有回来。悄吟围上围裙，生着火炉，忙着烧晚饭。

"等了你们半个小时，怎么没来？"金剑啸闯了进来，一边掸着身上的雪一边说，"三郎呢？"

"他也出去了，还没有回来。"

"那个瞎闯荡的！不等他了，我们先走。"

"可是……我们还没说好。"悄吟犹豫着。

"没关系，回头我给他说。"金剑啸果断地说。

悄吟迟疑片刻，披上头巾，跟着金剑啸到皇后电影院去了。

在一间简陋的广告室里，灯光晦暗，空气混浊。地板上摊满了细木屑、油罐、颜料瓶子。一个瘦骨嶙峋的老木匠，在屋角吃力地钉着大木牌，不时传来一阵咳嗽声。悄吟和金剑啸分别为几块大广告牌子涂着颜料。最大的牌子像一堵墙壁。

他们一连几个小时，手不停挥地朝广告牌上涂颜料，就像两架机器。

悄吟体力渐渐不支，她披着发辫，苍白的脸上沁出了汗珠。

"你先歇一歇吧。"金剑啸扭头瞅了她一眼。

悄吟摇摇头，一笔又一笔地向面前的广告牌上抹着锌白。涂完白色，现在该涂红色了。

她走到颜料罐子堆里，寻到一罐红颜料，然后站在一条短凳上，开始涂抹。猩红的颜色在广告牌上铺展开去，像一片血的海洋，震撼着悄吟的心:"我这是在涂抹自己的血呀!"

她站在短凳上挥着排笔,墙上晃着变形的影子。悄吟想:三郎也许正在走回家吧,他会生我的气吗?我是为了生活,为了职业……他会理解的……

窗外,远远的钟楼响起八下沉重的钟声。

"他还没有吃晚饭呢!他一定饿坏了……"饥饿和不安同时向她袭来。

前楼不时传来歌声、钢琴声和女人的浪笑声。悄吟疲惫已极,也厌恶已极,但仍然竭力忍耐着。

广告室的门被推开了。随着一阵冷风,进来一个留小胡子、架眼镜的中年人,拄着文明棍;一个妖娆的女人跟在后面,用手帕捂着嘴。

男人是电影院的经理,他端详着大牌子上的颜色,皱起眉头说:"这种颜色不太那个……那个……柔和,唔唔……有些刺眼,不受看。"

女人嗲声嗲气地说:"快出去吧,出去吧,我可受不了这种气味。画不好不给钱就是了!画广告的不是和街上的乞丐一样多吗?"妖女人挽着男人的胳膊,扭着屁股走了。那渐去渐远的说话声,像刀子一样刺在悄吟心上:

——女人也来画广告……真是……下贱……

金剑啸砰地把门关上,冷笑道:"嫌这血色太刺眼吗?总有一天要染在你们的身上!"

悄吟气得脸煞白,呆然失神地立在小凳上,手里的红排笔滑落到地板上,颜料罐子也打翻了,她的衣裳被染了一条长长的红痕……

钟声又响了,清晰的九下,在寒冷的夜空里回荡着,孤寂又凄凉。

悄吟拖着沉重的步子,走出了影院。

寒风搅着雪花,扑打着悄吟单薄的衣裳,她瑟缩着身子,疾步走去。但心里怀着一丝慰藉,像一团微火温暖着她:

"我总算自立了，自立了……到月底，不至于没有样子、没有米了……还可以给三郎买一件毛衣，腊月天，他只穿一件夹外套怎么行……"

三郎匆匆地走过街头，回到沈宅。穿过漆黑的庭院，他回到耳房小屋，发现房门洞开着。

"腊月天还这样放空气吗？"三郎像往常一样，风趣地道。

房里没有人回答。

三郎进屋，摸索着火柴和蜡烛，笑道："快出来，我知道你又藏在门后了。"

屋里仍然一片寂静。

三郎划亮火柴，点燃蜡烛，猛地用手去按门后衣架上的衣服，扑了个空。

"小东西，快给我爬出来！"他又弯腰去寻床底下，还是没有人。三郎站起来，感到愕然。

这时，屋外闪进一个苗条的人影。三郎刚欲唤，又失望了——来人不是悄吟，而是沈莉。沈家三小姐穿着绣花的紧身外套，两只耳环闪着光，斜倚门框笑道："找谁哪？"

三郎忙问："沈小姐，你见悄吟了吗？"

"先生一会儿不见太太就心慌啦？"沈莉挑逗地说，"悄吟跟一位眼镜画广告去了。"

三郎脸色变了，披衣要走，却被拦住。

沈莉两只眸子含情脉脉："三郎先生，我是来向你告别的。我要走了……"

三郎心不在焉："唔，到哪里去？"

沈莉故作忸怩："家父送我到上海念书。"

"啊啊，"三郎应付着，仍要走，"好吧，祝你一路顺风。"

沈莉神情惆怅，叹息一声，让开了路，三郎匆匆地消失在夜幕中。

三郎迈着急促的步子，闯进皇后电影院前厅。他头上冒着热气，脸冻得通红，眼里闪烁着焦灼的光。

一个矮小枯瘦、满面皱纹的门丁，正坐在门边打盹。他抬起目光，困惑地望着三郎。

"请问广告室在哪里？"

"你有什么事？"

"我找今天来画广告的那个女的，她是我老婆。"

"广告室的人都走啦！"

"不可能！请你去看看吧。"

"门都锁了，不信你看钥匙。"门丁摇着脑袋，摔出一串黄铜钥匙。

三郎沮丧地走出影院。黑夜里，一阵冷风袭来，雪花刮在他脸上，像针扎一般难受。他心想："有了职业，连我都不要了，开着门就跑了……"在这不满中，也包含着强烈的怜爱和关切。他很担心悄吟病弱的身子……

他站住了，转身又向电影院走去。脑里还闪过一线希望：也许她画完广告，顺便在看电影呢？

三郎又回到电影院，在前厅里来回徘徊，不时瞥一眼墙上的木壳挂钟。

终于，电影散场了，观众像疯狂的羊群一样涌出来。衣冠楚楚的男人们、涂脂抹粉的太太、小姐，带着餍足的表情和一身香气，三三两两从三郎眼前走过。

三郎焦急地寻觅着，他踮着脚尖、仰着脸，唯恐错过每一张面孔。

人流渐渐稀疏，仍然未看到悄吟，三郎的目光黯淡了。他从太平门冲进放映大厅，大厅里面已经空无一人，紧接着，灯光也熄灭了。

三郎垂头丧气地立在黑暗中，像荒原上的一尊石像，冰冷、僵硬……

当这位焦灼不安的丈夫在影院徘徊的时候，悄吟正在十字路口匆匆地走着。她形单影只，像一棵霜冻的小树，冷风如大鳌一般，紧紧地裹住她，把她往后拽。

突然，一辆乌龟形的黑色小汽车从她身边驶过，车窗里闪过一个熟悉的侧影，悄吟一怔："啊，他！"

车里人也发现了她，小汽车嘎的一声刹住，车门打开，从"乌龟壳"里走出一位体面的绅士，穿着毛皮大衣，脸色润泽，但两只眼睛却透着逼人的寒光。

悄吟全身的血液都涌到脸上，这种神情她太熟悉了，可以说一辈子都忘不掉！五岁那年，她被踢倒在灶坑边，爬起来时，首先看到的就是这种冰冷得叫人周身寒彻的眼神。这不是别人，就是她的父亲！

他走近了，嘴唇上留着威严的八字胡，浮肿的眼睑时不时颤动两下。

悄吟像一株顶风的白杨，凛然而立，目光里含着哀怨、愤恨和蔑视。

父女在相距几步的地方停下来，谁也没有说话，双方默默地对峙着，像北冰洋里的两座永远隔离的冰山。

一个愤怒的声音从悄吟心头升腾："……你是我的父亲，更是我的仇敌——我的不幸和悲苦，我的漂泊和饥寒，还有我一颗累累伤痕的心……都是你的罪孽！"

父亲打破了沉默。他用手摸着八字胡，严厉地说：

"原来你在这里！跟我走——回家去……"

悄吟双唇紧闭，像陌生人似的冷冷地注视着他。

"我叫珂儿来找过你。"父亲的语气似乎缓和了些。

"我见到过他……"悄吟矜持地说。

"那你为什么不回家？"父亲怒气冲冲地打断了悄吟的话。

"不！那样的家我不回去。我不愿受人豢养，我不是随意买卖的商品……"悄吟毫不退让。

"吟儿，我知道你在外面吃尽了苦头。"父亲仿佛良心发现，乞求她，"还是跟我回去吧……"

悄吟望着父亲浮肿的眼睛，一瞬间觉得他变苍老了，虚弱了，像一堵腐朽的墙，一推就会倾倒。她冷冷地答道："谢谢你的好意。我是我，你是你，我为什么一定要跟你回去呢？"

父亲脸色颓丧，无可奈何地转身走去。当他刚要上车时，悄吟问了一句："有二伯还好吗？"

"他，已经死了。"父亲转过头来，目光阴沉，接着砰的一声关上车门，"黑乌龟"一溜烟开走了。

满天的雪花飘落着，在路灯下闪着刀刃般的寒光。悄吟木然地望着小汽车消失的方向。

钟声又响起来，清晰而沉重的十下，振荡着圣洁的雪夜。

悄吟转过身子，正欲回家，突然，发现一个熟悉的身影，正向路口一家小酒铺走去。

那是三郎！

他拎着帽子，蓬松着头发，大步闯进了酒铺。

悄吟急忙跟上去，不安地推开了酒铺的门。

三郎从袖口摸出一只玻璃杯，放在柜台上对掌柜大叫道："酒！"

掌柜的刚给三郎斟上酒，悄吟便冲上去，捂住酒杯："你不能喝！"

三郎一把推开她的手，端起酒杯，咕嘟咕嘟一饮而尽。

悄吟满面忧伤，神色黯然。

回到黑洞洞的小屋里，悄吟和三郎隔着桌子坐着。桌子中央一支小蜡烛闪着昏黄的火焰，两人的影子在两壁墙上摇晃。

酒力冲上来，三郎的方脸膛变得通红。

"太太，看的是什么好看的影片？"他讥讽地盯着悄吟。

悄吟感到很委屈："谁看电影啦？"

三郎哼了一声。

"我到电影院是画广告画的。"悄吟望着三郎。

"可我九点半到电影院去，广告室的人都走了，连门也上了锁！"

悄吟含着泪，辩解道："你怎么不相信我呢？你想，我能把你留在家里，一个人去看电影？"

三郎盯着她苍白的脸庞，质问道："那你到哪儿去了？"

悄吟的大眼睛罩了一层阴影："路上，碰到父亲……"

"什么？"三郎怀疑地问。

"他要我回家去……"

三郎一听，勃然大怒："回去吧，享福去吧！"他把外衣脱掉，又脱去长裤、内衣、一件件甩在地上，索性把鞋子也蹬掉，光着脚去拉开门。呼地屋外涌进一股风雪，他又把门关上。

三郎光脚在地上转了两圈，一下子躺倒在床上，嘴里还不住地哼哼着："连我也不要了……有了职业，开着门就跑了……开着门，有了职业，就跑了……连我也不要了……"

悄吟悲伤地看着三郎失常的举动，昏黄的烛光映在墙上的影子像醉汉一样摇晃着……

夜深了，三郎昏昏地睡去。

桌上的蜡烛淌着泪，烛焰摇曳。悄吟对三郎粗暴的举止并不在意，她伏在昏黄的灯光下，握着笔，时而沉思，时而在稿笺上写着什么，眸子里流露出对笔底人物的哀怜、惋惜和对黑暗社会的愤懑。一股不可遏制的创作冲动正撞击着她的心弦。

她正写一个醉醺醺的老人。

那是有二伯。他穿一件褪色的竹布衣裳——既不是长衫，又不像短褂，而是齐到膝头，宽腰大袖的衣裳。那衣裳是前清的旧货，有二伯穿在身上仿佛也变成了古董。他戴着一顶没有帽檐的草帽壳，卷着裤腿，趿拉着鞋。他跌跌撞撞走上街，一个胖厨子嘲笑地说："有二爷，你宽衣大袖的，和尚看了像和尚，道人看了像道人。"有二伯并不理会，口中念念有词：

"这年头是啥年头呢……"

悄吟家的院子的西墙角，一株老榆树随风飘摇着残叶。

有二伯摇摇晃晃地推开储藏室的门，小吟躲在暗处，睁大眼睛看着。

他摸到一只箱子跟前，从兜里掏出一截铁丝，用手使劲地扭，又歪着头把铁丝咬得咯啦啦响，随后，把它插进箱子的铜锁里，试着拨弄了一阵，铜锁开了。有二伯在箱子里好一番捣鼓之后，摸出一把黄铜酒壶，把铜壶揣在怀里，又盖上箱盖……

次日清晨。悄吟家门外响起"咚！咚！咚！"的敲门声。

没人应。

"开门！开门呀！开门！"

还是没人应。

"哼！"喝得酩酊大醉的有二伯，越墙而入。

院子里，小吟和母亲站在台阶上。

"怎么没人来开门？"有二伯借着酒性骂开了，"都死绝啦？"

"有二！"母亲喝道，"你不用假装疯魔，你骂谁？有骨气，别吃人家的饭。讨饭吃，还嫌馊？"

"四妹子，你二哥没能耐，可是在你家干了三十多年，吃这碗饭，哪一点对不住你们？拍拍良心……要算账吗？算账，找咱们四兄弟算……"有二伯嘟囔着。

"算账？有二，你小子真混蛋！敢同老子算账！"小吟的父亲冲出来，眼里射着寒光，一拳朝有二伯打去。

有二伯"咕咚"一声摔在院心。他挣扎着起来，小吟的父亲又一拳打去。有二伯又"咕咚"一声倒下了。

"一天到晚，你骂什么？养着你，完全是看祖宗的面子，你还骂！骂，骂……你祖宗的！"

小吟站在台阶上，看着，吃惊地睁大了眼睛。她从来没看见有二伯被打得这么厉害。

有二伯被打得爬不起来了。他躺着，枕着自己的血……一只鸭子来啄那地上的血……

"这年头是啥年头呢……"

小吟仿佛听到漠漠天宇之间都回荡着这悲愤的声音。

此刻，悄吟更加怀念有二伯，她感到有满腹的不平，像海潮一样从笔底涌出来，她描写着两年前的情景：

那是呼兰河镇车站，漫天也飘落着雪花。一声刺耳的汽笛响过，她乘坐的火车徐徐驶向站台。

这趟列车是从哈尔滨开来的，五十公里的路程，足足颠簸了两个多小时。悄吟穿着花格棉袍，围一条红围巾，手提小皮箱，情绪低落地从车门口走下来。

她站立在月台上，茫然若失地望着四周。不远处，一棵枝干苍黑的老榆树边停着一挂大车。大车旁站着一个老车夫，怀中搂一根长鞭，正朝下车的人流张望。

突然，车夫发现了悄吟。他高兴地扯着嗓子喊叫起来。

"嘿！小吟，回来啦？快上车吧……"

"有二伯！"悄吟走近大车。

有二伯见悄吟满面愁容，不解地问："还没有放寒假，怎么就回来啦？"

悄吟咬了咬嘴唇，两眼噙泪，没吭声。

有二伯帮悄吟把小皮箱放上车，待悄吟坐定之后，他挥起鞭杆，吆喝一声，三匹老马拉着大车奔向风雪之中的荒野。

大车颠簸着。呼兰河早已封冻。视野里一片严酷肃杀的白色，仿佛所有的生命都停止了。

悄吟蜷缩着身子，对大车即将到达的终点，她是冷漠的、无可奈何的，虽然那里是她的家。可祖父已经去世，再也没人疼爱她、保护她了。一想到父亲那冷冰冰的目光，她就禁不住打寒战。

呵！值得留恋的女子中学，那充满阳光的早晨，那叫人心醉的绿荫，还有同学们一张张友爱的笑脸……这一切也许永远告别了。她是一个被"逐出校园"的人，一个封建教育的叛逆者。

那一天的游行是多么让人兴奋呵。清晨，悄吟正在校园的林荫路上，同一个同学奔跑着，嬉笑着，快乐而自由。从校墙外传来人群的喧哗，接着是一阵阵怒吼。

"不准日寇在东北强修铁路！"

"打倒日本帝国主义！"

"'九一八'是个屈辱的日子！"

……

悄吟和同学们跑到校门口，只见浩浩荡荡的游行示威队伍潮水般涌过，有工人、市民、学生，他们举着标语，喊着口号，情绪激昂。

悄吟十分激动，她的情绪被游行队伍感染了。她看看四周，把红围巾向后一甩，拉着身旁的同学，毅然汇入了游行者的行列。她的声音，也加入到排山倒海般的口号声中。直到下午，她们才回到学校。

第二天。在学校操场上，女学生们被集合在这里，大家敛声屏气，神情紧张。寒风卷着沙粒在她们头顶盘旋。

女中校长、一个穿着黑衣服的老女人展开一纸公文，用阴沉可怖的声调宣读着：

"……为严肃校纪，净化校风，奖掖用功者，惩罚不轨分子，本校长决定：将参加反日游行者，扰乱人心的下列学生开除学籍。方庆兰、孙玉慧、李敏、悄吟……

站在学生队列里的悄吟听到自己的名字时，她震怒了，愤懑、不平、委屈，一齐涌上心来。

"难道爱国有罪？讨伐日寇有罪？"悄吟转身跑出了队列……

大车到家了。有二伯帮她把小皮箱拎下来，朝堂屋努了努嘴，就走开了。

父亲和继母坐在太师椅上，正对着屋门，悄吟站在屋中，像接受审问的被告。

父亲端起茶呷了一口，斜瞪着悄吟：

"怎么，被学校给开除啦？"

悄吟一言不发。

"大约还入了什么党吧？"继母抽着烟，讥讽道，"真给咱家出了名啦！"那烟管像一根细长的吹火筒。

悄吟轻蔑地哼了一声。

"你哼什么？还不服气？"父亲吼道，"我就知道你不成器！一个大家闺秀，抛头露面搞什么示威游行！"

"开除了也好，你爹正想给你退学呢。"

悄吟有些疑惑。

父亲手捋八字胡，威严地说："你也不小了，该料理终身大事了！……给你订了亲，是个官宦人家，在东三省都是有名的，同日本人还有往来，少爷叫匡殿才，人品还好……"

悄吟沉然不语。

"你准备准备吧，过两天，匡家就来接人过门。"

悄吟突然大声地说："我不结婚！我不结婚！我还要读书……"

父亲一拍桌子："读个屁！"

"这门亲事已经定了，你不结也得结，彩礼都收下了！"继母阴阳怪气地说。

夜里，风雪吹打着后院的枯树衰草，发出尖厉的呼啸声。满脸伤痕，头发蓬乱的悄吟被关在磨坊里。她痛苦地闭着双眼，泪水从眼角不断线地往下淌。

父亲的拳头并不能征服她。她一遍又一遍地自言自语："不，不……我决不能让他们拿我当物品去交换富贵权势……"

她躺在谷草堆上，浑身冷得打战。忽然好像有什么响动。悄吟警觉地倾听。

外面有人在撬窗户的锁。好一会儿，到底开开了，窗子打开，传来一个浑浊的老人的声音：

"小吟呢，快！快起来，起来……"

悄吟爬起来，到窗前一看，激动地说："有二伯！"

"你逃吧！你有二伯早看出来了，这个家不像个家了……"

悄吟感动地说："那您……"

"二伯这把老骨头豁出去了，你还是闺女，往后日子长呢！快逃吧，这个家不是你待的地方……"说着，有二伯又从兜里摸出一个小包，塞到悄吟手里，"拿着吧，一点盘缠，路上用……你小时候，跟二伯要铜子买糖块，二伯舍不得给你……这回，你拿去吧！"

悄吟感激地接过钱包，揣进怀里，纵身跳出窗口。

有二伯把她送到后院角门，开了门，悄吟急奔几步，又停下，返回来。

望着有二伯布满皱纹的脸，悄吟抑不住悲戚之声："二伯，我这一走，是再也不回来了，您老人家多保重！我只求您一件事，每到清明节的时候，您替我到爷爷的坟上看看，给他老人家烧炷香……"

有二伯应道："行呀，行呀，你走吧！"

悄吟给有二伯深深鞠了一躬，转身奔去。

从背后传来有二伯的念叨声："这年头是啥年头呢？"

……

一种失去亲人的悲哀压在她的心头："二伯死了！永远也见不到他了，善良而可怜的老长工……"

东方渐渐发白。

三郎睁开蒙眬的睡眼，看见悄吟还在昏黄的烛光下写作。

一阵吃力的咳嗽，牵动着悄吟瘦削的背影。三郎不由得心疼，想到昨晚的失态，更自觉惭愧。

三郎悄悄下床，轻轻走到悄吟身边，给她披上一件衣裳。

悄吟觉察，抬头，充满着怜惜地望着他："酒醒了？"

三郎翻阅着悄吟的厚厚一沓稿纸："怎么……你写了这么多？"

两人相视而笑，亲昵地依偎在一起。

这时候，门突然打开了。

金剑啸冒失地推门闯入，见状，不好意思地干咳了两声。

悄吟先招呼："金先生！"

"这么早就来了，有什么事吗？"三郎起来让座。

金剑啸耸耸肩，诙谐地说："画广告的差事吹了。咱们只好另找门路了！"

"为什么？"悄吟感到诧异。

"昨晚广告牌上那条红印子被经理看见了！"

悄吟似乎在自问："生存的路，到底在哪里？"

"解雇就解雇，谁稀罕他的臭钱！"三郎怒不可遏，骂了起来。

"我们要向这黑暗的社会宣战！"金剑啸慷慨激昂。

"对！"三郎立即响应。

"干脆我们自己组织一个剧团，以后自己给自己画广告。"悄吟灵机一动。

"唔，好，好主意！"金剑啸表示赞成。

"演戏有什么用？要干就真刀真枪地干！再说，我可不会演戏。"三郎反对。

"没关系，你可以跑龙套。"金剑啸说。

"那不行！我要演就演主角。"三郎手一挥，自负地说。

三人都大笑起来。

七　黑夜的星星

　　春天来了，经过一番积极的筹备，剧团终于成立了。参加的人有金剑啸、悄吟、三郎、舒群、欧阳晨和另外几个年轻人，金剑啸被推举为剧团领导兼导演。在民众教育馆讨论那天，他像小孩子一样，兴奋得走来走去，要大家给剧团起个名字。

　　"就叫王子剧团如何？"欧阳晨摸着胸前的领带，得意地说。

　　舒群白了他一眼，挖苦道："干脆叫皇帝剧团更好。"

　　"王子剧团的名字太雅，"金剑啸停住步，摆了摆手说，"而且与剧团的宗旨也不符。"

　　"那就叫号角剧团吧？"悄吟提议。

　　"嗯，'号角'好。可以考虑。"舒群表示支持。

　　"不过这个名字过于外露。"青年导演推了推鼻梁上的圆框眼镜，老成地说，"日本人会找麻烦的。"

　　说完，他看了一眼一直没有表态的三郎，问："老兄有什么高见？"

　　三郎站在悄吟背后，双手插在口袋里，他略为思索一下说："叫星星剧团怎么样？"

　　金剑啸脸上露出满意的表情："星星剧团——太好了。我们不正像一群黑夜里的星星吗？"

　　"好哇，就叫星星剧团吧！"众人齐声赞成。

散会时，金剑啸拉住三郎说："你给剧团写首团歌怎么样？"

三郎搔着满头乱发："我可没写过歌词呀！"

"你写好后，我来谱曲。"

"好吧！"三郎一口应承下来。

寒冷的春夜，三郎在烛光下伏案思索。窗外不时传来音乐的喧扰声，使他心绪烦乱。悄吟身子不适，已经先入睡了。

三郎走到窗前，推开窗户，凝视着黑沉沉的天幕。天上没有月亮，星光依稀地闪烁着，它是那样微弱，又是那样明亮！

越过暗黑的院子，从远处大街上飘来一阵嘈杂的音乐声，有日本舞场狂热的舞曲，有俄国饭店淫荡的抒情乐，还有流浪老人悲苦的歌声……占领者的狂欢和被占领者的呻吟交织在一起，深深地叩击着三郎的心。他皱着眉头，心潮久久难平，他仿佛觉得，这混合的声波汇成了一片人嘶马鸣，正席卷着整个东北大地。

沈阳沦陷时的惨状又叠现在眼前，日寇的铁蹄声、枪声、杀声和老百姓的惨叫声融成一片。当时他还是一个手中有枪的军人，撤退时的情景，至今回忆起来还像昨天一样历历在目……那正是腊月最冷的天，风吹在脸上像刀割一般。天上没有月亮，几颗星星闪着微弱的光芒。他背着一支枪，步履艰难地跋涉……

夜很深了。远街的喧闹已经平息。黎明在深广的夜色里躁动，撒在黑暗天空中的点点群星，明明灭灭，闪闪烁烁，它预示着黎明前的这一片黑暗过去之后，降临到人间的将是辉煌灿烂的朝霞……

三郎激动地伏在烛光下，一挥而就，写成了星星剧团的团歌：

> 我们的身躯渺小，
>
> 我们的光芒微弱；
>
> 我们的故家是暗远的天空，

我们的任务是接待黎明！

黎明！黎明！

黎明到了，

我们去了，

自有那伟大的红日，

会将你们照耀。

照耀！照耀！

只要你们幸福了啊，

我们用不着什么悲悼！

我们为灿烂的明天笑着，

笑着，笑着。

第二天，三郎拿着歌词，找到金剑啸办公的地方。

这是一个白俄罗斯律师开的事务所，办公室在二楼，金剑啸干的是抄写中文的差事。他常常开玩笑地自嘲道："我还是个三等书记官咧！"

在临街的阳台上，他接过三郎递过的稿笺，匆匆浏览了一遍，眼镜下的一双眼睛闪出赞赏的光芒。

"写得太好了！黎明到了，我们去了，自有那伟大的红日，会将你们照耀……"金剑啸轻声吟诵着。

"剩下的事可是你的啦。"三郎提醒他。

"没问题，我一定把曲配好。"青年画家将稿笺小心地揣进口袋，像老大哥一样拍了拍三郎肩头说，"今晚大家在民众教育馆集合，学唱团歌。"

傍晚，团员们陆续到了民众教育馆。

金剑啸穿着一件紧身制服，手里抱着一个绿色的盒子，兴冲冲地走了进来。他打开盒子，取出一把小提琴，熟练地放在肩上，搭上弓试了试音。

"歌词是三郎的杰作。我先把曲子拉给大家听听。"

金剑啸向三郎投去亲切的一瞥，就开始演奏起来。顿时，悲壮、激越的旋律从琴弦上倾泻出来，回荡在偌大的房厅里，忽而深沉悠远，忽而奔腾激越，这出神入化的音乐使三郎深深地震动了，在他的眼前变换出漆黑的夜空，闪闪的星光，喷薄欲出的旭日，五彩斑斓的红霞……啊！那正是他心中的图画，他心中的声音！

琴声戛然而止。大家脸上都焕发着光彩，仿佛听到了进军的号角。

三郎望着金剑啸刚毅的面孔、微弯的身躯，心里升起了一种庄严的感情。这真是一个了不起的人才！他隐隐觉得，在剑啸身上蕴藏着一种特殊的力量，但他一时又说不出这是什么力量。

歌声响起，打断了三郎的沉思。大家随金剑啸的拍子，兴奋地唱起来。那激越、高亢的声音，穿过窗户，在哈尔滨漆黑的夜空久久地荡漾——

> 我们的身躯渺小，
> 我们的光芒微弱；
> 我们的故家是暗远的天空，
> 我们的任务是接待黎明！
> 黎明！黎明！
> ……

一群热血青年就这样集合在一起，他们呼唤着黎明，渴望着去战取光明。

几天后，剧团开始排练节目。每周两个晚上，大家准时在民众教育馆聚会。

关于上演剧目，团员们进行了充分酝酿。有的提出先演莎士比亚的悲剧，有的提出演易卜生的《娜拉》，还有的认为可以演高尔基的《底层》。可是，金剑啸认为距离现实生活太远的意义不大，政治色彩太浓的也不行，最后，他找来一本辛克莱的剧本集，选中了其中的《小偷》。

辛克莱是一位不太引人注目的美国作家，《小偷》的政治倾向又比较进步，选这个剧本是很合适的。

三郎很得意，因为剑啸指定他扮演《小偷》里的小偷杰姆，这是剧中的主角。舒群饰律师，一位文艺副刊女编辑饰律师夫人。悄吟饰另一个剧的主角。剑啸任导演。欧阳晨没有摊派到角色，就当场记。

到正式排演的时候，饰律师夫人的女编辑病了，临时由悄吟顶替。

悄吟穿一件褪了色的蓝旗袍，肩上垂着两个扎辫子的蝴蝶结，额上一弯刘海，看去像个小姑娘，一点也没有律师夫人的气派。更糟糕的是，她没来得及背熟台词，欧阳晨不停地在后台提示着。

演到小偷行劫一场，舞台上的三郎从腰间拔出道具手枪，对着悄吟嚷道："律师太太，请举起手来吧！"他的声音有些突兀，而且因为紧张，面部滑稽地扭曲着。悄吟看着他的模样，忍不住扑哧一下笑出声来。这一下，台上的气氛完全被破坏了，连蹲在舞台角的金剑啸也笑起来。

三郎恼怒地说："律师太太，请严肃点！"

悄吟仍然吃吃地笑着，直到笑得捂着嘴，弯下腰。笑声传染了所有的人，台上台下顿时哄笑开来。三郎见状，哭笑不得，他提着木头手枪，冲着金剑啸说："你这个当导演的，怎么不管事哪？"

金剑啸忍住笑，摘下眼镜，一边擦一边说："导演，导演，不过是演员的向导……关键还在演员自己的发挥呀！再说，老兄拔枪时的表情也过于生硬，很难让人不笑……"

三郎没好气地走下台。

在回家的路上，三郎的皮鞋踏在马路上，发出"吧嗒""吧嗒"

单调的声响。他两手插在裤袋里，头也不回地大步走着。悄吟在后面，几乎要小跑才跟得上。

"你走慢点不行吗？"悄吟叫他。

三郎没有出声，照样迈着阔步，旁若无人地前行。悄吟终于赌气不走了。她鼓着嘴，脸涨得通红。

这一次的胜利者是三郎。

"律师太太，"他得意地转过脸，笑道，"怎么不走啦？"

"你像跑马一样，我怎么跟得上。"悄吟委屈地说。

"这就叫步调不一致嘛！尝到点苦头了吧？以后在台上可不兴乱笑了。"

"你真会报复！只要你不出洋相，我当然可以不笑。"

经过几次排演，三郎逐渐进入角色，演得自然了。三郎身上有一种天然的粗犷气质，特别适合演绿林好汉和造反者一类的角色。

一天，排演完毕，大家兴奋地唱起了团歌，歌声充满激情：

> 我们的身躯渺小，
> 我们的光芒微弱；
> 我们的故家是暗远的天空，
> 我们的任务是接待黎明！
> 黎明！黎明！
> ……

"天天唱'黎明''黎明'，黎明在哪里呀！"

"看见'满洲国'的五色旗，我就恨不得点一把火！"三郎愤怒地吼道。

"听说溥仪为了当皇帝，甘愿给日本人当儿子！"

"什么'共存共荣'，完全是日本的傀儡！"

"今天早上，滨江路上又冻死了五个乞丐！"金剑啸的声音沉重。

"昨天，在道外，日本宪兵在光天化日之下，侮辱了一个卖唱的姑娘。"舒群咬咬嘴唇。

"没有人性！"悄吟的脸上掠过一丝痛苦的阴影。

三郎双眉紧蹙："是兽性！……我们应该呼吁：给民众以做人的权利！"

一个留着齐耳短发的女青年问："什么是做人的权利呀！"

一个男青年说："怎样才是人？怎样不是人？"

悄吟不假思索地回答："没有感情的不是人！"

三郎叫道："没有血性的不是人！"

皮肤白净的欧阳晨也跳起来："冷血动物不是人！"

那个男青年突然提高了声音："中国人就是冷血动物，中国人就不是人！"

女青年扭头冲着他问："你是不是人？"

男青年脸色赧然。三郎猛然站起来，大声地说："不剥削人，不被人剥削的人就是人！"

那个男青年仍然执拗地反问："那么世界上的人都不是人啰？现在世界上的人，不剥削人又不被人剥削的有多少？"

金剑啸意味深长地说："所以，我们要唤起民众，争取做人的权利！"

那个男青年忽然诗兴大发，有腔有调地吟道："昨日之日不可留，今日之日多烦忧……人生在世不称意，明朝散发弄扁舟！"

舒群表情严肃地说："我们不能有丝毫颓废感伤，现在需要的是战斗的号角！"

女青年面向舒群，诚挚地问道："战斗号角在哪里呀？"

悄吟回答："在我们心头。"

金剑啸环视着大家，眼里闪闪发亮，从兜里掏出一本暗色封面的书扬了扬："这就是——战斗号角！"

几双眼睛不约而同地注视着他手中的书。只见灰黑色的封面上印着几条粗犷的暗绿线，上面是滚动的白云，整个构图凝重、深沉。

有人惊叹地叫道："鲁迅的《野草》！"

悄吟接过书，兴奋地和几个人翻阅着。

蓦地，欧阳晨紧张地叫道："听！"

大家立即安静下来。

"咔嚓！咔嚓！"门外响起沉重的皮靴声，由远及近，越来越响。

悄吟机警地将书藏在怀里。

皮靴声在门口停住，"哐啷"一声门被推开了。几个身穿黑衣、挂着手枪的伪满警察出现在门口。

众人面面相觑，表情惊愕。

三郎暗暗捏紧拳头。舒群神色泰然。金剑啸立在后面，声色不露。双方对峙片刻，空气异常紧张。

领头的警察气势汹汹地问："谁是舒群？"

舒群面不改色地站出来："我就是，有什么事？"

"跟我们走一趟！"

"你们凭什么抓人？"三郎挺身而出。

"有人告他蛊惑工人，反对'满洲国'！"

"什么叫蛊惑？我只负责给工人夜校上课。"舒群镇静地说，"走一趟也无妨。"

警察带着舒群走到门口，三郎想冲过去拦阻，被剑啸悄悄拉住。

那个胖胖的领头警察扫视了一眼大家，声嘶力竭地吼道："谁敢煽动反日情绪，扰乱治安，坚决逮捕严办！"

警察们押着舒群走了。

舒群被捕的事，给剧团投下一道浓重的阴影。那个脆弱的女青年再也不敢来了，另外两个团员也借故躲了起来。三郎气得骂他们是胆小鬼。金剑啸虽比三郎小几岁，却显得沉着老成，他说在风头上避避也好，剧团便暂时停止了活动。

过了几天，金剑啸来到沈家院子。他戴一顶褐色毡帽，领口随便地敞开着。当时正是晚饭之后，悄吟在厨房里洗碗，桌上摊着抄写的小说稿。他见到三郎第一句话就说：

"舒群已经获释了。他们没有问出个所以然，只好把他放了。"

"那星星剧团呢，可以恢复了吧？"

"目前很困难。还是搞点文学的东西，既不惹眼，又容易产生影响。"

"你的画呢？也是武器呀！"

"现在画画也难。"金剑啸苦笑一下说，"满眼都是现实题材，可……就是不能搞，一搞就是反日！"他随手拿起桌上的稿纸兴趣盎然地翻了翻。

"我和悄吟的几个短篇，准备出个集子，你看怎么样？"三郎征询地说。

"当然好。不过你们的小说写的都是民众的疾苦，恐怕不好出。"

"我们自己印。"

"那太好啦！现在正是需要用文学作投枪，为屈辱的民族、为受苦的民众呐喊的时候！书名呐，想好没有？"

悄吟笑盈盈地走进来："就叫《跋涉》。"

"啊，跋——涉！"金剑啸被深深触动了，他像在沉思，又像是无比神往。这是一个多么美妙的名字呀！三郎和悄吟，他们在这茫茫暗夜将要经历多少坎坷呀，他们的希望和憧憬不是别的，正是千千万万有志青年追求的明天……

"希望你俩在文学的道路上长途跋涉。"

年轻朋友们的手，紧紧地握在一起。

八　珠联璧合

夏夜。远处荡漾着舞厅的音乐，霓虹灯映红了天际。那里是有钱人的世界。

悄吟在颤悠悠的烛光下抄写稿子，钢笔尖在纸上飞走，蟋蟀的嘤嘤声、蚊子的嗡嗡声，不断在耳边鼓噪。她不时揉揉发痛的眼睛，挠挠身上被叮肿的红包。

三郎用手赶着蚊子："抄了多少了？"

"只有十页了。"

"休息一下吧，不要把眼睛搞坏啦！"

院子里响起一阵狗吠声。最近以来，不知为什么，总有一种不祥的预感压在三郎心头。他警觉地聆听，一阵皮鞋声穿过院子，越来越近。他打开门看，原来是金剑啸和舒群。剑啸穿着米黄色的西式短裤，舒群身着白衬衫，皮肤越发显得黝黑。

"是你们二位呀！快请进。"三郎喜出望外。

"你以为是警察光临吧？"剑啸用手理了理蓬乱的头发。

"现在的密探比蚊子还多！"舒群说着，啪的一下消灭了一个嗡嗡叫唤的蚊虫。

悄吟抬头朝他们嫣然一笑，又接着抄起来。

两人在床沿随便坐下，他们是专为小说集的事来的。

"稿子准备得怎样啦？"剑啸关切地问。

"就剩这一篇了，她今晚就可以抄完。"三郎兴致勃勃地说。

"悄吟也够辛苦啦！你怎么让她一个人抄哪？"舒群责备道。

"嘿嘿，"三郎不好意思地笑起来，"我的字太难看。"

"没什么，就快抄完了。"悄吟笑了笑说。话中包含着女性的温存和献身精神。

"准备工作都就绪了吗？"舒群问。

"三色封面，成本太高。"三郎谈出了苦衷，"我们现在连印书的钱都没凑齐。"

"差多少？"剑啸问。

"要印一千册的话，最少还差四五十元。"三郎有些沮丧。大家沉默了。舒群想说什么，欲言又止。他思索了一下，脸上露出坚决的神情。

画家建议："那就改用两色印吧？"

"如果用淡黄色的纸，只印一道色就行了！"舒群提醒道。

"哦！"悄吟赞赏地瞅了他一眼说，"看不出你对印刷这么在行。"

"我常到印刷厂去。"舒群憨厚地笑笑说，"这个册子的印刷，我帮你们先联系一下。"

"那就拜托黑龙啦！"三郎高兴地拍了拍他的肩头。

"明天中午听我的回话。"舒群把悄吟抄好的一批稿子卷成一卷带走了。

一连等了三天，也不见舒群的影子。

第四天早晨，舒群来了。他风尘仆仆，衬衫上沾满了灰。

"我到乡下去了一趟。"他接过悄吟递上的水，亲切地点点头，对三郎说，"印刷的事也谈妥了。五画印刷社同意印，我有两个朋友在那里。"

"可是印书款……"三郎踌躇着。

"也凑齐啦。"舒群从口袋里掏出一沓钞票，轻轻地放在桌上，"一共五十元。"

三郎和悄吟十分意外。他们默默地望着钞票，又惊喜，又不安。

"你？存点钱不容易……"三郎知道舒群也很穷，过意不去。

"我们之间说这些客气话干什么？"舒群无所谓地笑笑，接过最后一篇稿子，站起来说，"我先走了，校对时我来叫你。"

悄吟目送着他，眼里闪烁着感激和信赖的光芒。

舒群朝她摆一摆手，像对一个小妹妹似的说："集子问世，别忘了请客。"

悄吟和三郎像儿童盼望节日一样，盼着书的排印消息。这是他们的第一部短篇小说集，也是他们爱情的见证。其中选了三郎的六个短篇，大都在《国际协报》副刊上发表过；悄吟的有五篇，都是她一年半中陆续写的。

好几个夜晚，悄吟坐在门外的庭院里，望着星空出神。空气里飘荡着淡淡的丁香气息，令人陶醉。一只小黑狗蹐伏在她脚边。悄吟凝视着银河两岸乍明乍暗的牛郎、织女星，仿佛看见了那本散发出油墨芬芳的《跋涉》，高高横在天穹。

"集子出来，别忘了请客。"她记起舒群的话，嘴角漾起了微笑。书印好后有多少页呢？读者拿在手里会说什么呢？朋友们又该怎样来祝贺呀！……遐思、幻想和美好的猜测，如五颜六色的彩虹，在她脑海里升起。

"我怎么会成为一个作家呀！"这连她自己都不明白。她想起了老祖父，童年的记忆又复活了……

十几年前的呼兰县，小吟在后院子里忘情地跑着跳着，玩耍着，一会儿注视自由飞翔的小鸟，一会儿嗅着各色的鲜花，一会儿和昆虫说话。

前面一个老头正弯腰浇花，她大喊一声："爷爷！"

老头回过头来，笑着答应了一声。

她跑到一棵小樱桃树前，拨拉着树枝问："爷爷，樱桃树为什么不结樱桃？"

"因为没开花，就不结樱桃。"

"为什么樱桃不开花？"

"因为你嘴馋，它就不开花。"

她听罢，跑到爷爷面前噘起小嘴，做出生气的样子。

爷爷笑着用手在孙女鼻子上捏了一下，她又笑着跑了。

玫瑰花开得很茂盛，招惹了许多蜜蜂。她摘了一大堆玫瑰花，用草帽兜着。爷爷蹲着拔草，她给爷爷的草帽上戴花，老头只知道孙女在捉弄他的帽子。闻到香味，他低头自言自语："今年春天雨水大，咱们这棵玫瑰开得这么香，二里路也怕闻得到。"

她笑着在地上打滚……

爷爷摘下草帽一看，插了一圈的花，也大笑起来。他坐在石凳上，抽着长长的旱烟管，说："吟啊，爷爷教你的诗，念给我听听。"

她两手扒在爷爷的膝盖上，用悦耳的童音背诵着："少小离家老大回，乡音无改鬓毛衰。"

她又好奇地："爷爷，什么是少小离家老大回？"

爷爷抚摸着孙女的头说："这是说小的时候离开了家到外边去，老了回来了。'乡音无改鬓毛衰'呢，是说家乡的口音还没有改变，头发胡子已经白了。"

她好像思索着什么，她皱起小眉头问："为什么小的时候离家？离家到哪里去？"

"好比爷爷像你这么大离家，现在老了回来了，谁还认识呢？儿童相见不相识，笑问客从何处来。小孩子见了就招呼说：你这个白胡子老头，是从哪里来的？"

小吟一听，着急地问："我也要离家的吗？等我胡子白了回来，爷爷你也不认识我了吗？"

爷爷哈哈大笑："等你老了还有爷爷吗？"

他看见小孙女一脸的不高兴，忙说："你不离家的，你哪能离家呢？……再给爷爷背诵一首诗吧！"

她很感谢祖父在儿时教她背诵了许多首唐诗，也许她的文学天赋就是从那里汲取的吧？不光是文学天赋，还有一种中华民族的自豪感，对自己祖国的赤诚热爱。祖父教会她的第一首诗，就是白居易的《草》。那时她只有四五岁，扯着奶声奶气的嗓子喊叫着："离离原上草，一岁一枯荣。野火烧不尽，春风吹又生……"可是，会背唐诗并不等于就能成为作家呀！她在中学时，曾幻想当一个画家，或者是女教师；当作家，她真是连想都没想过。后来，画家的梦破灭了，连书也读不成了，她被抛进了生活的旋涡。民族的深重灾难，个人的不幸经历，使她懂得了人生。在几乎绝望的时候，她遇到了三郎，是他拯救了她，把她带上了创作的道路。她拿起笔不是消遣，也不是仅仅为了生活，她感到有满腔的话要说出来，要控诉社会的不平，要揭露侵略者的罪行；要呼吁妇女的解放，要唤起人们的良知……

三郎倚在门旁，也若有所思地仰望着满天的星斗。不过丈夫想的和妻子想的并不一样。

"三郎，你怎么成为作家的？"悄吟抬起黑黑的眸子问他。

"我吗？偶尔地跑到哈尔滨，偶尔地当了作家……也许今后偶尔地又离开这里……"他望着幽远、灿烂、神秘莫测的银河。

"你是说偶尔地当了作家，偶尔地遇到了我……于是我也偶尔地拿起了笔……"悄吟学着他的腔调。

"不是这个意思，吟。"三郎双手叉着腰，感慨地说，"我过去是军人，我常常想自己的功业应该在战场上……"

"文学不也是战场吗？"

"不，文学医治不了现实的苦痛。必须靠剑与火！"

90

两人沉默了。

一个多星期以后，舒群兴高采烈地来叫三郎，说是书已大部分排出来了。一本十余万字的小说集，送到印刷社，这么快就可以校对，简直令人鼓舞；而且印刷一千册，只要都能卖出去，多半还能赚钱。

三郎随着舒群来到五画印刷社。这是一家很小的印刷厂，十多个工人，两台平板印刷机。一个瘦小精干的老师傅，眼镜架在额头上，笑眯眯地递过一大沓刚印出来的校样给三郎，校样下面是悄吟抄的原稿，已沾满了油墨。

"这是牛师傅，老印刷啦！"舒群介绍道，"这就是本书的作者三郎。"

牛师傅点点头说："还有一位哪？"

"是他的……那个……"舒群调皮地说。话未说完，被三郎在背上捶了一下。

"哦，哦……哈哈哈……"牛师傅恍然大悟，仰面笑了起来。

三郎和舒群在屋角的一张条桌上摊开校样校对起来，一个读，一个改，配合默契。屋里的另一角立着一排排铅字架，几个托着小木匣、指间夹着稿笺的工人在铅字架旁不停地穿梭、捡字，像工蜂采蜜一样忙碌。三郎不时抬头看他们一眼，心里充满了敬意。他记起了一位俄国大作家说过的话：书籍是人类共同的劳动结晶。

回去的路上，三郎和舒群迈着方步，挺胸昂首，就像当初他们形影不离时那样。

"三郎，这个集子印出后，有什么新的打算？"

"准备再写一个中篇，已经开始动笔了。"

"什么内容？"

"乡村题材。"三郎压低声音，"写反扫荡的。"

"出得来吗？"

"难！"

"悄吟呢？"

"她也要写一个中篇。"

"好，"舒群眉宇间透露出喜悦，"你们俩应该写出反映这个时代的作品来，让全国同胞都听到东北人民的呐喊！"

"黑龙，你整天在外面跑！"

"是的，最近一直很忙。"

"忙什么呀！又是工厂的事？"三郎似有觉察，他感到舒群肩负着一种使命，神圣的使命，虽然他自己从没透露。

"以后再告诉你吧！"

"说真心话，黑龙，"三郎意识到舒群话中的深意，坦白地说，"我真想投笔从戎，在战场上拼杀多痛快！"

"到处都有战场嘛！"舒群说。

"吟也这么说，你们都是一个调子！"三郎皱着眉头，若有所思地说，"要不是为了吟，我早到游击队去啦！"

街边，一个衣不蔽体的老乞丐蜷曲在栏杆下，瘦骨嶙峋，脚边的破碗里盛着几个铜板。

"每当看见这些乞丐，我就想，我们写的东西救不了他们，他们并不需要。"三郎沉重地说。

"不！他们需要的。文学同样有改造社会的力量。将来你会相信的……"舒群充满信心地回答他。

直到两人分手，三郎还在思索着舒群的话。

第二天校稿时，悄吟也欢天喜地跟着到印刷社去了。她穿着蓝色短裙、白上衣，辫子上扎着两个粉红蝴蝶结，一副女学生打扮。走进排字房，她样样都感到新鲜，这里站站，那边瞧瞧，兴奋得像一只小蜻蜓。她停在牛师傅旁边，见刚捡好一排字，正是她写的《春曲》诗的第一句。

待铅字全部排好，牛师傅印了一张小样给她。悄吟接在手里，就像小时候见到新衣裳一样欢喜。这是一张略带土黄色的草纸，上面端端正正地印着她的诗，字体和每篇小说的标题一样，看上去格外醒目：

　　　　这边树叶绿了。

　　　　那边清溪唱着：

　　　　——姑娘啊！

　　　　春天到了……

　　这诗在悄吟看来是那样熟悉和亲切，此时此刻，仿佛增添了新的含义。它不再是酸苦的青杏，而是杨柳、芳草、烂漫的山花……

　　三郎走过来，逗趣地说："牛师傅优待你，特别用大号铅字排的，比我的标题还大。"

　　校对完毕，他们三人到一家俄国饭馆吃了一顿点心，舒群要了三小杯俄国酒。"为《跋涉》的问世，也为你们的幸福干杯！"舒群举杯。

　　"为读者干杯！"三郎爽快地说。

　　悄吟端起酒杯，想了想说："为友谊和自由干杯！"

　　三郎和舒群一饮而尽。悄吟闭上眼睛，也一口喝了下去，她脸上顿时泛起红晕。

　　放下酒杯时，舒群忽然说："这也是向你们告别，我就要走了！"

　　三郎和悄吟感到惊讶。这消息来得太突然了，一种依依惜别之情抓住了他俩的心。

　　"到哪里去？"三郎问。

　　"进关里。"舒群轻声地说。

　　"怎么走这么急哪？"

　　"上次被捕后，一直有人盯着我……上面决定让我转移。"舒群的神情是刚毅的，但话中满含依依不舍之情，"想不到就要告别哈尔滨了。"

"祝你一路平安！"悄吟说。

"可不要忘了我们……"三郎把手放在舒群肩上，很动情地说。

"不会的！你们也要当心些，现在白色恐怖越发厉害……有事多找剑啸。"

他们在饭馆门口分手了。舒群走了几步，又回过头来挥了挥手，然后顺着中央大街径直走去。

《跋涉》终于印出来了！对三郎和悄吟来说，这是丰收的时节，也是喜庆的日子。这是他们文学创作的第一个里程碑，虽然它只是薄薄的小册子，却凝结着他们共同的心血、甘苦、爱憎……

新书装订那天，恰好是中秋节，两人很早就到印刷社去了。一千本书，他们自己装订，这是既劳累而又快活的事。他们领略了世界上任何作家见到自己第一本书时的那种喜悦和激动。傍晚，三郎雇了一辆马车，装上一百本新簇簇的《跋涉》而凯旋。他和悄吟坐在车上，抱着几捆新书，就像抱着他们刚生的儿子，又幸福，又爱惜，又得意。

天边浮游着美丽的晚霞，红色的云、金色的云、紫色的云，簇拥着落日，像一片火海——树梢映红了，中央大街的楼房映红了，马车上的人和书也映红了。马脖子上的铜铃，发出一串串欢快悦耳的叮当声……

晚间，他们的家也完全变了样。中秋的月光从窗口泻进来，清澈如水，澹澹似银。床上是新书，桌上是新书，地上也是新书，清幽幽的月光之下，成了一片书的海洋。三郎和悄吟偎在一起，望着他们共同的劳作，久久地沉浸在欢乐中，他们谁也没有说话，此时此刻他们还能够说些什么呢……

第二天，剑啸来了，他拿起一本《跋涉》，露出不整齐的牙齿笑道："印刷得不错，哈尔滨可能要轰动啦！"

"舒群走了吗？"悄吟关切地问。

"他前天已离哈南下。"剑啸像想起什么，"印书的款够了吗？"

"够了。"三郎感慨地说，"多亏了舒群的五十元。"

剑啸这才告诉他们，那笔钱本来是舒群给他父亲的救命钱。他家遭水灾时，房子全淹了，父亲几乎沦为乞丐。舒群半年多来省吃俭用存了这点钱，给了他父亲。那天听说他们印书缺款，又特意跑到乡下把钱先要了回来……

三郎和悄吟听后，一时竟说不出话来。悄吟拿起一本《跋涉》，默默地抚摸着，热泪涌上了她的眼眶。

九　逃亡

《跋涉》的出版，给寂寞的哈尔滨文坛投下了一团火。书，先是在几个朋友手中传阅，后来，悄悄出现在几家书店，紧接着，不胫而走，这团火在广大读者中燃起来。

火，很快烧到了伪满当局和日本人头上。

书刚出版几天，就传来危险的风声，把三郎、悄吟的欢欣一扫而光。

一天傍晚，悄吟同三郎由中央大街回家，雨后的街面，湿漉漉的，满是茶褐色的落叶。他们踩着积水，脚下发出"啪啪"的声响。

走到大街中段时，一个瘦高个子从他们身旁闪过来，拍了拍三郎的肩头。三郎扭头一看，是欧阳晨，他的脸色比往常更白。

"你俩还在街上走呀？"诗人神色异常地说，"听说书店里的《跋涉》都被没收啦！日本宪兵队正准备捕人哪！"

"真的？"悄吟大吃一惊。

"风声很紧，还是躲躲为妙。"欧阳晨一边说，一边四下张望。说完，就匆忙拐进一条小巷，像惊弓之鸟似的飞走了。

三郎沉默了半晌，最后说："走，去书店看看！"

悄吟跟他折回来，走了一段路，拐入一条横街。路灯亮了，街石上反射出一片模糊、凌乱的光点。悄吟不安地走着，心头怦怦直跳。

他们找到一家小书店，这里曾代售二十本《跋涉》，是前天托一位朋友送来的。小小的书店只有一间铺面、一个老板、一个店员，书柜临街，后面立着一排书架，上面摆着各种无聊的图书。不时有一两个顾客在书柜前漫无心思地躬身打量。

三郎瞥了瞥书柜，又扫视了一下书架，没有发现《跋涉》。他和悄吟默默交换了一下眼色。

"老板，有《跋涉》吗？我想买一本。"

"没有了！"

"卖完了吗？"悄吟兴奋地说。

"被没收了！"老板的话音里不无遗憾。

"他妈的！为什么呀？"三郎义愤至极。

老板打量了他一下："说是未经官方审查批准，内容有反日之嫌……"稍停片刻，又悄声说，"听说两位作者也被抓起来啦……"

三郎和悄吟两两对视。悄吟的脸微微发白，心情很沉重。

"哼！反日有什么了不起……"三郎嘟囔了一声，同悄吟转身走了。

一路上，三郎不停地重复着那句话："哼！……反日……反日……"悄吟一语不发，第一次感觉到恐怖。路灯闪着晦暗的光，树影投射在街石上，黑魆魆的，仿佛黑暗中随时会伸出魔爪来。

走近沈家宅院，悄吟加快了脚步，她惴惴不安。穿过庭院，她看见耳房的窗户、门像往常一样安然地紧闭，一颗悬空的心才踏实了。

他们点上蜡烛，关上门。悄吟把蜡烛盘放在地上，三郎从床底拖出藤箱，他们开始清理箱子，以防不测。旧稿笺、书和杂志都仔细地翻看了一遍，并没有发现什么犯禁的东西。悄吟还是不放心，又把每一本书的书页都翻翻。她拿起一本旧诗集抖擞时，一张大照片飘落在地上。三郎拾起一看是高尔基的侧面照，这位文豪用手托着下巴，深邃的目光闪着智慧的火花，这是一位朋友送的。三郎犹豫了好一阵，还是把照片扔进了火炉。另外几本有进步思想的书，也丢进火炉烧了。屋子里弥漫开纸页焚烧时刺鼻的气味。

最后，只剩下一件"危险物"了，就是那本鲁迅的《野草》，悄吟把它拿在手里，端详许久，无论如何也不忍付之一炬。对她来说，《野草》是黑暗王国里的一线光明，是她心头的一盏熠熠明灯。还有床头的几本《跋涉》，那是他俩心血的结晶，书页里还散发着油墨的清香，也舍不得烧掉。三郎想了又想，把《野草》和几本《跋涉》一齐抱进厨房，藏在堆柴的角落里了。

这时，他们才放心坐下来，舒了一口气。蜡烛只剩下半截，炉子里微明的余烬，映出惨淡的红光。窗外偶尔传来几声狗吠，给一座不安的城市，给一片不安的夜空，投下了一阵阵叫人心悸的不安。"他妈的，小日本狗子！这'满洲国'实在待不下去了……"三郎诅咒着。

悄吟打开抽屉，找出茶叶，沏了两杯热茶。无意间她瞥见一个小本子，是三郎的写作笔记。

悄吟随意翻阅着，里面记着一些文章的构思和对话，还有一些零星的格言警句。突然，她的眉心紧皱，一行用红铅笔写的潦草字迹赫然入目，那正是"犯法"的文字：

——小日本狗子，他妈的"满洲国"……

悄吟把小本子扔进了火炉。

"那是写作笔记，我的写作笔记！"三郎急得叫了起来。笔记本已经烧着了，火苗无情地舐着纸页，他可惜得直跺脚："你烧红眼啦？什么都烧！里面是我的写作素材呀……"可是不管他怎么生气，也无济于事了，笔记本很快被火焰吞没，化作一股青烟。

女性的心思总要细微一些，为了增加一点保护色，悄吟又从抽屉里翻出几本书，什么《古文观止》《唐诗三百首》之类，往桌上一摆。

悄吟的心弦一直绷得很紧，她躺在床上还惊疑不定。院里的狗叫似乎更频繁更大声了，偶尔大铁门哐的一响，悄吟就从睡梦中惊醒，望着黢黑的天花板，辗转不能成眠。

三郎像哄小孩一样，安慰道："这年头，碰上什么算什么，怕狼、怕虎是不行的，睡吧，快睡吧……"

几天后的一个晚上，院子里狗又惊惶地叫起来。三郎打开门，蓦地闯进一个戴大口罩的瘦高个儿。

来人除下口罩，原来是欧阳晨。他面容憔悴，两眼浮肿。

"出了什么事？"三郎让他坐下。

"星星剧团被解散，《协报》也被勒令停刊了，昨天又抓了好几个人。我也被弄到日本宪兵队去打了一顿，没问出什么来，才放了。我得走了。"

"到哪里去？"悄吟问。

"没准儿，反正得离开哈尔滨，离开'满洲国'，到关内去。"

三郎在房间里来回踱着步。猛地，他站住了，说："看来，我们也得走！"

"是啊，你们的《跋涉》已闹得满城风雨，日本人是不会善罢甘休的！"

"唉！流浪去吧！反正哈尔滨也不是家，还是流浪去吧……"三郎双手插在口袋里，在房间里来回地转。他瞥见悄吟的泪光，没再往下说。

欧阳晨起身告辞："好，后会有期！"他戴上大口罩，同三郎、悄吟握了握手，转身走了。

屋子里笼罩着极度不安的气氛。三郎在悄吟的脸颊上拍了拍："又伤心啦！有我在，随便走到哪里也不要怕。天无绝人之路！我们不但要挣扎着活下去，还要活得好，活得痛快！小宝贝，快别这么伤感。"

"这些锅碗怎么办呢？"

三郎忍不住笑了："真是小孩子！这些坛坛罐罐算得了什么！"

悄吟也觉得自己好笑，她在房间里转了转，可是一想到说不定哪天要走，心里不由得百感丛生。这是她和三郎共同生活的地方，是自己的巢呀，连墙上的每一颗钉子她都那么熟悉！要离开这里，真有一种难舍难离之情。

一阵犹豫和徘徊之后，他们终于决定走了。不过到哪里去，什么时候动身，两人却一时拿不定主意。正在他们举棋不定时，金剑啸来了。他穿着一件黑色的新外套，表情比以往都严峻。

他进门第一句话就说："情况比较严重。"

"怎么回事？"三郎联想到最近的一连串事件。

"剧团的两个人被逮捕了！敌人很疯狂。"剑啸把眼镜向鼻梁上推了推，果断地说，"看来必须离开这里了！"

三郎和悄吟相互一望。

"我们也准备走，"三郎眼里闪着光，"非走不可！待在这里等警察不成？"

"到哪里去呢？"悄吟像是问三郎，又像是问剑啸。

"上海。"剑啸说。

"上海？那地方我连个鬼都不认识……"三郎反对。

悄吟的反应却是欣喜的，她忽闪着长睫毛，天真地说："啊，上海！"

三郎抱着双臂，沉吟道："我看还不如到北满打游击去。"

"游击、游击，你总忘不了游击！"悄吟不高兴地说。

"上海我还有几个熟人，我们可以一块走。"剑啸望着三郎。

"好吧，我们商量商量……"三郎态度缓和了些。

"不是商量商量，而是准备准备！"剑啸朝悄吟笑了笑，对三郎说。

"好，准备、准备！——什么时候动身呢？"三郎被说服了。

"下周吧？怎么样？"

"那就一言为定啦！"

"不过上海的生活也并不轻松，你们先要有思想准备，"剑啸看了悄吟一眼说，"斗争也许更复杂，生活嘛，兴许更动荡，更艰苦。"

剑啸临走时还嘱咐："还得凑点钱。"他拍了拍身上的新外套，又翻起雪白的羊毛里子，诙谐地说，"这件皮大衣，就是准备到上海好去进当铺的！"

青年画家走后，三郎和悄吟开始悄悄地筹划路费，进行准备。

北风刮走了最后一抹秋色。落雪了！开始是星星点点，继而是洋洋洒洒，鹅毛般的瑞雪无声地落下来，落下来。在屋檐、在窗台积起厚厚的一层，在林间、在原野压上茫茫的一片。在那广漠、浩荡的天宇大地之间，慷慨地、悄无声息地拉扯开一床轻软、玉洁的雪被。它把萌动和苏醒、生长和收获细心地搂在怀中；也把人们焦灼、创伤的心灵挟裹着，滋润着。——日子不会老是这样的，待冰雪化去，又会是绿荫匝地。

三郎和悄吟围在火炉旁，计算着动身的日子，想象着一路上如何躲过盘查，怎样坐车和乘船，海上又是一番什么景象……他俩谁也没有乘过轮船，三郎不知从哪里找来一张海上航行的画片，画片上是一艘客轮正在破浪前进，背景——海天一色，湛蓝苍茫。

"这海轮真是壮观。"三郎赞叹着。

悄吟接过画片，端详了一下，又用手指比了比说："大约有六丈高！"

"六丈高？吹牛！"

"谁吹牛？你自己量量。"悄吟将画片在三郎的眼前晃了晃，"常言说海上无风三尺浪，你看这船高总有浪高的二十倍吧？"

三郎用手指比量了一下，佯装内行似的夸口："唔，差不多，恐怕有七八丈哩！"

"哪有那么高？你才吹牛！"

他们就这样争论着，像小孩子斗气一样，谁也不肯服输。他们的心，早已飞到大海，飞到南方，飞到迢迢数千里之外的上海……

与剑啸约定动身的日子愈来愈近了。一封意外的信件，改变了他们的旅程。信是舒群从青岛寄来的。三郎和悄吟第一次得知朋友的下落，又惊又喜。舒群在信中告诉他们，他在青岛找到了关系，工作安定，很希望他俩来。字里行间洋溢着真挚的友情和期望。

"我们可以先到青岛，再去上海。"三郎看了信，思忖道。

"对，先在青岛把我们的中篇写完。"悄吟很赞同这个意见。

三郎一拍大腿，兴奋地说："剑啸一定也会高兴的！"

第二天，剑啸来了。出人意料的是，他的表情有些沮丧。"你们先走一步吧，"他拍着三郎的肩膀，很惋惜地说，"我暂时走不了。"

"为什么呢？"三郎诧异地问。

剑啸叹了口气，无可奈何地说："老婆孩子没法安置，我总不能丢下不管呀！"

"带他们一起走吧！"悄吟同情地说。

"不成！路上太危险，怎么能拖儿带女。"

三人相对无语，屋里气氛显得压抑。

三郎迟疑了一下，取出舒群的信递给剑啸。剑啸看完后说："你们先到青岛也好，然后再结伴去上海……我真羡慕你们！"

"路上多保重！"剑啸伸出手，三郎用力握了握，剑啸又与悄吟握手道别。"祝你们事业上成功……"这是他分手时的最后一句话。

几天来，沈龙觉察到老师的小房间里正悄悄酝酿着一种变化。他圆圆的小脸时不时总在窗前闪动，机灵的黑眼睛朝屋里窥探。他发现厨房里的水桶、瓷锅不见了，房间里越来越空。这憨厚的学生终于明白：老师要走了！

沈龙走进屋里，拉着三郎的手，哭起来。

三郎抚摸着他的头说:"男子汉,可不兴哭!"说完,把挂在墙上的宝剑摘下来,递给了沈龙,"这上面刻有我的名字,给你做个纪念吧!"

　　沈龙用手背揩了揩眼睛,捧着剑,向三郎鞠了一个躬。

　　"记住,要做一个堂堂正正的中国人!"三郎的赠言是简短的,充满着爱抚。

　　第二天,他们要走了,要离开乡人熟土,到遥远、陌生的尘世去漂泊、求生、闯荡一番……

　　悄吟提着包袱,三郎扛着柳条箱推开了门说:"走吧!"悄吟站在门口,留恋地回顾一下空荡的小屋。她的腿微微有些发颤,心往下沉,泪朝外涌。

十　希望之光

一列客车驶出寒风凛冽的月台。车厢里，悄吟、三郎并排坐着，他们透过车窗，眺望着被渐渐抛在车后的哈尔滨。那熟悉的城郭市井被风雪包裹着，越来越远、越来越小，最后消融在冰雪皑皑的背景里。悄吟在心里默默地念道："别了，哈尔滨！别了，我可爱的东北……"

列车越过茫茫的雪原和树丛，风驰电掣一般地向前飞奔。悄吟望着窗外银灰色的世界，说不出的留恋和感慨。有生以来，她第一次理解了"故乡"的含义。多么辽阔而富饶呵！这是养育她的大地。可是只要日寇的铁蹄仍踏着这块土地，他们就再不回来！

沿途，悄吟看见了被大火吞噬的村庄……日寇的骑兵飞驰而过，铁蹄下青苗倒伏；

城市街头，穿着黄衣服的日本宪兵列队走过，沉重的皮靴声有节奏地震响；

一群群扶老携幼的难民，在扬满尘土的路上蠕动、蠕动……

列车向南飞快地奔驰着，每一声漫长的汽笛，都带着无限的哀怨。

天色昏黄时，列车到了大连。这是火车的终点站，也是沦陷区的最南角，再向南，就是自由的大海了！

悄吟和三郎怀着异样的兴奋走下列车。四周挤满了形形色色的旅客，有绅士、学生，也有拖儿带女的流亡者。月台上站着一排日本宪兵，闪着寒光的刺刀透出阴森的杀机。突然，站台上一个农村姑娘哭喊着往前跑，几个日本兵狂笑着在后面追逐，姑娘被追赶得走投无路，便跳下月台，向迎面开来的火车冲去……

火车发出凄厉的尖叫，车头喷出浓浓的白雾，顿时笼罩了路轨、机车、月台和半个天空。待列车刹住，烟雾散开，车轮下的姑娘已是一团血糊糊的骨肉……

旅客们像潮水一般涌向月台，日本宪兵用带刺刀的步枪拦住愤怒的人流，三郎和悄吟也被拦在人群中。两个搬运工人望着惨死的姑娘，扔下肩上的大货包，和那几个追赶姑娘的日本兵厮打起来，一个搬运工当场被打死，丧心病狂的日寇竟把他的头割下来当球踢！

见此惨状，三郎怒不可遏地青筋暴起，牙齿咬得咯吱吱响，他握着拳头，欲冲出去，被悄吟死死拽住。他们身边的一个白胡子老头仰天长叹："天哪！这是啥世道？中国人就这么苦吗！……"

三郎和悄吟悲愤地走出车站，找到旅店住下，天已经全黑了。这是一个小小的客栈，房间是木结构的，四壁全是缝隙。

悄吟和三郎一夜没有入睡，他们偎在一起，谛听着动人心魄的海浪声，白天在车站上目睹的日寇的刺刀、姑娘的血尸、老人的喟叹，一幕幕浮现在脑海里。离开哈尔滨前，他们画一般的憧憬，诗一般的想象，全叫国土沦丧、同胞惨死、倭寇横行的血与火扑灭了。两颗年青的、自尊的心，承受着比他们个人不幸要沉重千万倍的苦痛和悲伤，看来，以后的日子要比以前艰辛、更艰辛……

第二天一早，悄吟和三郎乘上了开往青岛的"大连丸"邮轮。这是一艘日本轮船。悄吟跟着三郎走进最底层的四等统舱，这里没有铺位，旅客们就地坐卧着，空气沉闷。悄吟将随身带的包袱放在舱板上，正准备坐下，几个穿着黑衣服的水上警察走了过来，腰间别着手枪，眼光四处乱瞅。悄吟的心一阵紧缩，下意识地抓紧了包袱。因为在一件夹衣里面，藏着鲁迅的《野草》，这是他们冒着危险从哈尔滨带出来的。

那几个"水狗"在三郎面前停下来，不怀好意地上下打量他。三郎瞅了他们一眼，若无其事地啃苹果。

"你是什么人？"盘查开始了。

"中国人！"三郎傲慢地答。

"谁不知道你是中国人！"

"有的人恐怕就忘了自己的祖宗！"

"他妈的，这小子不像是好人！"一个长着鹰钩鼻的"水狗"骂起来。

"你到什么地方去？"

"青岛。"

"这个女人呢？"

"我的内人。"

"你们到青岛干什么？"

"会朋友。"

"朋友是谁？"

"舒群。"

盘问之后，接着就是搜查。鹰钩鼻先在三郎腰后摸了摸，大约是怕他带武器。结果什么也没发现。一个胖警察的目光停在舱板的包袱上。悄吟紧张得心都快蹦出来了。

"这里面装的什么？"

"几件换洗衣服。"三郎淡淡地答道。

"搜！"

"不能搜！"悄吟脸色苍白，不顾一切地抱住了包袱。

鹰钩鼻仿佛嗅到了猎物，恶狠狠地夺过包袱。悄吟惊慌的目光投向三郎，见他镇定自若。

包袱打开了。"水狗"们好一阵乱翻腾。毛衣、旗袍、坎肩……一件件地抖开，摊在舱板上。最后那件藏着书的夹衣也被抖开了。出人意料的是，里面什么也没有。

悄吟庆幸而困惑地望了望三郎。三郎脸上掠过一丝不易察觉的笑意，那是一种胜利和得意的表情。

"我说是几件衣服，没错吧?"三郎双臂抱在胸前，说话带着轻蔑的口气。

水上警察们转身走了。那个鹰钩鼻很不甘心，走了几步还回过头来，悻悻地骂道："这小子，我看他横竖不像好人!"

要是往常，三郎的脾气早就发作了。这一次他终于忍住了。待"水狗"们上岸，三郎凑近悄吟耳边，说："缠在我腰带里哩!"

甲板上传来几声低沉的汽笛鸣叫，短促、雄壮，"大连丸"终于启碇了。悄吟和三郎站在甲板上，望着远去的港口，望着扛麻袋的搬运工，心头异常激动。"呵，在生死线上挣扎的父老们……何时才能相见?"

盈盈的泪水从悄吟的眼眶溢出，她没有去擦。三郎的眼睛也湿润了。

轮船驶进浩瀚的大海，船尾泛起白色的浪花，大连港从视野中消失了。

"看，海燕!"悄吟突然惊喜地叫起来。

三郎顺着她手指的方向，看见几只洁白的海鸥，正在船舷上方翻飞。他的心情顿时活跃起来。

"傻孩子，那是海鸥。"

"啊! 它们真是自由自在。"

"我们也自由啦!"

海是蓝色的，天空也是蓝色的。他们第一次感到自由的呼吸。海风带着一股潮湿的咸味从甲板上吹来，掀动着悄吟的头发，她深深地吸了一口气，像喝下一杯醇厚的美酒，心都醉了。

　　船驶入深海时，海水变成了靛青色，风大起来，浪也大了。悄吟还舍不得离开甲板，她靠在铁栏杆上，低头俯视着船首怎样一起一伏地分水前进，犁过波峰浪谷。她为大海的雄伟壮观惊叹不已。后来，船在波涛中摇晃得很厉害，连日的旅途劳顿，加上体质本来就弱，悄吟开始感到不适，想呕吐。三郎扶着她从甲板回到统舱。悄吟裹着一条毯子，偎在三郎身边，昏昏睡去。尽管统舱里空气很难闻，她仍然睡得很沉。在人生的旅途中，她是太累了，需要好好地休息一下。此时，一切惊恐、不安，仿佛已远远地抛在身后，她靠着三郎，有一种安全感。在海涛中颠簸的邮轮，像摇篮一般晃动，悄吟睡得很甜，很恬静。蒙眬中，她梦见自己和三郎变成两只银色的海鸥，从海里升起来，在蓝天和碧水之间鼓翼，嬉戏，欢快地鸣叫。她笑了……

　　"快起来，青岛就要到啦！"三郎摇摇醋睡的悄吟。

　　"啊！青岛！"悄吟睡眼惺忪地爬起来。

　　三郎拉着她的手，飞快地跑上甲板。他们跑到船头，翘首眺望。只见在海天相连的远方，现出黛青色的山影。像两个即将回到母亲怀抱的游子，他们的心怦怦地跳着。

　　一群白色的海鸥扇动着翅膀，在船舷的左右叫着，似乎也在为他俩高兴。

　　首先映入眼帘的，是葱翠群山，一幢幢白墙红顶的小楼，参差毗邻，掩映在树丛中，远远望去，非常悦目。"真美呀！"悄吟从心里发出赞叹。

　　船靠码头。悄吟和三郎夹在旅客的人流中，走下舷梯。

　　"三郎！悄吟！"舒群在码头上朝他们招手。

　　老朋友阔别重逢，格外亲热。同舒群一起来的，还有一位留长辫子的姑娘，皮肤微黑，眼睛大而明亮，悄吟和她一见如故，亲切地攀谈起来。

在路上，三郎悄悄地打趣着舒群："老弟，也开始恋爱啦？"

"我已成家了，是恩师的女儿，在《青岛晨报》当记者。"舒群不好意思地说，"你的工作就是她介绍的。"

"我的工作都找好啦？"三郎很意外，感激地望着朋友。

"对。在《青岛晨报》编文艺副刊，不知你中意不？"

"那还用问！真该好好谢你……"三郎拍着舒群的肩头。

"可惜剑啸他们没来。不然我们的星星剧团可望东山再起。"

"是呀，"三郎若有所思，声音有些暗哑，"不知他现在怎么样了……"

他们怀念着哈尔滨的日子和往日的战友们，彼此心情都有些沉重。沉默了片刻，舒群又问起《跋涉》出版的情况。

"听哈尔滨逃来的青年学生说，当局像怕火一样害怕这本小册子，可惜没有见到。"

"我带来了。"三郎兴奋地说。

舒群带着他们登上一条山脊，绕过一片绿森森的松林。悄吟和女主人一路上笑声朗朗，那姑娘言谈举止，开朗大方，自我介绍说叫苏明，比悄吟小一岁。悄吟不时看看她微黑的脸庞，又望望舒群，心里暗想："两个黑皮肤，真是天作之合。"

不一会儿，他们来到一栋二层小楼前。

"你们的住房就在这里。"舒群指点着。

"嗬，真漂亮！"悄吟情不自禁地称赞着。楼是建在山脊上的，站在楼前，两面都可以望见大海。

三郎正端详着小楼，蓦地看见一个穿黑衣的少妇从里面出来，吃了一惊，那少妇看上去很年轻，脸色阴郁，后面跟着一个胖胖的丫鬟。

"黑龙，你怎么给我们找了个修道院？"三郎皱了皱眉头。他刚说完，舒群和苏明就咯咯地笑了。

"什么修道院呀！她是这栋楼的房客，听说信天主教。楼下还有个穷老太太，后院住着一家卖包子的小贩。都是些善良人。过两天，我们也搬来住，给你们做邻居。"

"那太好啦！"悄吟拉着苏明的手，摇了两下。

就这样，两个流亡的青年作家，找到了新的落脚地，又建立起了他们的家。这个家屹立在山顶上，可以眺望大海，自由地呼吸，它不再是寄人篱下的燕窝，而是筑在岩石上的鹰巢。他们将在这里休养生息，积蓄力量，投入创作。

每天清晨，打开窗户就可以望见蔚蓝色的大海，对面小山上升起的各种彩色信号旗，在微风中飘扬。面对着这秀丽的景色，悄吟是欢悦的，但她并没有忘记哈尔滨，没有忘记处在水深火热中的东北人民。一种强烈的创作激情海潮般冲击着悄吟，使她不能平静。早在哈尔滨时，她就酝酿要写一部反映东北农村抗日斗争的小说。现在是动笔的时候了！

悄吟坐在窗下的写字台前，摊开稿笺，沉思片刻，写下三个端庄的大字：生死场。

她希望表达的，是东北人民在日寇铁蹄下的苦痛和挣扎，生与死的搏斗，以及不屈不挠的反抗和斗争……

傍晚三郎回家时，发觉桌上放着几页新写的稿纸。

"开始动笔啦？"他随手脱下帽子，朝桌子那边望了望，话音中含着鼓励。

悄吟笑盈盈地点点头，将稿子递给三郎："写中篇我真有些胆怯，你这位大作家给指点一下吧！"

"我算什么作家，比你多吃几碗高粱米而已。"话虽这么说，三郎看稿时的表情，俨然一个修改小学生作文的老师。

"'生死场'——标题不错，还有点深意。"三郎用手指在第一页上敲了敲。

悄吟听见赞扬，喜形于色。

"不过，"三郎话锋一转，"这开头不算好。"

"哪点不好嘛？"悄吟脸上的笑容收敛了。

"什么'一只山羊蹒跚地走着……'山羊又不是老太婆，怎么会'蹒跚地走'呢？"

"唔……"悄吟没有作声。

"还有这里，"三郎指了指中间一句说，"'一棵大榆树显然生了疮'不恰当，榆树怎么会生疮呢？"

"人家这是比喻。"悄吟不服气。

"好，好，就算是比喻。"三郎又寻找第三个靶子，"这里把老太婆比作'母熊'，总有些过分吧？"

悄吟觉得三郎是在故意挑剔，于是噘起嘴唇，好像要哭似的说："那我不写喽！"

三郎见她真的生气了，才用老成的口气说："好啦，好啦，和你说着玩的！只要内容真实感人，文字稍加修润即可。写长篇好比画油画，一开始在细节上不必过多地推敲，要全局在胸，方能挥洒自如……"

"你看我能行吗？"悄吟目光探询地望着三郎。

"当然行！作家的妻子等于半个作家嘛。"

悄吟的大眼睛扑闪扑闪，看不出是高兴还是不悦。她走到窗前，怀着满腔激情，凝望着夕照下波光闪闪的大海，喃喃地说："我一定要完成《生死场》！"

三郎也不甘落后，像同悄吟比赛似的，快速写着他在哈尔滨就已动笔的《八月的乡村》。这是一部以东北抗日游击队的英勇斗争为题材的小说，他人虽然没能去游击队，心却一直向往着战场。

夜里，三郎在灯下聚精会神地写稿。他偶尔抬起头，注视着桌上的大理石笔筒，陷入沉思。笔筒呈青灰色，上面有云彩状花纹，是在青岛一个古玩店买的。三郎的目光落在笔筒里的几支毛笔上。"这毛笔拔去笔套，多么像一支支利箭！"他的思绪飞过大海，落向那正遭受异族蹂躏的东北故土……

一阵又一阵女人的祷告声从窗外传来，那声音像是梦呓，又像是诅咒，还夹杂着哀哀的叹息。三郎的剑眉拧在一起，他扔掉手中的笔，厌恶地说："那信奉上帝的少奶奶又在念经了！"

他说的"少奶奶"，就是第一天遇见的那个黑衣女人，一个被人遗弃的少妇，住在他们楼上。

"那女人真可怜！"悄吟同情地说。

"有什么可怜的？她穿得挺漂亮，又有个丫鬟使唤。少一个男人，随便找一个好啦，也犯不着每夜跪着祷告上帝！"

"人不都像你说的这样简单，总有自己的不幸，尤其是心灵的创伤。"

"我不可怜这种人。"

"你……"悄吟激动起来，她认为三郎不理解自己，心中有一种被刺痛的感觉。

三郎说完后，又埋头写稿没有理会悄吟的情绪，他是一个强者，充满自信，处处表现出堂堂男子的优越感，而这正是悄吟所接受不了的。在她柔弱的外表下，蕴含着一种独立不羁、自强奋进的傲气。她深沉地爱着三郎，因为是他从危难中拯救了她，给了她生活的勇气和力量。为了他，她可以赴汤蹈火，甚至牺牲自己的一切。但是她决不愿做三郎的附属和陪衬。所以，每当三郎在谈笑中自觉不自觉地表现出夫权思想时，悄吟的心底都会掠过一丝阴影。

也许，夫妻之间这种"不平等"，有时正是爱的表示吧。三郎在悄吟面前，总爱做出主宰者的架子。有一次，房东要拆除后院的草屋，强迫住在里面的小贩搬家。小贩是一个五十多岁的老汉，一家四口，以卖包子为生，没有其他地方可去，只好用破板子在屋边搭了个棚子，暂作栖身之处。悄吟见状心中不忍。等三郎从报社回来，悄吟伤心地谈起这件事。"让他们搬进我们厨房里来住吧？"

"你真是菩萨心肠。"三郎不以为然地笑了笑，仿佛无动于衷。

"要下雨了，淋上两场雨，他们会生病的。"悄吟的声音颤抖了。

三郎见悄吟悲痛的模样，觉得很有趣。他故意说："楼上的那个修女不是有间空房吗？她信上帝，就该讲点博爱，让那老汉一家住呀！这样一来，她的灵魂也就得救了。"

"谁和你闲扯！等你半天，以为你可以想想法子的……"悄吟深感委屈，她叹息一声，"人都是自私的动物，谁都一样。"

"我们不是耶稣，院子里有那么多圣徒，他们该大发慈悲呀……"说完这些嘲讽的话，三郎才发觉自己做得太过分了。

大颗的泪珠顺着悄吟的脸颊流下来，她沉默不语，棱角分明的嘴唇闭着。

三郎不像悄吟多愁善感，但心底却是一片赤诚。对于卖包子老汉的处境，他也感到凄楚，只不过故意同悄吟开开玩笑，三郎转身跑到厨房，动手收拾起来。悄吟见三郎依从了她的要求，又像小孩一样地破涕为笑了。

转眼之间，夏天来了。悄吟的中篇小说《生死场》已接近尾声，三郎《八月的乡村》也完成了大半。创作的甘苦像海潮一样，在两个年轻的东北作家心中激荡，生活充满乐观的情趣。

舒群夫妇这时已搬来做他们的邻居。四个青年常常结伴到海滨去游泳。

三郎穿着短裤，脚蹬草鞋，上衣是哥萨克式的，还绣了花边，腰上扎一根很宽的皮带，看上去像一个威风凛凛的拳击家。舒群的衣着比较整洁，显得斯文些。悄吟身着旗袍，头上束着一条天蓝色的绸带，苗条的体态更显得文静、秀美。苏明穿的裙子，落落大方。

113

在滨海浴场里，他们尽情地嬉游。三郎和舒群水性不错，可以一直游到深海，游累了就仰面躺在海上，用手轻轻地划动。每当这时，三郎望着蓝色的天穹，感到胸怀像大海一样宽阔。悄吟和苏明胆子小，只敢在齐胸的浅滩里胡乱扑腾。悄吟一只手捏着鼻子，闭着双眼，沉到水里，乱划一气，搞得水花四溅。然后她抬起头，大声问苏明："我是不是已经游得很远了？"

"一点也没动。"苏明看见她稚气的神态，捂住嘴直笑。

悄吟不服气似的，又捏着鼻子钻进水里，照样在原处扑腾一阵，结果呛了一口又苦又咸的海水。她捂着嘴咳嗽，又大声问："这一次怎么样？"

"还是小狗爬沙，原地不动。"苏明指了指深海处说，"看，要像三郎海豹一样向前游。"

悄吟望着用力朝海滨游来的三郎，内行家似的摇头评论："他的姿势也不对，看他手臂，划起水来像打拳一样，毫无美感，只知道使蛮劲儿。"

"可他游得比舒群快呀！"

"那又怎样？还不是瞎闯荡！……我有我自己的风格。"

悄吟陶醉在蓝天碧水的怀抱里，仿佛又回到了那天真烂漫的少女时代。她真的成了一只海鸥，鼓着洁白的双翼，自由地在海天之间翱翔。

然而，青岛并不是世外桃源，光明和黑暗的斗争，在这座美丽的城市也同样激烈地进行着。国民党当局对进步力量加紧了镇压，舒群奔走在码头和铁路工人中间，常常几天几夜不回家。到青岛后，三郎和悄吟才知道舒群是中共地下党员，苏明一家也都是革命者。他们时常为朋友的安全担心，并尽可能帮着做些事情。

从遥远的哈尔滨，也断断续续地传来许多朋友遇难的消息。剑啸来信说："三郎！你们走后，又有一个朋友被捕了。哈尔滨像一座冰窖，一片白色恐怖……我多么希望有一天也能插翅南飞啊！"不久他来信又说："三郎！我已经决定不走了。我要留在满洲，用我沸腾的血和喷火的枪，把强盗打回老家去！……"

这些信，牵动着三郎和悄吟的情思。他们希冀着战斗，渴望能让全国都听到东北人民的呐喊声。悄吟用充满感情的雄健格调，在《生死场》中描写了北方农民的苦难生活，用悲怆的气氛，烘托出人民要求抗战到底的决心：

李青山的大个子直立在桌前："弟兄们！今天是什么日子！知道吗？……今天我们去敢死……决定了……就是把我们的脑袋挂满了整个村子所有的树梢也情愿，是不是啊？弟兄们……"

回声先从寡妇们嘴里传出："是呀！千刀万剐也愿意！"

哭声刺心一般痛，哭声方锥一般落进每个人的胸膛。一阵强烈的悲酸掠过低垂的人头，苍苍然蓝天欲坠了！

赵老三立到桌子前面，流着泪："我埋在坟里……也要把中国旗子插在坟顶，我是中国人！……我要中国旗子，不当亡国奴，生是中国人，死是中国鬼……"

两个二十多岁的流亡青年，怀着对故土的无限热爱和思恋，夜以继日地写作。秋天到来的时候，悄吟的《生死场》终于完成了！这天，她坐在窗前，写完书稿的最后一页，一种竣工的愉快涌上心头。她站起来，眺望窗外。庭院里有几株高大的白杨树，树干粗壮，是青灰色的。远处，是波光粼粼的大海，海上飘动着点点帆影，一直延伸到天边。悄吟深情地望着海天相连的远方，她想，越过这蓝色的大海，再向北，就是东北的大地。故乡的人民正在生与死的边缘搏斗着。她小说中的人物，正是他们的缩影。他们蒙受着巨大的苦难，但并没有屈服，也没有丧失奋斗的勇气……许久以来，她希望把这一切写出来，告诉给祖国的同胞们，这个心愿终于实现了。

悄吟用薄绵纸将书稿复写了两份，又小心地用厚纸封皮装订起来，仿佛给自己的婴儿穿衣打扮一样。任何一个作家对自己的作品都是偏爱的，悄吟也不例外；不过，在这偏爱之中，还藏着几分胆怯和惴惴不安。

小说能出版吗？读者看了会怎么评价呢？她又没有把握。俗话说，十月怀胎，一朝分娩。这部十七章、八万字的小说她确实也孕育了十多个月。

三郎从头至尾读完了《生死场》的手稿，删改了一些字句，"我带去给印书局的熟人看看。"三郎将书稿揣在怀里，兴冲冲地出去了。

这一天，悄吟一直坐立不安，她只好用串门来排解内心的焦虑。傍晚三郎回来时，她正在楼上同一个少妇谈天。以往每当那个少妇在窗口说"你先生回来啦"时，悄吟都要矜持地故意再待一会儿。可这一次，她立即匆匆地奔下楼去。

"怎么样，出版有希望吗？"她在门口迎着三郎，眼里含着期待的神色。

"光是书名就把编辑吓住了。"三郎摇摇头说，"他们认为内容越轨，都不敢出。"

"这里不是祖国吗？难道在这里也不能抗日？"悄吟大惑不解。

过了几天，三郎又将手稿交给《晨报》的主编，希望能在报上连载。可是主编看了稿子，表示很为难，因为《晨报》本身也摇摇欲坠，大有朝不保夕之虞。

小说写出来了，出版的希望却很渺茫，这使悄吟深感失望。她觉得自己来到世界上，仅有的财富就是一片赤热的心血。而这用心血凝成的作品却不能奉献给人民，这是多么让人痛心疾首的事情啊！难道十多个月的心血就白费了吗？

"留得青山在，不怕没柴烧。"三郎几次这样安慰悄吟说。在这同时，他的《八月的乡村》也脱稿了。自然也没找到出版的地方。

夜深人静，窗外传来阵阵海涛声。

悄吟从枕下取出一本书，目光停留在封面的"野草"两字上，沉思起来。

"多好的一本书啊！封面的构思是这么深刻，那灰黑色代表着暗夜的天空，白色曲线代表着滚动的云，细密的连点表示雨，那粗粗的几条暗绿色横线就是野草了……"

三郎突然想起什么，用手在腿上一拍："干脆，咱们把书稿给鲁迅先生寄去！"

"上海那么远，能寄到吗？"悄吟又兴奋，又有些担心。

"那没问题。不过——鲁迅先生是大文豪，他愿意看我们的东西吗？"

"先给鲁迅先生写封信试试看吧……"

"行！我来执笔。"三郎说着，马上从抽屉里找出信笺。

这一对文学青年，立即在灯下给鲁迅先生写了封信。他们是热烈而又天真的，两个人你一言，我一语，从哈尔滨的流浪生涯，他们第一本集子的遭遇，直到现在的处境和希望，把心里所想的都写上去了。在信末，他们求教鲁迅先生现在应该做些什么，并谈到两部小说找不到出版的地方，想请鲁迅给看一看。

第二天清晨，三郎去寄信，在把信丢进绿色邮筒之前，他又默默地看了看信封：他们的全部热情和希望都装在里面了。

悄吟每天都在盼望中度过。院里门口钉着一个木制的信箱，已经旧得发黑。一天两次，悄吟总要跑到门口，踮起脚尖朝信箱里望一望。

一个星期过去了，信箱是空的，悄吟开始失望了。三郎安慰她说："才一个星期呀！说不定鲁迅先生刚刚收到我们的信。"

又一个星期过去了。信箱仍然空空如也。这一次三郎也动摇了。

"会不会信没有寄到呀？"悄吟提出疑问。

"不会吧，地址是临走时剑啸告诉我的，他见过鲁迅。"

"那为什么没有回音呢？"悄吟茫然地望着窗外的白杨树，一对深黑的眸子含着惆怅。阳光斜射到树梢上，微风一吹，无数杏形小树叶翩翩摆动，像千百片闪光的小镜子，扰动着人的心思。

"也许我们太渺小了。"三郎抱着双臂，在屋里缓缓地踱着。

悄吟的目光投向了大海，在她的心目中，鲁迅仿佛变成了云端里的人物，他头上绕着光轮，高大的身躯像一座巍巍的山峰，可望而不可即……可是，她总觉得他的脸上闪着慈爱的光芒……

正当他俩在期待和失望中企足而待时，舒群带来了一个叫人失望的消息，说是报界传说鲁迅先生得了脑膜炎，医生告诫他一年之内不能动笔。

"消息可靠吗？"三郎问。

"不完全可靠，但这是上海的作家传出来的。也许事出有因吧。"

三郎和悄吟半信半疑，鲁迅先生真的得了重病？两颗赤诚的稚子之心，顿时增添了对鲁迅的挂念。

这一天，悄吟起得稍晚。三郎已经上班去了，她因为感冒咳嗽在床上躺着。蒙眬中，她听见有敲门声。

"谁呀？"她披上衣服，走下床来。早晨的阳光从窗外射进来，暖洋洋的。

"太太，信。"悄吟打开门，见是楼上的少妇。她笑盈盈地递过一只米黄色信封，"是先生的信，刚才邮差送来的。"

信封上写着收信人地址和姓名，落款却只有"内详"两字。悄吟端详着信封，觉得字迹很陌生，非常有骨力，她从来没有看到过这样圆熟而苍劲的字体。

一刹那间，悄吟似乎意识到什么，她立即把信封翻过来，查看上面的邮戳。

邮戳是模糊的，但悄吟还是辨认出"上海××邮局"的字样。她激动得手指微微发抖，心头怦跳不已。

像无价的珍宝从天而降，悄吟又惊喜，又惴惴不安。她把信捧在胸前，生怕它会突然飞走似的。她小心翼翼地走到桌边，从抽屉里找出一把剪刀，沿着信封的边缘，轻轻地剪开，信封里露出了白色的信笺。

悄吟闭上眼睛，把信笺抽了出来，她在心里默默地数着一、二、三、四……当数到十时，她忽然把眼睛睁开。在一刹那，她那美丽漆黑的眸子里迸射出火花，紧接着，涌出了泪水……

是他的信，鲁迅先生的信！在信笺的最后，端端正正地署着一个"迅"字。一种无限激动和幸福的感觉，像电流一样传遍了她的全身。悄吟用手背揩了揩眼睛，仔细地读起信来。信的称呼是"三郎先生"。鲁迅写道："给我的信刚刚收到，因为地址早已变动，辗转了许久，让你们惦念了……"在信中，鲁迅一一回答了他们提出的问题，语气亲切中肯，包含一种巨大的热力。关于书稿，鲁迅答复说："我可以看一看的，但恐怕没工夫和本领来批评。稿可以寄来，最好是挂号，以免遗失。"

读着信，悄吟久久地沉浸在欢乐里，鲁迅的回音像阳光一样，温暖了她的心。她觉得自己就像在茫茫的黑暗中，突然望见了灯光，那希望之光在远方闪烁着，正在召唤着她和他。

十一 两颗漂泊的心

傍晚，三郎下班回来，一路上与舒群夫妇谈笑风生。

一轮红日渐渐西沉，海面上反射着如火如金的霞光，灿烂夺目。海边石山前，一群满脸汗渍的石匠，还在叮叮当当地敲着钢钎，夕阳映照着他们的脸膛、手臂，像一尊尊烧红了的雕像。

"他们才是世界的主人。"三郎感慨地说，"可惜我不会油画，不然，真想为他们画一幅。"

"要是剑啸来了就好了。"舒群怀念地说，"他那幅'没有完成的画'，画的就是伟大的劳动者。"

说完，他们都沉默了。两位朋友的思绪，不约而同地回到了遥远的北国。连身后一个尾随已久的人影，他们也没有发觉。

快到山脊上的院子时，三郎发现悄吟正倚在楼上的窗口，朝他们招手。

走在后面的舒群打趣地说："准有什么喜事。"

三郎不在意地笑笑："恐怕是做了什么好吃的。"

"又是葱油饼和苏布汤吧。"苏明很爱吃悄吟用平底锅烙的饼。

三个人走到楼前时，悄吟已站在大门口等候，她的脸上洋溢着掩饰不住的喜悦。

悄吟正要告诉他们鲁迅来信的喜讯，忽然瞥见不远处有个人影闪动，稍为迟疑了一下，没有说信的事。"请你和舒群吃葱油饼。"她拉住苏明的手。

"我说有好吃的吧！"三郎露出几分得意。

等大家围着餐桌坐定后，悄吟才拿出鲁迅的信。意想不到的喜讯使大家都怔住了。三郎一把抓过信封，高兴地跳了起来，差一点把桌上的苏布汤打翻。

他眼睛闪闪发亮，一字一句地念着信：

> 不必问现在应该做些什么，只要问自己能够做什么。现在需要的是斗争的文学，如果作者是一个斗争者，那么，无论他写什么，写出来的东西一定是斗争的。就是写咖啡馆跳舞场罢，少爷们和革命者的作品，也决不会一样。

鲁迅睿智的见解，诚恳的态度，像春风一样吹拂着每一个人的胸襟。

三郎觉得，信里的每一句话，都深深地烙在他的心坎上。"现在需要的是斗争的文学"，鲁迅为他们指明了创作的方向。

读完信，两对青年兴奋地议论起来。舒群让三郎和悄吟赶快把小说寄出去，适当的时候再亲自去上海拜见鲁迅。这个意见正合他俩的心意。鲁迅的信中，没有提到生病的事，也引起了他们的猜测。

"也许鲁迅先生的病痊愈了。"悄吟说。

"也可能先生没得脑膜炎，上海的文人是很会造谣的。"舒群推测道。

话虽这样说，大家的心头还是拳拳地挂念着。

第二天是星期日，舒群夫妇到苏明父母家度假去了。三郎和悄吟去邮局把书稿寄了出去，同时寄出的还有一本《跋涉》。从邮局出来，他们像完成了一项重大使命，觉得一身轻松。这种心情好久都没有过了。两人特地到海滨公园玩了玩，又观赏了一会水族馆。

回家的路上，悄吟和三郎忽然感觉到一种异样的气氛。街口出现了许多虎视眈眈的警察。一阵阵尖厉的警笛从远处传来，听着十分恐怖，行人四处躲避。

一辆囚车急驶而过，驾驶室两侧的踏板上，立着荷枪实弹的警察。

悄吟的心一下紧缩起来，她下意识地抓紧了三郎的手。

"快回去！"三郎说完，拉着悄吟往住处奔跑。沿途有好几辆囚车呼啸而过，好像一群发了疯的野兽，在青岛的街上横冲直撞。

三郎的额上沁出了汗水，悄吟一边跑一边喘着气，脸色惨白。忽然，从他们背后传来一个女人的声音："先生，太太！"

他们停住脚，回过头，见是楼上住的那个信天主教的少妇，穿着黑旗袍，头巾也没有披，满脸惊恐的神色。悄吟立即意识到发生了意外。"发生什么事了？"

"警察刚到我们那幢楼来过，要抓你们的朋友。你们也快走吧！"

"谢谢你。我们会留心的。"悄吟感激地握了握少妇的手。

现在对他们说来，最重要的事是立即向舒群夫妇报信。苏明父母家住在近郊，情况万分紧急。

三郎叫悄吟随少妇先回家，料理一下东西。他独自匆匆搭上一辆驶向城西的公共汽车。

车窗外掠过枯黄的树叶，像被热风灼焦的一样，三郎心如火焚，在哈尔滨舒群被逮捕的情景，不断地在眼前闪现。

他和悄吟曾去苏明家做过客，出城西再步行几十米就到了，是一幢幽静的小楼。苏明的父亲是大革命时期的老党员，公开的身份是一所中学的校长。

汽车到了终点站，三郎急不可待地跳下来。他刚走了几步，就怔住了。在苏家小楼前，停放着一辆警车，舒群夫妇、苏明的父亲和另外几个人，正被一群警察从楼里带出来。周围站着几个观看的群众。

"舒群！"三郎痛苦地呻吟了一声，就朝楼前跑去。

舒群身穿一件浅灰色的西服，手上戴着手铐，头发有些凌乱，但是从容镇静。他冷冷地瞥了三郎一眼，侧过脸去，仿佛从不认识。苏明、苏父和几个三郎不认识的人也都戴着手铐，表情庄重。带着寒意的秋风掀动着苏明的衣襟。人群中有人窃窃私语。

"看，还有个女的……"

"顶多二十一二岁，不知犯了哪一条？"

"听说是共产党……"

三郎站在一边，眼看着自己的朋友落入敌人魔爪却无力搭救，心头像被火烤一样炙痛。他深深地懊悔自己来晚了一步……他死死地盯着舒群身后的便衣，恨不得冲上去把他们撕成碎块。

舒群走近囚车时，转过脸默默地望了望三郎，他的目光是深沉的，在匆匆的一瞥里寄托着无限的深情。

三郎的嘴唇抽搐着，正想开口说什么，忽然从头顶传来一声声悲怆的雁鸣，舒群仰起脸来，深情地看了看灰色的天空。三郎也抬头，看见一群大雁，排成人字形，正缓缓南飞。它们的队形整齐，姿态从容，此起彼伏的鸣叫响彻高远的长空……

被捕的人全被押上了囚车，人们怯怯地望着，车门关上了，舒群把铐在一起的双手高高地举起，像是向三郎告别，又像是暗示着什么。车子开走了，三郎悲愤地站在原地，望着尘土飞扬的大路。大路右侧，苏家小楼的背后，是一片斑斓的枫林，红得像燃烧的火，三郎觉得自己的心胸也在燃烧。

渐渐远去的雁叫，唤醒了他，那声音哀婉而悠扬，回荡在天际。三郎蓦然明白了舒群的意思。他抬起头来，看见雁阵已越过长空，悠然南飞，他的心欢跳起来，啊，南方……上海！应该立即去找鲁迅！

两个星期后，悄吟和三郎又漂泊到了海上。为了节省路费，他们搭乘一艘日本货船南下。货舱里装满了咸鱼、海带、粉条等杂货，拥挤不堪，空气难闻，但是他们心里却怀着热切的希望，憧憬着早日见到仰慕已久的鲁迅先生。

上海以它的喧闹和矜持迎接了这两个北方来的青年。

悄吟和三郎穿过繁华的大街，茫然而好奇地东张西望，到处都是高楼大厦，直插云天，给人一种威压的感觉。华丽的珠宝店、服装店、大饭店、鲜花铺——一家接着一家，使他俩眼花缭乱。他们在一家百货店的橱窗前停下来，从玻璃上打量着自己的影子。悄吟穿着暗蓝色的开领衫、黑裙子，领口露出红色的薄毛衣；三郎提着行李，皮鞋后跟已磨去大半。

"我们成了两只土拨鼠。"三郎望着玻璃橱窗，幽默地说。

一个西服革履的男人神气十足地从身后走过，向他们投来傲慢的一瞥，那眼光真像是在看两只小老鼠。悄吟转过脸去，冷冷地回敬了他一眼。又有几个穿着时髦的妇女，娇声媚气地走过来，满身珠光宝气，她们看见悄吟和三郎，嘴角荡起莫名其妙的微笑，笑容中带着轻侮。

南京路上霓虹灯光怪陆离，酒楼里飘出流行歌曲，大玻璃窗映出绰绰舞影……

这就是上海吗？真是人欲的旋涡，冒险家的乐园……悄吟强烈地觉得他们不属于这个世界。这里的富贵、繁华、灯红酒绿包裹不住彻骨的冷漠；连一角阴霾低垂的天空，也叫人觉得格外陌生。但是鲁迅先生住在这座城市里！这个伟大的名字温暖着她，使她摈弃了孤独的感觉。

悄吟抬起美丽的大眼睛，凝望高楼上一排排窗户，心想：也许鲁迅先生就住在这其中的哪一间吧？他是什么模样呢？看他犀利的杂文，横扫千军的笔锋，一定有着巨人般的身躯，像一个威武的大将军。想到这里，悄吟的心里充满力量，她抬着头，挺了挺胸脯，对三郎爽快地一笑说："走吧！"

他们大踏步地向街心走，高声地说笑着，神情自若。来往的绅士太太对他们非凡的气度惊诧得目瞪口呆。

晚上，他们在法租界霞飞路找到了住处。房间在一栋砖砌的灰色小楼上。房东是一位寡居的胖太太，她打量着这一对异乡的青年男女，没有多说什么，就同意他们做房客。

一个围着围裙的女用人，领着悄吟和三郎登上黑暗的楼梯，开了二层的一扇房门。屋子不大，但相当整洁。内有一桌一椅，两张单人床分靠着两边墙壁，对着门的墙上有一扇小窗户。

用人走后，三郎环视一下屋子，得意地说："剑啸曾说，在上海找房子就像找个朋友那么容易，看来一点不假。"

"可谁是朋友呀？每一张面孔都是生疏的。"悄吟轻轻地叹息了一声。

他们走到窗前，向外探望。这地方位于上海西区。比较僻静。楼前立着几棵梧桐树。再远一些，是黑压压的一片低矮破旧的房屋，和市区的高楼大厦形成鲜明的对比。原来上海也有贫民窟！悄吟从这一片破屋顶的海洋上，看到了另一个世界，那是劳苦大众的贫困世界。她突然觉得自己和上海的距离缩小了。

他们收拾完房间，悄吟风趣地说："喂，今晚咱们各占一方，各自为营吧。"

"那——由你吧。"对于这种任性，三郎没表示反对。

入夜，下起雨来，沙沙的雨声从窗外飘进来，房间里平添了一种肃穆和静寂。

悄吟和三郎各自睡在一张小床上，谈着话。悄吟轻声喊："先生！"

三郎回答："嗯，太太？"

他们相互的称呼包含着戏谑的成分，像两个淘气的大孩子。

沉默了片刻。大约悄吟在冥想着什么，她望着天花板："咱们要赶快想办法找鲁迅先生……我们不是为了找鲁迅先生才来上海的吗？"

"先给鲁迅先生写封信。"三郎自信地说。

"怎么写呢？"悄吟天真地问，想了想又说，"对，要写上这样的意思：鲁迅先生，两个从遥远而寒冷的东北流亡到上海的年轻人，向先生致意……"

雨，沙沙沙，周围的一切似乎都陷入了梦境。悄吟辗转反侧，不能成眠；她还在思索："我们二人患难与共，越过雪原，漂过大海，是为寻找先生，是为寻找真正的文学……两颗冻创的心灵，同样需要光明和温暖的慰藉……我们盼望尽快尽快地拜见先生……"

静静的屋里，三郎发出轻微的鼾声，悄吟伤心地抽泣起来。抽泣声惊醒了三郎，他连忙下床，赤脚到悄吟床边抚摸着她。

"怎么啦？哪里不舒服？"

"你去睡吧，我没有什么。"悄吟捂着眼。

"那你为什么哭？"

"我睡不着，不知怎么忽然伤心起来……刚到一个新地方不习惯，灯一关，觉得我们离得太远了……"

三郎蓦地把悄吟抱到自己的床上。

沙沙雨声，像情人的款言细语……

十二　啊，主将

　　第二天清晨，悄吟和三郎匆匆吃罢早点，就坐下来给鲁迅写信。信由三郎执笔，报告他们已经来到上海，盼望着尽早见到先生。在信中，还问到青岛寄出的书和《生死场》手稿先生收到没有。这是悄吟最关心的。

　　信封好后，他们却犹豫着怎么寄出。鲁迅的住址当时未对外披露，他们只知道有一家日本人开的书店与鲁迅有联系，青岛的书和稿子就是寄到那里的，由于没有得到回音，悄吟担心那个地址不可靠，坚持应托人亲自转交。可是人海茫茫，去找谁呢？

　　他们毕竟是天真的，思想灵活，容易想出点子。

　　"我们去找报社吧？"三郎提议。

　　"报社能行吗？"

　　"鲁迅的文章经常见报，他们肯定同他有往来。"三郎很自信。

　　"那好吧。"

　　他们走上街，踏着湿漉漉的马路，向市区走，街两旁落满了枯黄的树叶。迎面走来几个金发碧眼的外国女人，大约是散步的，高声说着俄语，悄吟和三郎投去好奇的目光。他俩在哈尔滨学过俄语，一般的日常对话都可以听懂。

"斯特拉斯特维杰!"[1]一个戴耳环的俄国女人回过头,朝悄吟笑笑。

"斯特拉斯特维杰。"悄吟也点点头,她想不到在上海还用得上俄语。

约莫一个小时以后,他们找到一家报馆。这家报纸在上海很有些名气,但编辑部却在一条很深的弄堂里,显得很拥挤。

悄吟、三郎推开"文艺副刊编辑室"的门,一个戴老花镜的编辑正低头阅稿,旁边坐着一个眉目清秀、穿西服的青年,像是送稿的作者。

三郎恭敬地问:"先生,请问鲁迅先生……"

老编辑抬起头,怀疑地打量着他,半晌没说话。

悄吟解释道:"我们想请先生帮忙,转给鲁迅先生一封信。"

"鲁迅?"老编辑眯起眼睛望着他俩,摇晃着花白的脑袋。穿西服的青年也声色不露地看着他俩,一声不吭。

三郎和悄吟走出报馆,心情又沮丧又懊恼。"那老家伙真会装蒜!"三郎愤愤地说,"好像第一次听见'鲁迅'这个名字……"

他们又朝前走,最后找到一家挂着"文萃出版社"牌子的地方。

两人略一踌躇,闯了进去。

他们沿着一条走廊来到业务室门口。悄吟轻轻叩门,半晌没应声,三郎干脆推门。

门一开,两人不由一怔。

屋里沙发上,一个绅士派头的人正搂着一个烫发的女郎调情。那绅士鼻上架着玳瑁框眼镜,头发梳得油亮;女郎浓妆艳抹,穿着紧身旗袍。

---

[1] 俄语"您好"的意思。

三郎忙道歉：“对不起，对不起！”

“走走走！”没等悄吟说话，那绅士便一步抢上去，把他们推出门，接着砰的一声，把门关死了。

悄吟、三郎自认晦气，悻悻地走出来，“上海真不是个好地方！”三郎诅咒起来。

“看来我们太天真了。”悄吟的头脑似乎也清醒了些。

他们正想往回走，忽然听见一声有礼貌的呼喊：“两位先生、女士！”

悄吟、三郎一扭头，发觉走廊的转弯处，站着刚才在报馆遇见的那个穿西服的青年，年龄二十四五，瘦小个子，细眉细眼，目光深沉而含蓄。

“他怎么会在这里？”——悄吟和三郎交换了一下眼色，警觉起来。

“你们找鲁迅先生有什么事？”青年轻声问道，语气是友好的。

“我们……”悄吟迟疑着。

“想交给他一封信。”三郎直话直说。

“两位从哪里来？”

“哈尔滨。”

“逃亡出来的？”

“对。”

“那你们把信交给我吧。”青年伸出手来，声音是坦诚的。

悄吟和三郎互相看了看，觉得事情有些蹊跷。三郎凭直觉感到这青年身上蕴藏着一种可以信赖的东西，但萍水相逢，就寄以重托，未免过于轻率。再说他为什么要盯我们的梢呢？

“谢谢先生。我们自己会有办法的。”悄吟冷冷地说了一句，拉着三郎转身走了。

青年好像有些失望，又追上一步说：“前面有个书店，他们老板知道鲁迅的地址……"

悄吟和三郎半信半疑，头也不回地径直朝前走去。他们走到路北端电车终点站，在一所医院对门，果然看见一家书店。书店里空荡荡的，架子上摆满了各种书籍，但是没有顾客，一名店员倚着书架呆立。

悄吟、三郎站在书店门口张望，店员一见买主殷勤地招呼："欢迎欢迎，要什么书？"说着从书柜里取出一沓书来，介绍道："这本——《乱世佳人》，著名言情小说；这本——《深宫盗宝》，最新武侠小说；这本——"发觉二人并无买书的意思，便住口了。

三郎犹豫了一下，从兜里掏出一封信："先生，我们想托你们转封信给鲁迅先生……"

悄吟接着说："听说鲁迅先生常到贵店来。"

"哪里，没有的事……"店员否认。

悄吟和三郎面面相觑，脸上现出被人捉弄的神色。

这时，从店堂里面走出一位穿西服的中年人，个子不高，很壮实，听他们提到鲁迅的名字，不由止住脚步，端详着两位客人。

店员一见他，忙说："老板，这两位想找鲁迅……可谁知道鲁迅在哪里？"

老板沉吟道："你们——"

悄吟抢先说："我们是从东北来的……"

三郎把信递上去："这是我们给鲁迅先生的信。"

老板接过信，扫了一眼，意味深长地说："鲁迅怕是不好找哇！"

悄吟眼睛一亮："这么说，先生您真的知道鲁迅先生？"

"不认识。"

三郎失望地说："那把信还我们吧。"

老板不露声色地说："这样吧，信先留下，我托人问问……"

三郎和悄吟交换了一下眼色，似乎在犹豫。

"那……"悄吟正想问什么。

"过几天听回话。"老板说完，就转身进去了。

外滩，行人熙攘往来，白人、黑人和黄皮肤的中国人混杂一片，构成一个巨大的人种旋涡。悄吟、三郎正处在这个旋涡边缘，心事重重地踱着步。

悄吟说："老这么瞎碰怕不行吧。"

三郎手揣在口袋里，两眼望着远方："那怎么办呢？"

"是呀，我们一个人都不认识。"

两人苦闷、彷徨，忧思郁结。

"三郎先生！悄女士！"突然，一个熟悉的清脆嗓音从背后传来。

悄吟、三郎回头，都惊奇地睁大了眼睛。一个风姿动人的女子，穿着华贵的蓝色海虎绒大衣，正笑盈盈地望着他们，耳垂上的耳环在轻轻地摆动。默视片刻，悄吟首先喊了起来："沈莉！"

"简直想不到，什么风把你们吹来啦！"沈莉两眼流盼。

悄吟拉着沈莉的手，打量着她："打扮得这么漂亮，都快认不出你啦！还在读书吧？"

"我已经结婚了。"沈莉瞥了三郎一眼，朝悄吟笑笑，"不过没有你那位漂亮。"

"他呀？一个瞎闹的李逵！"悄吟说。

"不对，是半个李逵，半个宋江。"三郎插话纠正。说完，三个人不约而同地笑起来，过路行人都投来好奇的目光。

"光顾着说话啦，请到我家去坐坐吧。"沈莉热情地说。

"你丈夫干什么事？"悄吟问。

"一家出版社的主任。"沈莉面有得意之色。

"那一定认识鲁迅先生喽？"悄吟喜出望外，悄声问道。

"你们是来找鲁迅的？"沈莉望着悄吟和三郎，话中含着关切。

"是呀!"

"可是……我丈夫……"沈莉脸有为难之色,"听说鲁迅已被通缉,不好找哇。"

悄吟、三郎又失望了。

三郎自嘲说:"咱们不过是在地球上滚,找不到鲁迅先生,咱们就滚到哪里算哪里。我不信上海的文坛是铜墙铁壁!"

"不过,"沈莉同情地说,"上海作家如林,当局文禁极严,稍为越轨的作品很难问世。青年作者发表东西也极不容易。"

三郎、悄吟脸色黯淡下来。

分手时,他们没有接受沈莉的邀请,悄吟隐隐感到她说起"丈夫"时的迟疑态度。沈莉给他们留下了地址,又抛下一串笑声,像一只蓝孔雀消失在人丛之中。

暮色降临了,红红绿绿的霓虹灯亮起来,给城市涂上一层华丽的色彩。悄吟、三郎踯躅在噪声喧哗的闹市,感到无限的寂寞,他们像两名失散的小兵在荒野里摸索。三郎望着黑影幢幢下的万家灯火,真想振臂大喊一声:

鲁迅先生——你在哪里?

鲁迅听到了他们心里的呼唤,这位中国文坛的巨人向两颗漂泊的心伸出了温暖的手。

一个星期后的早晨,悄吟正在窗前梳头,听到一阵奔跑的脚步,接着,门哗的一声推开,三郎冲进来,手里扬着一封信,满脸狂喜的神色:"信来了!鲁迅先生的信来了!"

"真的?"悄吟一把夺过信,激动地展开,看着,看着,叫起来了,"啊!鲁迅先生约我们见面了!"

"还说信、书和你的那部稿子都收到了……"三郎喜形于色。

"……三郎君的小说如已抄好,也就带来,我当在那里等候。"悄吟读着信,脸上泛起红光。

"我们真幸运！"三郎高兴地把悄吟抱起来转着圈，笑声在屋里荡漾……

到了约定的日子，悄吟、三郎兴冲冲地乘上电车，来到北四川路。三郎掏出鲁迅先生的信，和店面招牌一一核对，他在一家书店门前停下，自言自语地说："没错，就是这里——内山书店。"

悄吟意外地说："这个书店咱们来过呀！上次没注意到牌子。"

二人走进书店，又见到上次那位店员，不过这一回店员没有招揽生意，而是迎上来，仿佛是老相识似的招呼道："里面请吧。"

二人跟店员走进里面一间小屋。

店员客气地说："请二位稍候。"

片刻，门外响起脚步声。二人从座位上站起来，激动中不免有些紧张。

门开了，悄吟、三郎微一怔——

走进来的是上次答应转信的老板，圆脸上露出亲切的笑容。

三郎怀疑地问："怎么，您……"

"我是内山完造。"老板走过来和二人握手。

"哦，你就是内山先生！"三郎如逢知己。

悄吟焦急地问："那么鲁迅先生呢？"

内山完造温厚地看了她一眼，解释道："鲁迅先生前几天被两个暗探盯梢了，身体也有些小恙，所以今天不能如约见面，托我向三郎先生和悄吟女士表示歉意，并让我替他收下三郎先生的小说稿。"

悄吟露出了担心的神色："鲁迅先生的处境很危险吗？"

"经常被人盯梢，不过习惯了，你们放心吧。"说着，接过三郎递上的一包小说手稿。

三郎说："请代我们问候鲁迅先生。"

"我们什么时候才能拜会鲁迅先生呢？"悄吟瞪着清澈的大眼睛。

内山完造回头看了看墙上的日历，说：

"今天是十号，怕是要到月底了……"

时间像蜗牛爬行一样，悄吟、三郎盼过一天又一天，终于等到了月底。这时，他们带的钱已分文不剩，在上海卖文章的梦也破灭了。二人寄出的几个短篇全都石沉大海。正在山穷水尽时，内山老板寄来便函约二人到书店相会，并嘱"勿告他人"。悄吟、三郎立刻意识到盼望已久的时刻来到了。

第二天下午两点钟，悄吟、三郎准时来到内山书店，这是他们第三次跨进这幢房子了，悄吟的心怦怦地跳着，三郎的表情也骤然严肃起来。内山完造满面春风，把二人引进里面的小屋。长桌边有两个人正侃侃而谈，见悄吟、三郎进来，其中一位年长的人起身相迎。

"这就是鲁迅先生。"内山完造为悄吟、三郎介绍着。

在一瞬间，悄吟和三郎心里充满着惊奇，他们呆然地望着站立在自己面前的这位长者——

他身材不高、面目清癯，穿一件单薄的旧棉袍，一双胶底帆布鞋，那朴实而安详的神态，使两个年轻人在最初的接触中，就奠定了一种永恒的尊敬。

鲁迅首先打破了沉默。

他微笑着朝两位客人点点头："我们到外面走走吧。"带头走出书店。

鲁迅带着他们穿过大街，走进附近一家咖啡店。天空是阴沉的，但悄吟、三郎的心里却充满了阳光。他们跟在鲁迅后面，仿佛踏上了战斗的征途，又兴奋，又激动。

鲁迅请他们在靠墙的两张椅子上就座，要了一壶红茶。悄吟、三郎恭敬地接过茶杯，一时不知说什么好。

看到他们拘谨的样子，鲁迅点燃一支香烟，诙谐地说："我知道我们见面之后，你们会感到悲哀的，我想，你们单看我的文章，不会料到我已这么衰老。但这是自然的法则……"

悄吟、三郎二人你看我，我看你，会心地笑了。

"东北的情形如何？"鲁迅关切地询问。悄吟、三郎尽情地倾诉着屈辱的生活，详尽地讲述他们的流亡，写作，朋友们的斗争和被捕……鲁迅听得很专注，眼睛里闪露出敏锐的光芒。

不一会儿，一个端庄文静的中年妇女牵着一个男孩走进店里，那孩子老远就喊着："爸爸。"鲁迅笑着向二人介绍：

"这是景宋和海婴。"

景宋是许广平的笔名，悄吟、三郎听说过，他们立即站起来施礼。许广平亲切地微笑着，叫二人坐下。初次见面，她就很喜欢悄吟，特别是悄吟额前的刘海和孩子般的稚气给她留下深刻的印象。

他们继续交谈。许广平偶尔到店门口望望。

悄吟诉着苦："在哈尔滨，连我们的集子也遭禁。"

鲁进吸了一口烟说："上海亦如此，凡是较进步的期刊，较有骨气的编辑都非常困苦。近来恐怕要更坏。一切刊物，除胡说八道的官办东西和帮闲凑趣的外，好一点的都被压得奄奄无生气了。"

三郎忧愤地说："真不知中国的文坛将变成……"

鲁迅接着说道："阿拉伯沙漠。"略停又说，"中国是古国，历史长了，花样也多，情形复杂，做人也特别难。你们在上海观察一会儿，就知道有一群蛆虫，怎样挂着好看的招牌，在帮助权势者暗杀青年的心。"

许广平插话说："挂着革命作家的牌子，干着文化特务的勾当，让人防备起来也要格外小心。"

鲁迅吸了一口香烟，嘲讽地说："如今的新事也多，三民主义党徒跟报刊编辑结了婚，真是培育了优良品种。"

许广平起身说："你们谈吧，我到外边去看看。"说完话，就带着海婴离开了。

三郎不解地望着鲁迅："怎么？"鲁迅安详地说："生活在黑暗的洞窟，难免有人找你麻烦……"

停了一会儿，鲁迅又对悄吟和三郎说："你们二位的小说我读过了。从悄吟女士的《生死场》，可以看见五年以前以及更早的哈尔滨。这自然不过是略图，然而北方人民对于生的坚强，对于死的挣扎，却已经力透纸背，这和那些只玩弄技巧的所谓'作家'的作品大相径庭。三郎君的小说也写得很有气势，显示着中国的一部和全部，现在和将来，死路与活路……"

三郎谦虚地说："先生过奖了。"

"只是在如今这寂寞的文坛，你们这样的作品，怕是要受冷落的。"鲁迅沉吟道。

"听说先生被通缉了……"悄吟问。

"他们已经通缉我四年了。"鲁迅坦然一笑。

悄吟激动地说："先生，您可要多……"

"这是不足为奇的，他们还能做什么别的呢？我究竟要说话，你看老百姓一声不响，将血汗贡献出来，自己弄到无衣无食，他们不是还要老百姓的性命吗？"鲁迅安详沉静地说。

悄吟、三郎眼里含着感激的泪光，他们意识到这一次会见，鲁迅先生是冒着危险来的，心里异常激动。

"在上海，左翼作家常常遭到反动派的逮捕、杀害，你们也要提高警惕。"鲁迅关照他们。

三郎很激愤，突然认真地向鲁迅建议说："我们不能像羔羊一样任他们宰割……我们每人准备一支手枪，一把尖刀罢！"

"要干什么？"鲁迅吃惊地望着他。

"他们要来，我们就同他们拼了！弄死一个够本，弄死两个有赚的……"

"你真是个'拼命三郎'。"鲁迅幽默地笑起来。他吸了一口烟，话中含谑地说："你不知道，上海的作家们只会拿笔，不会用枪的。"

三郎自知失言，转脸朝悄吟讪讪一笑。

悄吟抿着嘴也在笑。她的眼睛含嗔，那神情好像在说："看你这冒失鬼！"

"你们生活有困难吗？"临分手时，鲁迅关切地问。

悄吟、三郎尴尬地笑了笑，不好意思启口。

鲁迅掏出一个信封和一本《两地书》交给三郎，接着又叮嘱："霞飞路那些白俄罗斯男女，千万不可同他们讲俄语，否则会疑心你们是留苏学生，去告密的……"

鲁迅和许广平牵着海婴与他们挥手告别，海婴用上海话嚷着："再会！再会！"

悄吟和三郎登上电车，回头望着他们的身影，感到无比欣慰。

"想不到鲁迅竟是这样的平易、豁达……"在回家的路上，三郎感慨万分。

"我原来总想他该是一副高大威严的神态。一见面却觉得他不似想象中的鲁迅——简直是一个可亲可敬的小老头……然而，这就是真正的鲁迅……"悄吟神往地说。

"我真爱听鲁迅先生讲话。好像我的脑子里装满了豆浆，而鲁迅先生的话，就像是卤水，这卤水一点进豆浆里，使清的渐渐上升，浑的下沉了。"三郎眼里迸射着生气勃勃的光彩。

快到家里时，三郎这才低头打开信封，看到里面装的是二十元钱。

悄吟和三郎感动得热泪盈眶。

十三　文坛新秀

和鲁迅的见面，在悄吟和三郎年轻的生命中，揭开了新的篇章。

半个月后的一天，鲁迅寄来了一封短简。内容只寥寥数行，但它带来的信息却深深地拨动了悄吟、三郎的心弦。鲁迅夫妇请他们赴宴，还要会见文艺界的朋友。这是梦吗？不，这是先生的亲笔信啊！

好一会儿，他们才从甜甜的梦境中清醒过来。

"看你这件破罩衫，"悄吟扯了扯三郎的袖口说，"就穿这个去赴鲁迅先生的宴会吗？"

"那穿什么呢？我只有这一件呀！"三郎低头看看身上的灰罩衫。

"傻家伙，要做一件新的……"

"没必要。"三郎摇摇头说，"我们又不是阔佬，再说上次见鲁迅先生，不也是穿的这件罩衫吗？"

"这一回有客人……"

"先生信上不是说，只有几个朋友，而且是可以随便谈天的吗？肯定是一些左翼作家，不会笑我们寒碜的。"

"你这个人……真顽固！"

悄吟面露愠色，生气似的抓起床上的大衣，披在身上，"笃笃笃"地冲下楼去了。

三郎被弄得莫名其妙，无可奈何地搔了搔头。他知道悄吟的个性，发起怒来谁也难止住，只能听之任之，待她怒气消散后又会像一个孩子，若无其事地蹦着跳着回来的。

他坐下来，接着写一篇快要完稿的短篇小说。太阳已经偏西，阳光映照在窗外的树叶上，耀人眼目。三郎的心情总平静不下来，半晌才写了几个字。他望望墙上的日历，才想起今天是十八号，明天就是赴宴的日子了。他兴奋地在小屋里来回走动。

过了一阵，楼梯上响起了熟悉的脚步声。三郎知道是悄吟回来了，他装着没听见，立即坐在桌前做出写东西的姿势。

门开了……忽然，一卷软绵绵的东西敲在他头上，接着是悄吟含着笑意的嗔怪声：

"你没听到我回来了吗？"

"没——听——到——"三郎慢慢地转过头来，嘴角滑稽地歪了一下说，"我什么也没听见。"

"坏东西！"悄吟脸上焕发着胜利者的光彩，"看，我给你买了一块衣料！"

说着她举起一卷衣料，得意地抖开给三郎看。这是一块黑白方格布料，三郎一看，心头凉了半截："糟啦，她一定把钱全用来买衣料了！说不定明天赴宴的车费也花光了……"

这一对作家，一个面带喜色，兴高采烈；另一个却皱着眉头，暗暗叫苦。

"怎么样，你喜不喜欢？"悄吟要他表态。

"唔，喜欢。"事已如此，三郎只得顺着她说。

"你猜猜，花了多少钱？"

"猜不着。"三郎哭丧着脸。

"七角五分钱！在一家大拍卖的铺子里买的布头。站起来，让我比一比，看够不够……"

三郎机械地站起来，暗想："谢天谢地！总算没把这几天的饭钱花光。"他心里轻松了。悄吟把方格布料披在他宽厚的身上比量着，欣赏着，然后拍着手欢叫起来："够了，完全够了。"

三郎披着布料，在屋里走来走去："够了又怎么样？明天下午就去，你想让我像印度王子一样披块布头当'礼服'吗？"

悄吟已经拿出剪刀、针线，准备大显本领："等着吧，印度王子，明天我准让你穿上新衣服去赴宴。"

天色晦暗下来，悄吟拉开电灯，在昏黄的灯光下动手剪裁起来。她的动作灵巧，脸上漾起少女般天真的笑容。

第二天一大早，悄吟就起来，开始一针一线地缝制衣服。她像平常写稿一样专心致志，不再同三郎说话，一双穿针引线的纤手不停地上下飞动着。

三郎不信她真能在半天里缝好新衣服，站在一旁袖手旁观，不时提醒一句："又过一个小时啦！"

下午四点左右，悄吟终于把新衣服缝好了。样式仿照三郎在哈尔滨穿的一件高加索式衬衣，立领，套头，掩襟，穿起来很像哥萨克骑士。

"站过来，试一试！"悄吟命令道。

三郎把新衣服从头上套下来，不由得又惊又喜：衣服不仅缝制得这么快，而且完全合身。

"把衣带扎起来！"

三郎照办了。

"走一走，让我看一看。"

三郎咧开嘴，两眼平视，像在兵营里操练一样，神气活现地在屋里正步走。悄吟端详着他，像欣赏一件精美的艺术品，前后左右看了一圈，最后，满意地笑了。她走回原来站的地方，双眼流盼地望着三郎……在一瞬间，两人的目光相遇了，悄吟像一只小鸽子扑到三郎怀里，他们紧紧地拥抱在一起……

两个小时以后，他们沿着三郎预先选好的路线，准时找到鲁迅信中说的那家豫菜馆。这是一栋二层的灰色楼房，门前，霓虹灯闪烁。

他们走上楼梯。三郎穿着新衣，扎着腰带，显得英姿勃勃。

在一间小餐室外，许广平微笑着迎出来，像老大姐一样亲热地拉起悄吟的手。海婴一蹦一跳地跟在后面，满嘴叽哩呱啦的上海话。

餐室里，已经坐定了好几位客人。一张黑漆大圆桌，鲁迅和许广平并排坐在靠门的座位，悄吟、三郎坐许广平右首，海婴一定要挨着悄吟，就坐在许广平和悄吟之间，再向下是两个空位。空位的右边是一位清瘦的青年，穿着浅紫色的西服，看去有些面熟。再向右转过去，是一个穿旗袍的女士，模样不算漂亮，圆圆的脸上总带着笑容。她旁边坐着一个高个子，比她起码高出一头。坐在鲁迅先生左边的第一位客人穿着整洁的中式服装，戴一副金属框眼镜，看去不到四十岁，但举止文雅，气度不凡。

大家坐定后，酒菜端了上来，鲁迅亲自给悄吟、三郎的杯里斟上紫黑色的葡萄酒，然后开始介绍客人。

他先指了指左边穿中式服装的客人说："这是评论家沈先生，也作过小说的。"

沈先生微微欠身，朝悄吟、三郎点点头，就坐下来，呷了一口杯里的葡萄酒，赞美地咂咂嘴。其他客人大约和他很熟，都会心地笑了。

"这位是聂先生，聂绀弩。"鲁迅指了指那个高个子。聂很随和地躬身施礼，悄吟见他的身材又高又瘦，差一点笑起来。

接着，鲁迅介绍了那位女士，说她姓周，是聂先生的夫人。

轮到那位穿浅紫色西服的青年，鲁迅刚说了句："这位是——"

"叶紫。"青年站起来自我介绍，他诙谐地对悄吟、三郎说，"我们好像见过面。"

三郎蓦然记起，他就是那天在报馆碰见的那个青年，心里又惊又喜。

最后，鲁迅端起酒杯，郑重地对大家说："现在，我把东北流亡来的两位文学青年介绍给诸位——"

悄吟和三郎款款地站起来。

鲁迅亲切地说："这位是三郎先生，这位是悄女士……来，大家干一杯，为两位东北来的勇士干杯！"

席间的气氛顿时活跃起来。许广平不时地往悄吟盘里夹菜。客人们天南海北地谈说，许多话很含蓄，大多涉及上海文化界的事。第一次见面，三郎不便多问，但从那些谈话中，可以隐隐感觉到上海文坛的波澜。

沈先生问三郎："三郎先生懂俄文吗？喜欢俄罗斯文学吗？"

"懂一点，不算通。"三郎谦虚地答道，"请问沈先生，上海可有托尔斯泰和屠格涅夫的作品？"

"有的，你乘车到四马路的书店去看看，就可买到。"

悄吟和许广平亲热地交谈着，海婴不时拨弄悄吟肩头的辫子，又淘气，又可爱。悄吟拿出了两只用来活动手部筋骨的紫皮挑核给了海婴，她对许广平说："这是祖父留给我的，不知经过多少年代。"

许广平感动地说："把传家宝见赠了。"

主菜送上来了，是一只焦皮的烤鸭，油香扑鼻，许广平张罗着大家趁热吃。三郎看见聂先生不停地替聂夫人往碗里夹肉，觉得有趣，也学着用筷子撕下一个鸭翅，放进悄吟碗里。悄吟怕难为情，悄悄地用手扯三郎的衣服，结果被海婴发现了，惹得大家都笑起来。

散席的时候，叶紫走过来，送给三郎一张纸条，上面写着他的地址。鲁迅关照悄吟、三郎说："以后有什么事不明白的，可问问他。他上海熟，和文坛联系也广……"

"哦，太感谢了！"三郎用力握住叶紫的手，像见到久别重逢的老友一样，也把自己的地址告诉了他。

悄吟、三郎走在归家的路上，五颜六色的霓虹灯映着他们兴奋的脸，他俩挽臂走着，情不自禁地想高声歌唱。

悄吟小声地对三郎说，许广平告诉她：那位沈先生就是茅盾；聂先生是一家报纸副刊的主编，是一位古典文学研究者；叶紫是左翼青年作家，很得鲁迅先生器重。悄吟还说，在宴席开始前，许广平特意出去看了一下，看有没有可疑的人盯梢……

这时，三郎才恍然明白，这次宴会是鲁迅先生特意为他俩安排的！他怀着慈父般的关切，把两个年轻人引进了上海文艺界，为了避免因人生地疏，瞎闯出事，还给他们委派了可靠的"向导"和"保护人"。

就这样，在一颗伟大的心灵的关怀下，两个从北国来的青年闯进了上海文苑。他们自己也没有想到，半年多以后，他们的作品竟惊动了黄埔江畔。

宴会第二天，叶紫就登门来访。他这样快开始履行鲁迅交代的任务，使悄吟、三郎大为感动。

"你们找的这个地方还不错啊，周围很静，空气也好。"叶紫走进屋里转了转，把头又伸到窗外看了看。

"还有点诗意吧？"悄吟端给他一杯开水，故作庄重地说。

叶紫风趣地道："那么你对着窗户作诗好了。"他看看悄吟戏谑的表情，又看看抿着嘴的三郎，三个人忍不住大笑起来。这笑声使他们很快就成了无所不谈的好朋友。

"鲁迅先生说，吟女士的书稿《文学》杂志愿意发表，郑振铎先生很赏识……"叶紫带来了好消息。

"真的？"悄吟高兴得把两只手左右张开来，像一只受惊的小鹅，接着又抢着问，"在哪一期上发？"

"哪期还没定。稿子送到审查机关审查去了，通过了就可以发排。"

"一般要等多少时间呢？"三郎侧着头问。

"难说，要是顺利的话，明春恐怕可以批下来。"

"还有两三个月啊！"悄吟一双清澈的大眼闪着光……

十四 震撼了奴隶们的魂魄

在炽热的期待中，一九三五年的春天终于来到了。

悄吟推开窗户，空气中渐渐有了微微的芳香。她向外眺望着，梧桐树的枝丫还是光秃秃的，没有一点新绿……忽然她的眼睛亮起来，在花园的一角，有几株迎春花，吐出了一片明灿灿的金色花朵。

悄吟望着迎春花，沉思着。

这段时间，她和三郎的生活增添了新的内容：他们和鲁迅不断通信，交流思想，汲取精神力量；在叶紫的帮助下，又同一些编辑、作家建立了联系，打开了视野；他们的短篇作品第一次出现在上海的刊物上——总之，他们在黄埔江畔初步扎下了阵脚。但是，对于上海的读者来说，悄吟、三郎的名字还是陌生的，他们用心血写成的书稿还是前途未卜。而且，有一天遇到一件事情，使他们非常震动。那是一个阴冷的早晨，悄吟像平常一样，到附近的一家小吃店买早点。回到家里，他们意外地发现，包油条的纸竟是鲁迅先生译稿《表》的手迹！不由得大吃一惊。三郎立即跑到那家小食店，问掌柜还有没有这种稿纸，结果没有了。他们拿着那两页沾满油渍的手稿，又愤懑，又悲哀。中国文坛巨匠的手稿竟然会被小贩用来包油条，这真是一种莫大的讽刺！他们把那两页手稿寄给了鲁迅……啊！鲁迅的手稿都是这种境遇，一般的文学青年又将会怎样呢？

"你又在望着什么出神了?"正在写东西的三郎,抬头瞟了她一眼。

"春天都来了,可书稿还没有回音啊!"悄吟的思绪被打断,叹息了一声。《生死场》送去审查后,一连几个月杳无音讯。她曾写信向鲁迅先生打听,鲁迅回信安慰说:"我看这恐怕和原稿不容易看有关,因为用复写纸写,看起来较费力,他们便搁下了。"这帮老爷们要搁到什么时候呢?

"托尔斯泰说批评家是评论聪明人的傻子,我看那些检查官都是刀斧手!"三郎轻蔑地说。

事实上鲁迅也知道书稿一定在国民党检查机构遇到了麻烦,为了不让悄吟担忧,他说得比较婉转而已。三郎和叶紫意识到等待不是办法,决定筹划自费出版,这个计划得到了鲁迅先生的支持。他们准备先出版叶紫的一个短篇小说集和三郎的长篇《八月的乡村》。

"不要守株待兔了,先把你的《商市街》写出来吧。"三郎给悄吟打气。

"已快写完了,可是到哪里去发表呢?……"悄吟忧心忡忡地望着窗外,叹了口气。

《商市街》是悄吟对哈尔滨生活的回忆录,到上海后开始动笔写的,其中寄托了她对故乡的深切怀念。

一阵还带有寒意的春风吹动了梧桐树枝,几只灰胸脯的麻雀正落在树梢上,叽叽喳喳地叫着,跳个不停。

悄吟转过身来,感到一阵倦意,她打了一个哈欠。

"怎么,小海豹又犯困啦?"三郎取笑着她。

"谁犯困啦?"悄吟一边揉着湿润的眼睛,一边笑着掩饰。

这时,房门开了。叶紫满面春风地走了进来,他依然穿着那套西服,不过颜色变灰了些,让人觉得他仿佛一年四季都穿这一件衣服。

"《丰收》的校样印出来了。"叶紫举了举手中的一卷铅印软纸,兴冲冲地说,"三郎的《八月的乡村》也快了!"

"真的？"还没等三郎伸手，悄吟先接过校样，非常珍视地翻着，又高兴又羡慕。

"《八月的乡村》我读过了，写得真棒哇！"叶紫很钦佩地说。

"我的东西就是粗犷一些，像电闪雷鸣……"三郎嘴上谦虚着，脸上掠过一缕得意之色。

"你可没读过我的《生死场》吧……"悄吟有些不服气。

叶紫笑了起来："先生说吟姑娘在写作上会更有希望。"

"作家的妻子嘛——"三郎正想说"等于半个作家"，看见悄吟双眼含嗔，忙改口道，"有的也可能超过作家！"

"去你的，别给我戴高帽子。"

"书马上要装订了，总得打扮得大大方方、堂堂正正的吧？咱们应该取个发行书局的名……这样，读者买起来，带起来都方便。"叶紫郑重地说。

"唔，有道理。"三郎点头沉吟，"这样就像一本公开出版的书了。不过……叫什么书局呢？"

"我已经想好了。"叶紫胸有成竹地说，"就叫容光书局。地址：上海四马路。"

他说得那样一本正经，三郎不禁问道："四马路——真有这么个书局吗？"

"没有。"

"这不是骗人吗？"

"不，这是骗鬼！读者是不会去查的……不过出版的日期可以推一推，等那些'狗'闻出来时，我们的书早卖完啦！"

"好！这个主意好！"悄吟表示赞同。

"现在需要商量的，是我们要有个文学社的名字，这样才名正言顺……"叶紫考虑得很周到。

"叫'大刀社'。"三郎不加思索地说。

"干脆叫'钢枪社'！"悄吟挖苦道，"你三句话总不离本行。"

叶紫一语不发地冲着他俩笑，手指在桌上轻轻地敲打。

"那你取几个好名字吧？"三郎将了悄吟一军。

"取就取！"悄吟扬起白皙的脖子，挑战似的说，"我可以取一打。"

"那你取吧！"三郎抱起双臂。

"野草社、春风社、月亮社、星星社……"她一口气说了八九个社名。

三个人你看看我，我看看他，忽然爆发出一阵大笑。

三郎突然想起了金剑啸那幅未完成的画，"叫'奴隶社'，怎么样？"他两眼灼灼发光。

叶紫沉默着。

"我们为什么要贬低自己是奴隶呢？——我不同意。"悄吟反对。

《国际歌》的第一句不就是'起来，饥寒交迫的奴隶'吗？我们现在处的地位不正是这种'奴隶'的境地？"三郎竭力解释，为了增加说服力，他甚至搬出了自己所知不多的美术知识，"米开朗琪罗还专替奴隶塑像哩……"

悄吟似有所动，把视线投向叶紫。叶紫点点头："这个社名可以考虑。"

"但是必须得到鲁迅先生的批准。"悄吟加上一句，"如果先生觉得不妥，就不算数。"

于是三个小"奴隶"达成了协议。

叶紫准备告辞，悄吟留他吃午饭。叶紫望了望屋角躺着的小半袋面粉，调皮地说："请我吃什么？又是葱油饼、苏布汤？"

"这次葱油饼吃不成了。没油啦。"悄吟抱歉地说，"可以下面条，糊汤面。"

"唉！最近真馋，总想吃点有油水的。"叶紫咽了一下口水。

"我也是，做梦都梦到吃肉。"三郎表示同感。

“你们男人真馋。”悄吟系着围裙，准备和面，说完后又一笑，“其实我也想吃点好的。”

“这样吧，咱们写封信给‘老头子’，让他请咱们吃一顿！”叶紫一贯会出点子。

“对，对，你给‘老头子’写封信。”三郎马上附和。他们说的“老头子”就是鲁迅。

“呃！这种信我写不太合适。”叶紫忸怩起来。

“我写也不合适。”三郎也不好意思了。

这两个男子汉，一齐怂恿悄吟出面：“你来写吧！”

“我写就我写！”悄吟拍拍手上的面粉，勇敢地答应了。

她坐在桌边，摊开一张稿笺，很快就把信写出来。

周先生：

　　我们全馋了！他们（叶紫、三郎）要我写信给您，希望您能够“请”我们吃一顿，大馆子太费钱，小一点儿的馆子就可以了，吃得次一点儿也行……

悄吟

悄吟把信交到三郎手中，得意地说：“你们是‘君子动口不动手’。到时候一定吃得最多！”三郎听后，咧着嘴朝叶紫扮了个鬼脸。

信由三郎寄了出去。

四五天后，回信寄来了。

鲁迅先生风趣地写道：“客是一定要请的，但要吃得好，否则，不如不请，这是我和吟姑娘主张不同的地方……”

当时叶紫恰好来取上次留下的《丰收》校样。三人读罢信，不由得喜气洋洋。

鲁迅在北四川路一家京菜馆叫了一桌丰盛的酒菜，有糖醋鱼、香菌烧鸡、东坡肉……全是解馋的，还叫了几屉悄吟爱吃的小笼汤包。三个年轻人痛痛快快地饱餐一顿。三郎几乎要塞到嗓子眼了。

席间，他们谈起了"奴隶社"的名称，征求鲁迅先生的意见。

鲁迅衔着烟斗，沉思了一下。

"这个名字谁取的？"

"三郎。"叶紫说。

"取得好！"鲁迅捋了捋上唇的胡髭说，"奴隶不同于奴才，奴隶是要反抗的。要让整个上海感觉到你们的存在……"

"奴隶社"的名称就这样确定下来。鲁迅还关切地询问了他们的出版计划。

三郎、叶紫雄心勃勃，一连列举了十来个书名。"凡是不能'合法'出版的书，准备都以'奴隶社'的名义出。"叶紫解释说。

"而且先生和茅盾的集子，我们也打算出。"三郎信心十足。

"哈哈，你们要当出版家啦！"鲁迅忍不住笑起来。接着，他眯起眼睛，凝视着叶紫和三郎说："我和其他作家的作品可尽量争取公开出版，这样经济上可以不必自己负担，你们也能集中力量出不能公开出的书……"

鲁迅的话用的是商量的口吻，但三郎、叶紫完全领会了这个意见的中肯。

最后，鲁迅还给他们介绍了一个左翼青年木刻家的名字，说可以请他设计封面和插图。

看见鲁迅连这样的细节都考虑到了，悄吟感动得不知说什么好。"周先生，您多吃一点呀！"她看见鲁迅只顾说话，便给他碗里夹了一块鱼肉。

"好了，好了，我吃不多的，今天主要是给你们解馋。"鲁迅把鱼肉夹回悄吟碗里。

"先生的胃口不大好。"叶紫对悄吟说。

"主要是缺乏运动，"三郎自信地断言，他望着鲁迅清瘦的面颊，热切地建议，"先生可以打打太极拳，我可以教你；再不然练练长跑，也能增强体质的。"

鲁迅笑起来："我是经常散步的。长跑恐怕是难以胜任了。年轻时我倒很爱骑马的，现在要再骑，大约会跌死也难说！"

鲁迅的话把大家都逗乐了。

"吟太太倒是长胖了。"

"三郎说我胖得像个蝈蝈，可就是写不出东西来。"

"唔，像个蝈蝈？"鲁迅打趣地说，"那你就可以写出蝈蝈样的文章哪！"

"我最近确是写不出来。真该挨手心。"

"文章是打不出来的，"鲁迅把烟斗里的灰抖了抖说，"最好常到外面走走，多看看社会，了解一下各种人，有生活才会有新的作品。"

悄吟默默点头。

"祝你们奴隶社旗开得胜！"

这次"请客"以后，"奴隶社"立即行动起来。三个青年作家有了自己的导师、自己的战友、自己的阵地，现在要擂响战鼓，自己出作品了！

叶紫的短篇小说集第一个脱颖而出，书名《丰收》，鲁迅先生亲自作序，扉页上还印了奴隶社的宣言。

三郎的《八月的乡村》也在加紧付排中，他每次从印刷厂回来，都兴奋得摩拳擦掌，仿佛马上要向混沌的上海投下一包火药。

正文快印出来了，封面还没有落实。这一天，叶紫约三郎去一所大学，找到鲁迅推荐的那位青年木刻家。

木刻家也只有二十多岁，小分头，举止彬彬有礼。听说是鲁迅先生的介绍，非常友好地接待了他俩。主人把他们领进宿舍，这是一间狭长的房子，摆着三张双层单人床，显得很拥挤，墙上杂乱地挂满木刻画，桌上摊着一堆大大小小的刻刀。一个矮胖的青年，躺在床上漫不经心地翻看一本书，向他们投来好奇的一瞥。另一个瘦高挑，正在临窗的案头往一块木板上涂抹什么。

二人说明了来意，三郎又介绍了一番《八月的乡村》的大概内容，对方一口应承下来。

"你喜欢粗犷还是细腻？"木刻家用探询的口气问。

"风格嘛……我喜欢粗犷一些的。"三郎想了一下，回头望望叶紫，像是征求意见，接着说，"不过我对木刻是外行，细线条又是什么样子呢？"

青年木刻家指指墙上一幅精美的木刻画说："这幅插图就是细线条的。"

三郎凝神细看，这是一幅高尔基的《海燕》插图，刀法精细，海燕的羽毛和浪花清晰可见。

"那一幅就是粗犷的，大家手笔。"木刻家指着另一幅画说。这是德国女画家珂勒惠支的《母亲们》，画面黑白分明，妇女的脸和手对比很强烈。

三郎端详了片刻，对两幅作品都很赞赏。他突然说："这样吧，我的封面能不能设计得粗中有细？"

木刻家听后觉得很有意思，忍不住笑起来："你给我出了个难题。粗中求细，刚中见柔，这是艺术的最高境界呀！……我尽力而为吧。"

封面设计说妥了，叶紫和三郎向主人告辞出来。走出门时，三郎爽快地向宿舍里另外两个人挥着手说："有空到我家来玩，霞飞路……"他还没说完，就觉得叶紫踢了他一脚。三郎还没回过神来，就被叶紫拖着走了……

"你干吗踢我呀？"三郎出来大为不满。

"你这傻瓜，真是阿木林[1]！为什么要向他们宣布自己的地址呢？"

"这有什么？请他们来串串门儿……"三郎不以为然。

"串门？这些大学生各有各的政治背景，并不完全可靠，万一出了事，会连累你们的。"

三郎这才恍然大悟。

半个月后，封面设计好了，叶紫去大学代为取了回来。三郎一看很满意。画面的主体是一队行进在雪原上的队伍，形象刚健有力，两边的侧景是细刻的。不过画幅太宽，他只好忍痛割爱，用剪刀裁去了。

叶紫又鼓动三郎说："鲁迅先生看过《八月的乡村》的原稿，你应该请他作篇序嘛！"

"这为什么？还要去麻烦他……"三郎不解其意。

"说你是阿木林，真是个阿木林！有了'老头子'的序，书就好卖哪。读者都信赖鲁迅推荐的书……"

三郎被点醒了，立即给鲁迅写了封信。没过几天，鲁迅先生为《八月的乡村》作的序言就寄来了。三郎高兴得手舞足蹈。

看到叶紫、三郎的作品即将问世，第三个"小奴隶"眼热起来。悄吟每天都要把"检查官老爷们"骂上一通，说他们是"刀斧手"，得了"健忘症"。实际上，国民党政府的检查机关并没有忘记悄吟的《生死场》，这部以抗日为题材的中篇小说，大大触痛了他们的神经，使他们惊恐不已。书稿被上面扣压了半年之久，最后总算有了答复，结果几乎在意料之中："不准出版。"

至此，悄吟、三郎对于公开出版《生死场》已不存任何幻想。在鲁迅的支持下，他们毅然决定将它作为《奴隶丛书》之三自费出版。

---

[1] 上海话"阿木林"意指傻瓜、笨伯。

这时，已经是深秋季节了。窗外的梧桐树叶子已经落光，整个城市披上灰沉沉的外衣，天空和街道也染上一层暗淡的色彩。拿着退回的书稿，悄吟的心情是近于悲壮的。她咬着嘴唇，凝望长空，心头翻卷着狂飙……她认识自己作品的价值，也相信东北人民心底的呼声是禁止不了的。

经过三郎、叶紫的奔走努力，《生死场》以最快的速度排出了校样。悄吟拿到散发着油墨香气的铅印小说稿，泪水涌上了眼眶。她怀着突破重围的胜利欢欣，给鲁迅先生写信，报告这个消息。

在信中，悄吟也请求鲁迅先生给《生死场》作序。她像一个得宠的孩子，直截了当地说："他们的书您都写了《序言》，我也要！"

鲁迅先生带着微笑看了她的信，对于《生死场》，他是格外器重的。他写信约悄吟、三郎到家中一叙，请他们详细介绍一下东北沦陷后的生活。悄吟被深深感动了。因为在白色恐怖的笼罩下，为了安全，鲁迅从不轻易公开自己的住所。她和三郎理解这一点，虽然一直盼望着能到先生家里去做客，但从不主动问起。

现在，这座憧憬已久的大门朝他们打开了。

这是一个难忘的秋日傍晚，夕照如画。悄吟、三郎怀着新奇和兴奋的心情走进了北四川路大陆新村鲁迅的寓所。

一进门，悄吟就用手拉着裙子，做了个姿势问："周先生，你看我的衣裳漂亮吗？"

鲁迅从上到下看了一眼说："不大漂亮，你的裙子的颜色不对，并不是红上衣不好看，各种颜色都是好看的。红上衣配红裙子，不然就是黑裙子，咖啡色就不行了……"

悄吟扫兴地问："您看我像什么？"

"顶多像个淘气的中学生。"

大家开怀笑起来。

这时，许广平端上茶来，亲热地关照他们坐下。悄吟接过茶杯，坐下来，打量了一下房间。这是一个宽敞的客厅，中间摆着一张半旧的长桌子，没有铺桌布，黑色的桌面显得凝重，稳沉。桌子上立着一只蓝灰色的碎纹瓷花瓶，里面插着几棵植物，叶子呈宽带形，虽然已是初冬时节，却仍是绿郁郁的，这使悄吟感到很惊奇。

"这是什么花呀？"她问，"冬天还这么绿。"

"这花叫'万年青'，永远是这样！"鲁迅用手指在小烟缸里抖掉了烟头上的灰烬，脸上露出微笑。

三郎俯身摸了摸万年青的叶子，表示很欣赏。他也是第一次看见这种花。

"这花不怕冻吗？"悄吟又问。

"不怕的，四季常青。"许广平向花瓶投去亲切的一瞥。

暮色渐浓。客厅里的光线变得有些昏暗，鲁迅手上的烟头燃着一小点红火，格外引人注目。悄吟心想：万年青的花大约也是红的吧。

他们围在客厅的桌旁长谈，鲁迅吸着烟，静静地听着，没有一丝倦意。

"周先生还是在藤靠椅上躺躺吧。"悄吟怕鲁迅太累，几次劝道。

"可以，可以。接着往下谈吧……"鲁迅仍然坐在桌旁。

四周一片寂静。客厅里的气氛却是炽烈的，像奔腾着千军万马。悄吟和三郎激动地谈起在东北所经历的一切，日寇铁蹄的践踏，亡国奴的悲惨生活……当讲到在大连火车站目睹的惨状时，三郎的表情异样激愤，像火焰在燃烧，悄吟眼里也噙着泪。

十一点左右，外面下起雨来，淅淅沥沥地打在窗玻璃上。许广平上楼拿了一件毛衣给鲁迅加上。悄吟、三郎几次想告辞，以便让鲁迅早些休息。

"十二点以前终归有车子可搭的，再坐一会儿吧。"鲁迅挽留他们。两个青年诉说的东北人民的斗争情景，深深地拨动了他的心弦。

夜更深了，悄吟和三郎才穿起雨衣，告辞出来。鲁迅先生一直把他俩送到铁门外，寒天飘着蒙蒙细雨，空气清冷。

鲁迅指了指隔壁挂着的一块木牌子，上书斗大一个"茶"字。"下次再来记住这个'茶'字，家就在这个茶馆的隔壁。"

末了，他又用手指了一下钉在铁门边的镌着"九"字的门牌号，叮嘱说："记住，'茶'旁边的九号。"

悄吟和三郎默默地点着头。这大陆新村九号的标记，永远刻在他俩的心上了。

十天以后，悄吟收到了鲁迅先生写的序言。读着这位文坛泰斗对《生死场》的评价和推崇，悄吟激动得两颊绯红，一双大眼睛闪出光芒。

……这自然还不过是略图，叙事和写景，胜于人物的描写，然而北方人民的对于生的坚强，对于死的挣扎，却往往已经力透纸背；女性作者的细致的观察和越轨的笔致，又增加了不少明丽和新鲜。精神是健全的，就是深恶文艺和功利有关的人，如果看起来，他不幸得很，他也难免不能毫无所得。

悄吟非常珍视这篇序言，在送去排印时，她又写信请求鲁迅亲笔签名，以便制作锌版。

过了两天，鲁迅的签名也寄来了。这位慈父般的先生在信中诙谐地写道：

我不大稀罕亲笔签名制版之类，觉得这有些孩子气，不过悄吟太太既然热心于此，就写了附上，写得太大，制版时可以缩小的。这位太太到了上海以后，好像体格高了一点，两条辫子也长了一点了，然而孩子气不改，真是无可奈何。

到这年十二月底，让人望穿秋水的《生死场》终于出版了。悄吟在书中第一次使用"萧红"这个笔名，三郎的《八月的乡村》早几个月出版，三郎用的笔名为"田军"，后来重印时改为"萧军"。

《生死场》的封面是悄吟自己设计的，独具一格。她施展出自己的绘画才能，画了我们祖国的版图，但在东北三省部位上直如被利斧劈开了一条斜线，这构图与内容主题紧相呼应，揭示了我大好河山正遭受日本军国主义的蹂躏。

由于两本书属于"非法出版物"，不能大张旗鼓地售卖。悄悄代售这两本书的内山书店和其他几家小书店拥挤得水泄不通，买书的顾客络绎不绝，有店员、学生、工人，也有知识分子。书越查禁，越畅销。

几天里，《生死场》和《八月的乡村》就销售一空。日寇铁蹄下呻吟的东北，沦陷的土地，人民的悲惨生活和英勇抗争……这一切都血淋淋地呈现在读者面前。两部作品像春雷一样惊动了上海。每一个有良心的中国人都被震动了。

萧红、萧军的名字传开了，上海文坛升起了两颗新星！

十五　决斗

转瞬之间，窗外又点缀着浓淡参差的嫩叶，穿过一片扶疏的枝条，可以望见浅蓝而澄澈的天空。

萧红端着一盆茉莉花，轻轻地放在窗台上，花还没有开，一片片椭圆形的小叶儿显得绿润可爱，满屋荡漾着春光。萧红情不自禁地哼起家乡小调，给花盆浇了点水，她的目光停在窗旁挂着的一幅画上，嘴角浮起会心的微笑。这画是她的杰作，画的是萧军写作的背影：光背脊，一个大头，压着一顶西瓜形的小扁帽。只用炭条粗粗的几笔，就把人物的轮廓勾勒出来，连萧军本人都承认画得很像。

"可惜你没有去学美术，不然很可能超过珂勒惠支。"他这样称赞她。

"我永远成不了珂勒惠支。她是粗大的、宽宏的。我的灵魂太细微了……"她当时这样回答。

此刻，凝视这幅粗犷的画像，作画时的情景又重现眼前。萧红的心头低吟着：是的，我崇敬粗大的、宽宏的……

楼梯上响起一阵熟悉的脚步声，重重的，短而急促。是萧军回来了。

萧红轻快地跑过去，拉开门。

萧军喜滋滋走了进来，手里抱着一摞信件和报刊。他穿着一件新制的西服，开着襟，潇洒之中还保留着一些野气。

"又丰收了。"萧军把手中的东西扔在桌上，得意地说，"全是读者寄来的，寄到四马路去了，后来才转到内山书店……"

"见到周先生了吗？"

"见到了。身体不大好，最近好像更瘦了，不过精神还健旺。他一天到晚辛苦得像头老牛，又要给无名青年看稿，又要陪客人，又要作序，又要翻译，还要跑出版……这样下去会累倒的！"

"我们干脆搬到北四路去吧，可以照顾照顾先生。"

"这倒是好主意！过几天我去给先生说说。"

萧红快慰地翻起信来。

"评论家也支持我们。"萧军兴奋地翻开几张大报，指点给萧红看，"这是茅盾推荐《奴隶丛书》的文章，这是聂绀弩的评论……还有这里，史沫特莱写的《会见萧红记》。"

萧红读着这些有关她和她作品的报道，全身都感到热辣辣的。特别是茅盾的文章，评价很高，排的位置也很突出，使她又惊又喜。史沫特莱的访问是鲁迅先生介绍的，当时由茅盾做的翻译。这位美国进步女作家态度和蔼可亲，她看着萧红，一双灰色的眼睛总含着笑。那是充满友谊和赞赏的微笑。

萧军倒了一杯开水，一饮而尽，用手背抹抹嘴："听叶紫说，国民党政府派人去查封容光书局，找到四马路，连个书局的影子也没查到！哈哈……"

"那我们奴隶社还能出书吗？"

"当然出。不过就这三本，已经把上海惊动了，人人都在谈论东北乡亲抗日的事情，情绪可高涨了！"

读者来信很多，有青年学生的、工人的、老教授的，还有海外华侨寄来的，萧红一封封拆开，展读之下，感到莫大的鼓舞和欣慰。整个中国都听到了东北人民的呐喊，这正是她所企望的啊！

萧军还告诉她，聂绀弩说巴金给鲁迅先生去信，想约萧红为《文学》写稿。陈望道先生主编的《太白》杂志，也欢迎她写文章。萧红以一种宁静的心情意识到，上海的文学刊物向她打开了大门，她已经是一位青年女作家了。但是她并没有陶醉，在写作的道路上，她还刚刚起步，作家的桂冠并不是人生的目的，她应该有更高的追求……

忽然，有封信映入她的眼帘。

萧红拆开一看，问萧军："这个端木蕻良是谁？"

"他在哪里？"萧军并不喜欢这位抒情诗人，但此时得到一个故友的来信，难免有格外的亲切感。

"就在上海。来了多半年，从北平来的……"萧红的目光在信上移动。

萧军接过信，看着看着，笑了起来："这家伙，总改不了这一套。……嗬，我的《八月的乡村》超过了法捷耶夫的《毁灭》，你成了中国的乔治·桑……这帽子戴得也太高啦！"

"他还说想拜访我们，不知道地址。"萧红探过头，指着信尾说。

"让他来吧，都是东北老乡。"

萧军坐下来，写了一封短信给端木蕻良，表示欢迎。

两天以后，下午四点光景，端木蕻良应邀而来。他穿着浅色的一字肩西服，脸色有些苍白，但仍然风度翩翩，脚上的皮鞋擦得亮铮铮的。

寒暄之后，端木蕻良环顾了一下房间，惊异地说："你们这么有名气了，还住在亭子间？"

"这里挺好。空气新鲜，环境也安静。"萧红坦然地笑着。

萧军招呼端木蕻良坐下聊天。

萧红烧了几样好菜招待端木蕻良，还做了两盘韭菜盒子。他们一边吃一边谈着。

"读了你俩的小说，真让人羡慕。这两本书现在全中国都知道了……"端木蕻良呷了一口葡萄酒，脸上泛起红光。

"多亏鲁迅先生的扶持，不然，这两本书还出不来。"萧军说。

"端木认识鲁迅先生吗?"萧红端起酒杯，注视着端木蕻良。

"我太渺小了，没有进入鲁迅的视野。"端木蕻良谦卑地笑了笑，"再说……也没有什么值得一提的作品。"

"你还写诗吧?"萧军问。

"不写了。诗人总让人瞧不起，我已改行写小说了……"

"那不一定。真正的诗人是永垂不朽的。普希金、海涅、裴多菲这些名字谁不知道? 鲁迅先生就很推崇裴多菲!"萧军站起来，脸上流露出庄严的表情，随口背出两句裴多菲的诗句:

> 谁是诗人，谁就得前进，
> 千辛万苦地和人民在一起!
> ……

"我是庸才，不能同裴多菲相比。这几年无所作为，真有些惭愧……"端木蕻良玩弄着手中的酒杯，感慨地说。

"小说写的什么题材?"萧军又问。

"满洲农村，关于土地和粮食，已经完成第一部。"端木蕻良兴奋起来，迟疑了一下，又说，"到时候请帮我转给鲁迅先生看看行吗?"

"当然可以。"萧军欣然应承。

端木蕻良脸上露出感激的表情，将杯中的红葡萄酒一饮而尽。

萧军送端木蕻良走上霞飞路时，暮色早已降临。路灯亮起来，空气中荡漾着淡淡的花香。

他们正准备分手，一辆黑色的小轿车擦身而过，车窗里闪过一个女人的脸庞。

"停车！停车！"车内响起一个清脆的声音。轿车在几步远的地方停下来。车门打开，走出一个体态婀娜的女子，是沈莉。

"三郎先生！好久不见啦，怎么不来玩呀？"她穿着浅紫色的旗袍，在灯光下显得越发艳丽。

萧军笑笑，向她介绍："诗人端木蕻良。"

沈莉把目光转向端木蕻良，一下叫起来："啊，原来是端木诗人！真是幸会幸会。"

"不成器的诗人。"端木蕻良点头招呼，"沈小姐现在……"

"当太太了。"萧军接过话头。

沈莉露齿一笑："光顾了说话，到我家坐坐吧。坐车十分钟就到啦……"

"改日再拜访吧。"萧军推脱。

"你们一定得去！尤其你这位大作家，成了上海的红人了，我丈夫很想见见你。一些有才华的作家常来做客……"沈莉盛情相邀。

"这个……"萧军搔着头，望望端木蕻良。

"去坐坐也行。"端木蕻良对沈莉的话产生了兴趣。

"那你先去，我今天还有点事……"

"什么事哟，"沈莉挑逗地说，"还要回去征得许可吗？"

萧军被这话一激，男性的自尊占了上风，他拍拍胸膛："笑话，她一向听我的。"

二人随沈莉坐进轿车。

"开车！"沈莉对司机点点头。轿车消失在薄暮中。

大约过了一刻钟，车子在一幢漂亮的小洋房前停下来。萧军、端木蕻良随沈莉走进一间客厅。客厅的布置很华丽，地上铺着暗红色地毯。一个衣着讲究的男人坐在沙发上，正同一个穿蓝布长衫的青年谈话，看表情像是谈什么机密的事情。他俩见有人进来，都噤口不言了。

"明翰，我把萧军先生请来了。"沈莉喊了一声坐在沙发上的男人，欢悦地说，"让我来介绍一下。这位先生就是《八月的乡村》的作者，从前是我弟弟的老师。"

萧军点点头，觉得有些拘束。

"这是我丈夫，郑明翰。"

"哦，上海文坛的崛起人物，早就想见见你啦!"郑明翰殷勤地伸过手来。

看上去他约莫四十岁，戴着玳瑁框眼镜，萧军觉得好像在哪里见过，但一时想不起来了。

接着，沈莉把端木蕻良也做了介绍。那个穿长衫的青年矜持地缄默着，眼神阴沉、机警，不一会儿就告辞走了。郑明翰只说他叫张春桥，搞评论的。

宾主入座，沈莉端来两杯咖啡。郑明翰态度很客气，殷勤之中，让人感到一种老练和圆滑。萧军和各种人物打过交道，但坐在这样的客厅里，面对着政客似的出版商，感到很不自在。

"怎么不喝呀?"沈莉笑着对萧军说，"咖啡都快凉了。"

"莉常谈起你和萧红小姐，真是才情横溢的一对呀!"郑明翰看着手上的戒指，字斟句酌地说，"我郑某很愿意同你们合作，怎么样?"

"郑先生的意思?"萧军敏锐地问。

郑明翰眼里透出一种光芒，身子向前倾着，好像一个猎人在注视自己的猎物。

"是这样，我可以出版你和萧红小姐的全部作品，端木君的嘛，也可以在内。"他扭头瞟了端木蕻良一眼，微微一笑说，"而且，稿酬也一定从优。"说完，得意地用手抹了抹鬓发。他的头发向后倒梳、油光闪亮。萧军蓦地想起一年前在一家出版社碰见的那个场面。玳瑁框眼镜，油亮的头发，略带沙哑的嗓音，出版社主任……记忆顿时被唤醒了：对了，他就是搂着女人调情的那个人！一种愤怒又厌恶的感情油然而生。萧军转头看了看沈莉，突然产生了隐隐的同情。

"萧军君以为如何呢？"郑明翰以为他在犹豫。

"要什么条件？"萧军思忖着对方约稿的用意。

"条件嘛，好商量……"郑明翰狡黠地一笑说，"你和萧红小姐初来乍到，尚未蹚出水的深浅。鲁迅在上海相当孤立，他树敌过多，恐怕和他来往会招惹麻烦……只要你们以后……"

"告辞了。"萧军没等他把话说完，就霍地站起身，头也不回地走出了客厅。

端木蕻良茫然地瞅了瞅主人，也起身跟着萧军走了。

"萧军先生！"沈莉追了出来，脸上现出失望的神情。

在大门的铁栅栏旁，萧军站住了。

沈莉喘着气，隔着铁栅栏说："请先生不要误会。"

"不，我没误会。"

"那你为什么？……"

"你……了解你那位丈夫吗？"萧军望着她的眼睛。

"我？……"沈莉木然。

萧军和端木蕻良转身朝西径直走去。沈莉站在路灯下，目送着他们，怅然若失。

萧军和端木蕻良走到霞飞路，一个报童站在街沿叫喊着："晚报！晚报！先生请看晚报！"

萧军顺手拿了一张，掏给报童两个铜板。当他看到纸上一篇标题为《我们要执行自我批判》的文章时，剑眉立起。他转身对端木蕻良说："我去找鲁迅先生！"

鲁迅坐在书房的转椅上，正和聂绀弩谈话，叶紫也在一旁。

写字台上铺着蓝格子的油漆布。桌上有砚台、墨块，毛笔插在龟形笔架上，旁边是台灯、茶杯和白瓷烟缸……

鲁迅抽着烟，目光冷峻。聂绀弩指着写字台上的一张晚报："这篇狄克的文章，完全是冲着萧红和萧军来的。"

鲁迅轻蔑地说："哼！这些躲在租界里养尊处优的先生们，指责这两个年轻人'不该早早地从东北来'，还不如说，高尔基不该早早不做码头脚夫，否则，他的作品应当更好；基希不该早早逃亡国外，如果坐在希特勒的集中营里，他将来的报告文学也许更有希望。"

叶紫愤愤地说："这帮文痞大抵是躲在敌人的卵翼下装公正，又想当婊子，又想立牌坊……"

"看来，咱们也不能沉默了。"聂绀弩探询地望着鲁迅。

鲁迅沉吟片刻，表情严峻起来："如果要笔战，就不必留情面。留情面是中国文人最大的毛病。我要写点什么，把那些坏种的祖坟刨一下。"

正在这时，萧军来了。他手里拿着几张小报，一脸愠怒。"这些流氓小报也在骂《奴隶丛书》，还影射先生是后台，真可恨！"萧军的情绪很激愤。

叶紫查看了一下小报，像发现了什么似的，眼睛一亮："这家小报有个编辑，好像就用过'狄克'的笔名。"

"哦，他们编辑部在什么地方？"萧军问。

"法租界，距霞飞路不远。"

"那好，我去找他！"萧军显得胸有成竹。

当天下午，萧军找到那家小报编辑部。使他惊奇的是，小报的格调低下，编辑部却布置得很豪华。一个留着鬓角的大高个，正在欣赏美国歌星的唱片。他抬起头来，傲慢地问：

"你找谁？"

"我找狄克。"萧军开门见山。

"你是作者还是读者？"高个子关掉留声机，审慎地打量着。

"少废话。谁是狄克，有种的就出来！"

"我就是，怎么样？"从里屋走出一个戴眼镜的瘦个子，面孔阴沉。萧军认出，就是在郑明翰家遇见的那个"搞评论"的，不同的只是此时穿的是西装。他蓦地明白了这背后的阴谋。

"原来你就是狄克？"

"敝人就是，先生有何见教？"张春桥嘴角含着冷笑。

"那篇侮辱鲁迅先生和我的文章是你写的？"萧军逼视着对方。

"是我写的。不服气可以反驳。"张春桥倨傲地说。

"好。我没有工夫写文章来回答你们——"萧军挥挥拳头说，"咱们用拳头较量吧。如果我输了，随便你们如何骂；如果你们打败了，以后再写这类文章，我就来揍你们！"

张春桥的眼珠转了转，没有作声。

"可以奉陪。说个时间吧。"留鬓角的青年轻蔑地瞅着萧军。

"明天早晨九点。"萧军冷冷地说。

"地点在哪儿？"

"徐家汇，河南边的草坪上。"

"怎么个较量法？"张春桥狡黠地问。

"一对一吧？"他的帮手叉着腰，得意地说。

"不。一对二！"萧军冷静地说完，转身就走了。

第二天清晨，萧军和萧红提前来到约定的草坪上。他们本来准备约叶紫来助威的，因叶紫有事出去了，没有找到。

在途中，他们碰巧遇到聂绀弩。他穿着西服，腋下夹着一卷报纸，正上班去。

"怎么回事？"聂绀弩看见萧军手中拎着根铁棍，惊奇地问。

"打架！"萧军斗志昂扬地说，"同狄克和马蜂。"

"他们约好了在徐家汇决斗。"萧红补充道。

"好哇，我陪你们去观战。"聂绀弩助兴地说。实际上他有些不放心，怕萧军鲁莽出事。半路中又特地把萧军手中的铁棍夺了下来。

萧军雄赳赳地走在前头，萧红、聂绀弩跟在后面。聂绀弩表情严肃、沉着，萧红则有些紧张。

到了草坪中间，他们停下，四周是一片稀疏的杂木林，树梢上点缀着一片新绿。草坪北边是一条小河，河水浑浊发黑，水面上浮着一团团肮脏的泡沫。河里有两条带席篷的破木船在划行，船上坐着穿破衣的女人和小孩。萧红左右环顾："人呢？"

萧军指指右边："喏，那不是——"

一辆黑色的小汽车正开过来，在草坪中间刹住，从里边跳出一高一瘦两个家伙，都是西装革履。那瘦子就是张春桥，脸色阴沉；高个的是那位放唱片的帮凶，他叫马蜂。

双方相距十米。

萧军摆好架势："先生，请吧。"

聂绀弩小声叮嘱："要小心些。"

张春桥气冲冲地说："你不是说一对二吗？"

"请放心，只有我一人上场。"

高个子脱掉外套，把袖子绾起。张春桥煞有介事地抖着脚。

萧军问："谁先上？"

张春桥讥讽地说："先生，与其说你是什么作家，倒不如说你是一个武夫更恰当。"

"有本事的就上吧！"萧军怒目而视。

张春桥把拳举在脸前，上下抖动着冲上前来，那姿势活像一个蹩脚的西洋拳师。

萧军轻轻一挡，顺势一个拐子腿，张春桥跌了个四脚朝天。萧红拍着手哈哈地笑起来。

高个忙护住张春桥，抬手朝萧军就是一个冲拳，萧军躲过，回手猛击对方腹部。高个子大叫一声，抬起脚来猛踢萧军下身，萧军闪过，两人扭在一起，在地上翻滚。

这是一场凶猛的格斗！萧红睁大眼睛，替萧军加油。聂绀弩冷冷地注视着，准备随时支援。

高个子气喘吁吁，渐渐不支；张春桥爬起来，从口袋中掏出一个凶器，很像上海流氓用的哑铃，抓在手中，向前冲来。萧红眼尖，大声叫"萧军当心"。萧军似乎早有准备，猛然飞起一脚，踢在张春桥腕上，他痛得"哎哟"一声，手中的哑铃落在草地上。高个子乘机从背后拦腰抱住萧军，萧军大喝一声，把他从背上翻过来，重重摔倒在地……

胖瘦二人爬将起来，再不敢恋战，钻进了小汽车。

在萧红的拍手欢笑声中，小汽车冒着烟，溜了。

萧军从地上拾起哑铃，轻蔑地看了一眼，扔进草坪旁的河沟里。

聂绀弩笑着拍拍萧军的肩头："好样的！我先走一步啦。"

归途中，萧红带着胜利的喜悦，萧军却显出无所谓的样子。

"哈哈，我这穆桂英还没出场，他们就弃阵逃跑了。"萧红从袖口里抽出一根短竹棍，给萧军看，"瞧，这是我的竹鞭！"

萧军漫不经心地瞅了瞅："你这竹鞭，打在我身上连道印都找不着。"

"要不要试试？"萧红扬起竹棍又收起来，"我还舍不得用它打你哩。"

萧军默默地走着，若有所思。

萧红把竹棍抛起又接住："这是上好的金竹，二十节呢……"

"好，好。"萧军说，"你先回去吧，我还要去找一个朋友。"边说边匆匆离去。

萧红孤零零地站在那里，怅然若失。这时，阴沉的空中开始飘飞雨丝。行人仓皇地奔走。突然一个熟悉的人影一闪。

"萧红，怎么你一个人在这里。"端木蕻良站住，关切地问。

萧红默然。

"我送你一段吧。"端木蕻良打开了雨伞。

萧红脸上布着阴云，默不作声。

端木蕻良殷勤地问："你有什么不高兴的事吧，萧军呢？"

"会朋友去了。"萧红叹了一口气。

"是不是……"端木蕻良欲言又止。

"你说什么？"萧红怀疑地问。

"唔……唔……"端木蕻良语塞了。

"别吞吞吐吐的。"萧红站住，面部表情很复杂。

"是不是找沈莉去了？"端木蕻良嗫嚅地说。

"你？……"一丝痛苦的阴影掠过萧红的面部。她咬着嘴唇迟疑片刻，转身冲到细雨中去了。

"萧红——"端木蕻良追了几步，大声地喊着，声音尖细、暗哑。

萧红头也不回，消失在蒙蒙雨雾中……

十六　摆脱不了的寂寞

黄昏，萧红独自倚在寓所窗台前，望着窗外的菜园。

菜园里，细雨斜飞，如烟如织。

窗台上的茉莉花发出了新枝，对称的椭圆形叶子上缀着雨水，湿漉漉的。

屋内桌上盖着两只盛着饭菜的碗，旁边摆着两双筷子。萧军迟迟没有回来。萧红的心被一种莫名的寂寞包裹着。

天黑下来，萧红关上窗子，拉开电灯，坐在桌前望着两双筷子发呆。楼下传来一阵忧郁的钢琴声，像是有人在弹柴可夫斯基的《悲怆交响曲》。萧红走出房门，来到楼下，轻轻地敲了两下房东的门。

门打开来，房东太太见是萧红，胖脸上露出温和的微笑："太太，来听听我女儿弹琴吧……"

"谢谢。我想问一下，今天中午萧军回来过吗？"

"你们早晨不是一块出去的吗？"房东太太有些惊讶，旋即似乎恍然大悟，"哦，是不是小两口拌嘴了呀？"

萧红嘴角露出苦涩的笑，摇摇头，又问："昨天有人来找过他吗？"

"唔……昨天，好像没有。"胖太太想了想说，"今天一大早倒有人送了封信来……"

"信？……"萧红感到意外，萧军并没有提起有人送信的事呀。

"送信人说了些什么吗？"

"没有说什么。"

萧红回到自己屋里，两手托腮，坐在桌边发愣。楼下的琴声变得断续、沉重，每一下都好像敲在她的心上。

端木蕻良说的难道是真的吗？萧红的心被猜疑和痛苦咬噬着，她眼前浮现出沈莉笑盈盈的面孔。"没有你那位漂亮！"这声音当时多么清脆动听呵……

萧军早晨确实收到过一封信，是一个十多岁的小男孩送来的。送信人没有留下姓名就走了。信封里装着一张便条，只有简短的两行字：

今日决斗，谨防暗算。晚六时在东亚酒楼，望君莅临。

落款只有一个"L"字，笔迹清丽，像是女性的手笔。当时萧军一心想着决斗的事，对这封信没怎么在意，他随手将便条揣进了口袋，萧红买早点回来他也没有提起信的事。一则信中写的有些蹊跷，二是怕萧红知道后为他担心。决斗时，张春桥暗使凶器，证实了便条里的警告。为了弄清真相，萧军决定去会一会这位写信的"L"。

张春桥落荒而逃后，萧军叫萧红先回家，自己先去一家译文杂志编辑部会了个朋友。那朋友名叫何庆，是一位中年编辑，由于鲁迅是这家杂志的编委，何庆和鲁迅关系很好。经鲁迅介绍，萧军和他相识，两人一见如故，成了好友。

何庆正坐在编辑部的办公桌前看清样。听萧军谈起决斗的场面，很感兴趣，并开玩笑地怪萧军没有叫他去助威。

"老兄是大杂志的编辑，又这么精干，他们一见准会望风而逃，这架就打不成了……"萧军笑着解释。实际上何庆是个文质彬彬的眼镜,萧军这么说,也是故意开玩笑。

"这下他们会收敛些了。"

"我们有言在先,再写文章骂《奴隶丛书》,我就揍他们!"

午间,何庆请萧军在附近小饭馆吃了顿便饭,后来又叫他帮着看了一些稿子。萧军告辞出来,已是下午四五点光景。天依然飘着细雨,萧军匆匆搭上有轨电车,赶到南京路的东亚酒楼。这是一座豪华的饭店,位于南京路西段,门前霓虹灯闪烁,很远就能看见。

萧军走进酒楼,左右环顾,餐厅里坐满了衣着华丽的男女,餐厅中心,几个穿着白纱长裙的俄国舞女正依在西装革履的男人怀里跳着狐步舞。萧军第一次走进这个珠光宝气的世界,感到周身不自在。那位匿名的"L"先生是谁呢?他正踌躇间,一个穿制服的男招待从后面走过来,彬彬有礼地说:

"先生,那边有人在等您。"

萧军顺着他指的方向,看见在角落的一张小圆桌旁,坐着一位年轻的女郎,正含笑望着他。桌上放着两只高脚酒杯,一瓶红葡萄酒。

"是你?"萧军走过去,在桌边坐下。

这女郎是沈莉,穿着粉红色的旗袍,上身披一件黑色的紧身毛背心,打扮得十分俊俏。她看见萧军显得很高兴。

"先生迟到了十分钟。"沈莉抬起手腕,瞥了一眼小金表,娇媚地说。

"是你叫人送来的信吧?"

沈莉没有回答,只扬起柳眉,甜美地一笑。

"谢谢你了。"

"这没什么。见到你平安无事,就放心了……"沈莉眼睛望着手上的戒指。

"我把他们打得落花流水。"萧军带着胜利者的语气骄傲地说。

沈莉递给萧军一杯葡萄酒，自己端起一杯，放在唇边说："我敬先生一杯。"

萧军爽朗地一笑，端酒一饮而尽。

"沈小姐怎么知道张春桥他们心怀鬼胎呢？"萧军郑重地问道。

"昨天晚上他来我家里，同明翰谈起了决斗的事。"沈莉点燃一支烟，吸了一口，接着说，"明翰担心他打不赢，张拍着胸口说'无毒不丈夫'……"

"唔——又是你丈夫做的后台。"萧军似有所悟，冷冷地说，"我早有所料。"

这时，一个女招待托着盘子，端来了菜：两客牛排，两客咖喱鸡，一盆用小铜锅盛的俄式罗宋汤，直冒热气。

萧军见状，起身准备告辞。

"沈小姐约我来，就这件事吗？"

"不，还有话……吃了饭再说吧……"沈莉急忙挽留他。

萧军犹豫了一下，又坐下来。

沈莉在一片面包上抹上果酱，递给萧军。

"快吃罢，菜都快凉了。"

"谢谢，我自己来。"萧军拿起刀叉，大口地吃起来。没有多少工夫，桌上的汤菜已解决了一大半。

萧军喝完罗宋汤，抹抹嘴，抬起头，发觉沈莉正托着腮，两眼灼灼地望着他。一瞬间，他觉得很尴尬。

"沈小姐，你怎么不吃呀？"

沈莉的脸略为红了一下，摇摇头。

"我不饿。"看上去她像有什么心事。

萧军感到歉然，从盘子里拿起最后一片面包，递给沈莉。沈莉接过面包，嫣然一笑。

"沈小姐还有什么事，请说吧。"萧军准备告辞。

"先生还记得哈尔滨吗？"沈莉凝望着餐厅里的舞女。

"记得。"

"商市街呢？"

"当然也记得。"

"你刚来那天，样子真英武，怪不得我弟弟那样喜欢你。"沈莉转过脸来，但并不看萧军，接着说，"其实，我也很喜欢你。"后面一句话说得很轻，像是说给自己听。

"我？哈哈，一个粗鲁的人，有什么值得喜欢的？"

"先生！"沈莉抬起火热的目光，望着萧军，"上海这个地方我住腻了，你带我走吧！远走高飞，随便到哪里，我都跟着你……我要摆脱那个郑明翰，摆脱这里的一切……"

萧军感到意外，他盯着沈莉，深感这是一个值得惋惜的女子。她的容貌很美，灵魂却很空虚；她追求虚荣、豪华，却又不甘心为人的掌上玩物，而她的心灵毕竟是善良的……

萧军踌躇着，目光深沉而庄重。他思考该怎么向她解释。

沈莉脉脉含情地望着他。她觉得，萧军就像西方小说里的骑士，英俊潇洒，奔放不羁，这正是她理想中的情人。

沉默片刻，萧军终于开口了，他的话说得很婉转，但语气坚定，态度坦诚。

"沈小姐，感谢你对我的信任，但我……不能这样做。"他苦笑了一下，继续说，"我并不是你理想中的人物，而且，我也不能离开萧红，这你是知道的……"

"不要再说了！先生。"沈莉突然站起来，用微微颤动的声音说了一句，"愿你幸福……"她的脸色是羞愧和哀伤的。说完，她转身小跑着走了。

萧军怔怔地望着她穿过餐厅，消失在门外，也没去喊她。餐厅里回荡着华尔兹舞曲和男女顾客的谈笑声。萧军从这喧声笑语中听到的，却是一种淡淡的哀怨。他默然了片刻，站起来，从口袋里掏出两块银圆递给一个穿制服的招待。招待很礼貌地微微鞠躬说："那位太太已经付过了。"

萧军走出酒楼，小雨已经住了，街道湿漉漉的，空气潮润而清新，他深深地吸了一口气，大步向无轨电车站走去。他突然惦记起萧红来。

赶回霞飞路住处，天色已经很晚，大门上了栅，萧军敲了一阵，里边才响起开门的声音。

开门的是女用人，一边擦着惺忪的睡眼，一边问："先生回来啦。"

"萧红在家吗？"他关切地问。

"在。你太太等了大半天啦。"

萧军若无其事地笑笑，走上楼梯。他决定把同沈莉见面的情况全部告诉萧红。房门是虚掩着的，他轻轻一推，门就开了。屋里黑黢黢的，什么也看不见。萧军拧开电灯，看见萧红和衣躺在床上，好像是过度疲倦睡着了。窗户没有关，冷风从窗外吹进来，拂过袭人的寒气。他蹑手蹑脚走过去，把窗户关紧。

"她总不知道爱惜自己的身子。"萧军心中责备道。他走到床边，准备给萧红盖上点东西，无意中发现萧红脸上有泪痕，枕头上也洇湿了一片。她哭过了？不知又为了什么事，唉，总是这样多愁善感……萧军疼爱地摇摇头。这时，桌上的一页白纸吸引了他的视线，上面依稀地写着什么。萧军走到桌旁。借昏暗的灯光一瞥，发现是一首四句小诗，显然是萧红才写的，他的心被震惊了。

　　　　说什么爱情，
　　　　说什么受难者共同走尽患难的路程！
　　　　都成了昨天的梦，

昨夜的明灯。

这是指的他吗？萧军好像突然掉进冰窟窿里，全身都被冻僵了。他木然地站在桌边，脸上毫无表情。

"你回来了？"背后传来萧红冷冷的声音。

萧军转过身来，看见萧红已经醒来。她的一对眸子与其说含着泪，毋宁说凝着冰。

"唔。你怎么不盖点东西就睡了？"萧军竭力缓和着气氛。

一阵难堪的沉默。

萧红仍然躺着，她的脸色苍白，眼光矜持又哀怨。

"到哪里去了？"她用一种轻描淡写的口气问。萧军第一次感觉到，口气中含有一种担心和不信任。怎么向她解释呢？

"会了几个朋友……"他准备从头到尾对她谈，但又不知该怎样措辞好。萧红的感情是细腻的，又很敏感，稍不留心就可能触痛她，使她的自尊受到伤害。

"是不是沈莉？"萧红轻轻地问了一句，她的声音发抖，脸上的表情很复杂，看得出，她很希望萧军的答复是否定的。

但是萧军坦白地望着她的眼睛，回答说："是的，有沈莉。"

萧红咬住嘴唇，泪眼模糊。

萧军走过去，想解释："红，你听我讲……"

"不！我不听——"萧红扭过头，面朝墙壁，泪水顺着脸颊直往下淌。

萧军知道萧红的性子，多说也无用。他懊丧地走到桌边，抓起那张写着诗的白纸，"嚓嚓"地撕得粉碎，像在撕一块仇人的肉。屋里的空气沉闷得像要爆炸，萧军不自觉地坐在另一张小床边，狠狠朝自己头上捶了一拳。

一夜，萧红都没有入睡。第二天起来，她发觉桌上写着诗的纸不见了，她也没有理会。昨天的事情，她像忘记了，再没有提起。但是，她脸上却长久地蒙上了淡淡的哀愁，镇定里渗出恍惚，苍白中露出凄婉。

一位作家说过："和睦的家庭空气是世上的一种花朵。"这花朵需要不断的浇灌，值得百倍珍惜。她是美丽的，又是娇嫩的，容不得半点尘埃，稍不小心，就会受到伤害。

萧红深深地爱着萧军。正因为太爱了，更怕失去他。她的心灵细腻，经不住感情上的强烈震荡。萧军却是粗犷的。小说的出版，事业上的成功，都使他骄傲和满足。他并没有改变对萧红的感情，也不可能改变；然而，他常常忽略了她的感情。这种事情发生以后，他从没多做解释，他知道对萧红说来那是多余的。而且，萧红的那首诗也刺伤了他。好在他的心灵像他的身体一样强壮，事过之后，他也没怎么在意，照样说说笑笑，像一匹无牵无挂的野马，整天忙着出版界的事情。上海文坛的搏战，冲淡了他对个人生活的关心。

强者和弱者发生摩擦，受伤的往往是弱者，尤其在恋人之间。萧红的童年是黯淡的，孤零的，没有温暖和爱，像一只遗落在冰窟的小鸟。她长成少女后，曾经同腐朽的社会、顽固的家庭做斗争。但孤立无援，她最终失败，几乎坠入了万丈深渊。她的心灵上留下了斑斑伤痕，健康也受到摧残，任何一个新的打击都会使它重新流血；加上女性的感情本来就柔弱，她渐渐陷入了苦闷和孤寂中，身体也变得很弱。

这时候，他们已搬到北四川路居住，离大陆新村很近。为了排遣内心的寂寞，萧红几乎每天都到鲁迅家里去，寻求安慰和温暖。鲁迅当时有病，许广平这位年轻的母亲，每次总陪着萧红谈心。她发现，萧红有时谈得很开心，但更多的是让一种强烈的哀愁压抑着，像纸包着的水，难免要渗出来……

一天清晨，阳光照着鲁迅书房里挂着的几张版画，分外明亮。鲁迅正伏案写着什么。久病初愈，他的面孔有些消瘦，但精神还不错。

门外响起了奔跑的脚步声，接着传来一阵清脆的喊叫："先生！先生！"

推门进来的是萧红。她还喘息着，脸上微微泛红。

鲁迅回头道："噢，是红姑娘啊！有什么事吗？"

萧红像孩子似的高兴："先生没看见吗？今天天晴了，出太阳了。"说着，她跑到窗前，推开窗子，朝天空张望着。

鲁迅会心地点点头，心想："一颗多么寂寞的心啊……连天晴了都值得她这么高兴。"

萧红望着窗外的天空，突然又勾起了感伤，神情郁郁。

鲁迅爱怜地问："红姑娘，你好像有什么心事？"

萧红轻轻叹息一声："谁又能没有心事？我胸中积满了沙石。"

"应该看得远些，想得开些，不然要伤身体……"鲁迅慈祥地望着她。

萧红突然说："先生，我要走了。"

"到哪里？"

"日本。去养养病。"萧红说着，从口袋里掏出一封信，"我弟弟在东京留学，我们已经六七年没见面了。"

"就你一个人吗？"

"嗯，何庆先生的夫人也在东京，可以和她做伴，萧军也赞成我换换环境。"

鲁迅凝视着萧红，良久，点了点头说："也好。"

萧红依恋地说："先生，你的病刚好一点，万不能大意，上了年纪……"

鲁迅笑一笑说："不要紧的。肺上的病虽然纠缠，但在我这个年龄，已不危险。你一路上倒要当心。什么时候动身呢？"

"就这几天，船票都订好了。"

萧红启程前一天晚上，鲁迅在家里设宴为她饯行，还请了萧军和何庆作陪。许广平特意下厨房烧了几样萧红爱吃的菜，有红烧鲤鱼、虎皮花生，还有东北风味的酸菜牛肉汤。萧红吃得并不多，她心里充满着依依惜别的深情。

　　鲁迅正发低烧，但他仍然支撑着，同许广平一起陪萧红吃饭，席间，萧红很少说话。为了活跃气氛，萧军和何庆谈笑风生，不时地惹得萧红莞尔一笑。谈起萧军常常因为文坛纷争与人打架时，何庆笑道："朋友们都说萧军身上有股野气。"

　　萧军望着鲁迅，问："先生说我这野气要不要改？"

　　"不改。"鲁迅微笑着答。

　　萧军得意地环顾着大家，哈哈地笑起来。整个屋子的气氛都被他的笑声感染了。饭毕，大家的话题又转到旅程上，鲁迅特意叮咛萧红："第一次到外国没经验，但别害怕。比如，轮船每到一个码头，就有验病的上来，你不要怕，中国人就会吓唬中国人。那时茶房叫：'验病的来啦！'其实也是虚张声势，并不认真的。"

　　萧红默默地听着，不时轻轻地点点头，她的眼眶潮湿了。

　　墙上的挂钟打过了十点，萧红、萧军同何庆告辞出来，鲁迅夫妇一直送到大门口。萧红走上街心，回过头来看见鲁迅伫立在门口，他的身影在昏暗的灯光下显得格外清瘦。许广平脸上现着平和的微笑，像在为她祝福。在一刹那，一种惆怅之情陡然袭上心头，她不禁在心中默默祝祷："周先生，愿你保重……"

十七 她漂海而去

萧红登上了东渡的轮船。她穿着一件浅红的旗袍，随身只带一个小包。萧军穿一件灰色的短袖衫，头发蓬松着，直到萧红上船的最后一分钟，他还关照着一路上和到日本后要注意的事情。

船离开外滩码头时，萧红朝着送行的萧军和何庆频频挥手，心中交织着惜别和感伤。萧军会心地点点头，眉宇间凝聚着一片难舍之情。萧红默默地望着他。

> 走吧！
> 还是走，
> 若生了流水一般的命运，
> 为何又希求着安息！

这是她临行前夕作的一首小诗。此刻，船尾卷起的白色浪花，仿佛也在这样低唱。

码头和人影渐渐远去了。这是萧红第三次作海上旅行。但是只身飘海，总有一种孤单的感觉。

大海无边无际，宛如一块巨大的蓝绸。海水在阳光下显得格外清澈，像荷马形容的那样，呈现着酒的颜色，或者像紫罗兰的颜色。

萧红站在甲板上，朝海天相连的远方眺望。浪花拍打着船舷，海风吹动她的头发，撩起她的衣襟。

萧红轻声地低吟着：

> 从异乡又奔向异乡，
> 这愿望该多么渺茫，
> 送我的是海上的波涛，
> 迎接我的将是异乡的风霜……

那浩瀚的水天，银色的浪花，使她沉入往事的追忆中，她想起了自己的少女时代……

正是银装素裹的冬季，哈尔滨女子中学的校舍和树木都染成一片洁白。

校门口，一队穿着海军衫的女学生走出来——她们每个人都挟着一只画夹。当时她只有十八九岁，额前一排刘海，眼睛又大又亮，也在队伍中。一路上，行人不断向她们投来赞美的目光，萧红似乎一点儿也没有注意，她完全沉浸在对大自然之美的向往和追求中。那时，她多么渴望看见大海呀！

同学们涌向松花江畔，各自寻找写生的目标。萧红独自一人走向旷野深处。

啊，白雪覆盖着的玉带似的松花江，一尘不染的蓝色天穹，温暖耀目的阳光，和那白色旷野和蓝天之间的枯树枝——多么寂静呀！她深深地呼吸着野外清新的空气，为大自然的美陶醉了。

她爱这寂静无人的美的境界，讨厌人世的喧嚣——她不止一次地诵读过泰戈尔的诗："水里的游鱼是沉默的，陆地上的兽类是喧闹的，空中的飞鸟是歌唱着的；但是人类却兼有了海里的沉默，地上的喧闹，与空中的音乐。"她曾经遐想，不，我不要喧闹，也不要歌唱，在充盈着欺骗、丑恶、贪欲、格斗的人世，我只要投入大海的胸怀，得到那永恒的沉默、沉默……

"呜——"轮船的汽笛一声长鸣，把她从沉思中唤醒。

海水变成了黑蓝色，几只白色的海鸥在海面上盘旋。

轮船已接近日本海岸，远方隐现出黛青色的海岬。就要踏上异邦的国土啦，萧红的心怦然跳动。她走进舱房，掏出纸，垫在膝盖上，匆匆地写起来——

三郎：

　　海的颜色已经变成黑蓝了，我站在船尾，我望着海，我想，这若是我一个人怎敢渡过这样的大海！

　　……现在船停在长崎了，我打算下去玩玩。

　　到东京再写信吧！祝好！

　　　　　　　　　　　　　　　　　　　　　　吟。七月十八日。

十九日中午，船到了东京。

何庆的夫人朱女士已在码头上等候。她穿着一件天蓝色的西便服，看上去比萧红大三四岁，高高的身材，鸭蛋形的脸上有两个漂亮的酒窝，很容易使人产生好感。几个月前，萧红在上海时曾经见过她，此刻在异国相逢，更有一种说不出的亲切感。朱女士来日本是专修日文的，不到一年已能翻译一些短文了。

"何庆来电报说你今天到。"朱女士接过萧红的提包，亲切地说，"我们又多一个伙伴了。"她说话的口气和举止，俨然一位大姐姐。

萧红随着朱女士走上一条街道。在夏日灼热阳光的照射下，房屋、树木拖着黑影。

"朱姐，在这里能习惯吗？"

"刚来时也不习惯，住一阵就好了。就是寂寞些……"

朱女士说着，挥手叫住了一辆出租汽车。一个留小胡子的中年司机从车里探出头来，朱女士叽哩呱啦地同他讲了几句日语，小胡子好像没听懂，朱女士又比画了一阵，他仍然不懂，摇摇头，开着车走了。

"他大约嫌路太近，不愿去。我们自己走吧！"朱女士逗趣地说。这是萧红第一次感到语言的隔阂。

她们足足走了一个小时，才来到住处，萧红走得汗涔涔的。眼前是一栋木板结构的平房，离神保町不远。房东是一位善良的日本妇人，只有一个小女孩，长着一双黑黑的眼睛，脸蛋红扑扑的。

萧红的住房在东头，房间虽小，却也整洁。地上铺着席子，日本叫榻榻米，两扇大窗子挂着竹帘，窗外有几株绿荫浓郁的杂木，从上面传来一阵单调而悠长的蝉唱……萧红把随身带来的小圆镜取出来，挂在面窗的墙上。尽管房间布置得还算规整，但总觉得有点寂寞，好像缺少了点什么。

安置就绪，稍事休息，萧红急着要去会见弟弟，六七年不见了，他一定长得又高又结实。朱女士看了看她拿出的地址，笑着说："在市中心哩，可远啦，好好睡一觉，明天再去吧！"

萧红觉得她说得有理，就同意了。

但是，当天夜里，萧红久久不能入睡。

满街响着踏踏的木屐声，这种声音在国内是没有的，单调、杂沓，更增添了身在异邦的寂寞感。

后来，外面起风了。树叶沙沙地响着，朦胧中，萧红仿佛听到了家乡田野上高粱抖动的声音。在呼兰河畔，现在正是高粱成熟的时候，田野金灿灿、红彤彤的一片，晚风一吹，真像夕照下的海洋，如火如金，浩瀚无边……呼兰河七月的晚霞，该有多美啊！满天红彤彤的、金鳞般、朱砂色的云彩，变幻出奇奇怪怪的形状，有的像巨龙，有的又像奔腾的马群，壮观极了。一到八月，这些云彩就没有了。八月的天空是静悄悄的，一丝不挂，太阳、月亮，就像刚刚出浴的壮男秀女，赤裸着身体，尽情地散发着热和光……

啊，故土多么令人思念啊！

萧红躺在席子上，辗转反侧，不能成眠。她翻身起来，打开日光灯，在蓝色的灯光下，用信笺写了一首抒情小诗。

夜间：
这窗外的树声，
听来好像家乡田野上抖动的高粱，
但，这不是。
这是异国了，
踏踏的木屐声音有时潮水一般了。

日里：
这青蓝的天空，
好像家乡六月里广茫的田野，
但，这不是。
这是异国了，
这异国的蝉鸣也好像更响了一些。

在这异国的土地上，唯一使人感到慰藉的，是她的弟弟也在这里，萧红从小没有母爱，也没有父爱，可以说弟弟是唯一的亲人。想到明天就可以见到他了，萧红心里激荡着一阵阵兴奋。她弟弟叫秀珂，三年前从哈尔滨来到东京，在早稻田大学医学系学习。两个月前，他从日本一家文学杂志上见到萧红、萧军的名字，才知道他们在上海的踪迹，他怀着激动的心情给萧红写了一封信，托这家杂志代转。一个月以后，这封信几经辗转，才寄到萧红手里。萧红拆开信时，真是又惊又喜。她和萧军当时并没有料到，这封信已经过日本特务机关的检查。因为萧红是《生死场》的作者，这在日本当局，是知道得很清楚的。秀珂因此受到日本特务的盯梢、暗算。这一情况，萧红却不知道。她此时完全沉浸在姐弟将要重逢的兴奋与遐想中了。

第二天，萧红一大早就起来了，独自一人去找秀珂。她换了一件淡茶色的外衣，扎着发结，没有昨天穿红旗袍那样引人注目了。走到街上，她学着朱女士昨天的样子，招手拦住了一辆黑色的小汽车。不过她比朱女士灵活一些，事先从秀珂信封上抄下了地址。她把写着地址的纸条递给司机看了看。司机点点头，示意她上车。

汽车穿过繁华的商业区，又绕过一座公园，最后在一排公寓前停下来，司机比比手，示意到了。

她看见眼前立着一栋灰色的长楼，楼下有一家很大的咖啡馆，她记起弟弟信中提到过这家咖啡馆。灰楼外面有一条水泥楼梯，萧红照着信中写的地址，顺着楼梯上了二楼，找到楼道一侧的第六个房门。这里就是秀珂的住处。门是紧闭着的。萧红敲了两下，里面没有动静。她再一细看，锁孔的地方贴着一张封条，纸是新的，不由得愕然一惊。她掏出信，对了一下房间的号码，没有错。一种不祥的感觉涌上了心头。她记起离开上海时，萧军曾关照说，日本是一个"警察之国"，刑警无孔不入，这些便衣可以随时闯入你的房间，任意搜查、逮捕，要格外当心。所以她来日本是用的化名。

萧红失望而不安地走下楼，发觉咖啡馆的橱窗里有一个年轻女招待正在窥视她。她疑惑地瞥了一眼，赶快转身走了，仿佛身后面有魔影在追赶似的。

回到住处，她已经疲惫不堪。朱女士知道后，叫她先不要着急。她问了秀珂读书的学校和专业，出去挂了个电话，结果校方回答说：这个学生三天以前失踪了！警视厅也来电话问过。

两天以后，一个苗条的日本姑娘登门来访。她穿着白底蓝花的和服，系着彩色腰带，端庄之中透露出一种妩媚。萧红把客人让进屋里，才发觉她是咖啡馆的那个女招待。

"我叫百口惠子，打扰您了。"她用不太标准的中国话说。

萧红感到很意外。

"你？……"

"您是秀珂的姐姐吧？"

"你怎么知道？"萧红有些奇怪。

百口惠子取出一个用白绸包着的小包，打开来，从里面取出一张相片，递给萧红。

萧红看着相片，很惊讶。这是去年她同萧军在上海法租界一家照相馆照的，她曾经寄给秀珂一张。相片背后题着"秀珂弟惠存"，是她的亲笔字。

"你认识秀珂？"萧红情不自禁地问。

百口惠子点点头，脸色微红。

"他现在在哪里？"萧红一下握住了她的手。

"他走了。"百口惠子说，语气又惋惜又有一种怅惘，"三天前刚回满洲。"

"啊！……"萧红怅然若失。

当她听完百口惠子的叙述，又为秀珂的离走感到庆幸。原来，日本"刑事"（便衣警察）多次搜查秀珂的住屋，并企图暗害他。一个星期以前，秀珂正在咖啡馆喝咖啡，两个"刑事"趁他接电话时，向他杯里撒了毒药，幸亏被暗中窥视的百口惠子发现。秀珂回到座位上时，她端过一杯冰激凌，放在桌上，暗示说："先生，这是您要的冰激凌。"秀珂看见邻座两个形迹可疑的人，正用奇怪的眼神瞅着他，心里明白了。他付了钱，转身离开了咖啡馆。两天以后，他来向百口惠子道谢，说他在日本已待不下去了，决定回哈尔滨。这张相片是他临走前留给百口惠子的。他知道萧红将来日养病，托她将他的情况转告姐姐。

萧红望着这位素不相识的日本姑娘，非常感动。她感到日本人民的心和中国人民的心是相通的。

"谢谢你救了我弟弟。"

"没有什么。"百口惠子羞怯地低着头，玩弄着手上的白绸巾说，"我是在满洲出生的，十岁时爸爸带我回到日本，他后来病死了，我没有其他亲人……"

"哦……"

"我读过您的小说，写得真美。"百口惠子忽然眼睛一亮说。

"真的吗?"萧红没有料到。

"是鹿地亘先生翻译的，有《手》《初冬》，日本很多青年都知道您的名字。"

萧红感到文学的力量是不受国界限制的，她的脸上泛起了欣喜的红光。

百口惠子告辞时，将相片递还萧红，恭敬地说："现在应该物归原主了。"

"送给你做个纪念吧。"萧红将相片送给了这个日本姑娘。

百口惠子惊喜地接过照片，用白绸巾很珍惜地包起来，然后她深深地鞠了一躬，转身走了。

后来，萧红再也没有见到百口惠子。几个月以后才听说她被解雇了，大约是因为秀珂的事。萧红总忘不了姑娘说话时羞怯的表情，心里难过了很久。她强烈地感到，日本比中国还要病态。这里的老百姓一点自由也没有。一天到晚，一点声音都听不到，四周像死一般沉寂，没有歌声，也没有笑声。晚上从窗子向外看去，只能望见幢幢黑影，每家每户连灯光也关在板窗里面。在这样的国度里，人民的生活很可怜，只能不停地干活、干活，像牛马一样工作，还随时担心"刑事"的光顾。

没有多久，朱女士启程回国了。原因是何先生的父亲病重，需要她回去照顾。当时，萧军已离开上海去青岛，萧红离开上海时，他们曾约定一年后再回上海会合。萧红只身待在东京，感到更孤单了。没有书，没有报纸，甚至讲一句话的人也没有，真像是被遗落在一个无人的孤岛上。她在信中不断向萧军诉说着异国的寂寞：

——给我寄一两本书来吧，随便什么我没看过的书都行！这里实在没有书读，越寂寞就越想读书，一天到晚不说话，再加上一天到晚也不看一个字，我觉得这里的生活很残忍，又像我从前在旅馆一个人住着的那个样子……

——这里的任何公园我还没有去过一个，银座大概是漂亮的地方，我也没有去过。等着吧，只有等日语学好了再到处去走走……

——我写信的这时，外边是大风雨，电灯已经忽明忽暗了几次。我来了一个奇怪的幻想，是不是会地震呢？我写了三万字已经有二十六页了。不会因为地震而中辍吧！这真是幼稚的思想。但，说真话，心上总有点不平静，也许是因为你不在旁边？

……

秋天来了。神保町一带的枫树变成通红通红的，四处刮起了带有寒意的秋风。萧红对东京的环境也渐渐适应了。房东对她很友好，虽然言语不通，但时常给她送些点心、水果等小礼物，还送给她一盆花。房东的小女孩和萧红也很熟了，每天教萧红日语单字。稍微安定下来，萧红就开始了她的工作。一个作家的生命就是创作。她怀着对祖国、家乡、童年的怀念拼命地写作，有时一天要写五六千字。她把写好的短篇小说和散文陆续寄回上海，在《作家》《太白》《中流》等杂志上发表。

九月末的一天，她收到上海寄来的一个邮包，是何庆寄来的。打开一看，是她的散文集《商市街》出版了。萧红抑制不住内心的喜悦，高兴得跳起来。这是她到日本后最快活的一天。何庆在信中说，《商市街》是作为巴金主编的《文学丛刊》第二集之一，八月份在上海出版的，读者很欢迎，第一版已经售完。另外，《生死场》和《八月的乡村》也已经印到第五版了。尽管官方千方百计地封锁，这两本书却传遍了天南海北，因为它表达了人民的情绪、意志，人民需要它……

萧红的心境晴朗起来。

她从花市上买回一束菊花，插进小圆桌上的花瓶里。花是金红色的，像一簇灿烂的小太阳，把整个房间都照亮了。花瓶一侧，立着一瓶葡萄酒，酒也染上了红色。萧红开心起来，情不自禁地喝了两杯，她的脸也变红了。

第二天，她去影院看了一场电影。这是一部中国影片，银幕上偶然出现了上海北四川路的镜头，还有施高塔路。萧红每次去鲁迅家时，都要经过这里。触景生情，在她的眼前浮现出鲁迅先生那天送别她时的消瘦身影，她突然觉得忐忑不安起来。快三个月了，她居然没有给先生写过一封信。她的心情太寂寞，不愿意增添鲁迅先生的思虑。这慈父般的导师啊，他此刻一定在重重暗影下为了正义而奔波，他的身体可好？

从影院出来，萧红的心情很不平静。她信步走进神保町的书店，选购了一本精装的《日本绘画史》准备送给鲁迅先生。这本画册印刷精美，收入许多日本的名画，萧红尤其喜欢狩猎、捕鲸和浴女几幅。她想喜爱美术的鲁迅先生收到这本画册，一定会很高兴的。

几天以后，天下着雨。萧红刚从东亚补习学校学完日语回来。走到门口，房东女孩亲热地叫了一声"阿姨"，把捏在手里的报纸递给她。

萧红抱起小女孩，在她的小脸蛋上亲了亲，然后接过报纸，随意地展开浏览。突然，她紧张地睁大了眼睛：有一条关于鲁迅的消息，标题为《鲁迅的偲》。

她的心怦怦地跳动起来，连雨伞也忘记了收拢，匆匆进屋找出汉语字典。她不懂日语里"偲"字的含义，想从汉语字典里查，但查的结果，按汉字解释仍不明白日语的含义。她重新捧起报纸，看见文章中还有"逝世"等字眼，她开始感到惊恐不安，但她无论如何也不敢把鲁迅和"逝世"联系起来。她离开上海才刚刚三个月，这，这是不可能的！

她拿着报纸冒着雨去问朱女士走时介绍的一个朋友，那人的日语也是半通不通。她解释说，"偲"字表示"印象""面影"等意思，那篇文章一定是一篇回忆录。

"那文章里的'逝世'是什么意思呢？"

"恐怕是鲁迅在谈别人的去世吧。"

"是的，鲁迅先生最近还在《作家》《中流》上发表文章呀！"萧红的心稍稍安定下来。

第二天是十月二十二日，萧红在另一家日本报纸上又看见"逝世"的字眼，还有"殒星""损失"一类的词汇。她的心又紧缩起来，一种不祥的预感像飓风袭来，她坐卧不宁，寝食不安，房东太太打扫窗棂的噼啪声，如同撞击在她的心上。

第三天傍晚，萧红终于找到一张中文报纸。一条醒目的新闻呈现在她眼前——"文坛巨星陨落，鲁迅芳名永存"，副标题是：因肺病医治无效，鲁迅于十月十九日在沪逝世，各界名流云集，沉痛哀悼。

报上还登了一张鲁迅的遗照，四周加了粗粗的黑框。

萧红的心猛然一沉，像是坠入了万丈深谷，泪水止不住簌簌地落下来……她眼前迸开一片金星，就什么也不知道了……

十八　巨星陨落

时光啊！请驻留、请驻留——再回到那悲壮的十月十九日……
聂绀弩这样沉痛地写道：

> 一个高大的背影倒了，
>
> 在无花的蔷薇的路上——
>
> 那走在前头的，
>
> 那高攀着倔强的火把的，
>
> 那用最响亮的声音唱着歌的，
>
> 那比一切人都高大的背影倒了，
>
> 在暗夜，在风雨连天的暗夜！

　　这是一个寒气袭人的夜。萧军正睡得很沉，忽然被一阵猛急的打门声震醒。他揉揉惺忪的眼睛跳下床，拉开了门，门口站着神色异样的何庆。

　　"快穿好衣服——"他用一种哽咽的声音说。

　　"什么事？"萧军很惊诧。

　　"刚才来人通知说，周先生'过去了'！……"何庆哭出声来，说不下去了。

"你诓我！"萧军睁圆了眼睛，仿佛听到一声霹雳。

"这事我能诓你吗？快穿衣服，车子正在外面等着！"

萧军只觉眼前一黑，好像突然天崩地裂，差一点呕吐。他竭力克制住自己，何庆扶住他，他回过身胡乱地把衣服套上，门也顾不得关，跟着冲下楼，钻进停在门口的小汽车。朱女士也在车里，满脸泪痕。

这时是清晨六点过，天刚亮，汽车在清寂的马路上疾驰着。萧军几次想呕吐，何庆见他这样难受，只好安慰说：

"我不相信，他怎么会突然就……十五号我们看望他时，还好好的。"

萧军心里也存着这种幻想。他是一个星期前才从青岛回上海的。回来后第一件事，就是惦记着看望鲁迅。十月十五日，何庆约他一道去大陆新村。鲁迅正仰躺在藤椅上。他的脸庞比原来更消瘦了些，但精神还不错，看见他们来了显得很高兴。

"北方情况怎么样？"鲁迅端着一只日本白瓷茶杯，呷了一口，问萧军。

"还不错，去了两个月，还顺便看了看泰山……"

"红姑娘好吗？一去三月，也没来信，茅盾也不知她的地址。"鲁迅关心地问起了萧红的近况。

"她一直惦记着先生，会来信的。"

这时，何庆取出一个高尔基的木雕像，递给鲁迅，说是一个日本朋友托他转送的。雕像暗红色，约二寸高。

"雕得不坏，挺像。"鲁迅拿起雕像看了看。

"这雕的是爸爸吗？"海婴爬上桌子，天真地问，小家伙正吃着萧军给他的石榴。

鲁迅先生笑起来："喔……我哪配！这是高尔基！"

"啊！高尔基！高尔基！"海婴拍着手叫起来。

后来，鲁迅先生还同他们谈起十月十日去上海大戏院看电影的事，兴致很高。

那天他们告辞出来时，都觉得鲁迅先生的身体好多了。

……

这一切都只是几天前的事，鲁迅先生他怎么会突然去世呢！无论是萧军，还是他的同伴，此时坐在汽车里，都不敢相信。大家缄口不语，空气像铅一般沉重。

车在大陆新村弄堂口停下来。天色已经微明。这条弄堂，萧军不知来过多少次，此时此刻走到这里，却像踏在火山口一样紧张、不安。萧军迈着疾步走在前头，何庆夫妇跟在后面，进了寓所。

许广平满脸悲戚地站在楼梯下，看见他们只简单地说了一句：

"在楼上。"

他们跑上二楼，奔进房门，看见屋里已站满了人，鲁迅先生静静地躺在床上，双颊深陷，容颜苍白，四周的人脸上都罩着浓重的阴影。萧军不顾一切地扑在床前，放声痛哭起来。

他抓住先生枯槁的手，手还有些微温，但是他那睿智深邃的双眼却永远地闭上了！

鲁迅先生很久以来就患了肺病，而且已经到了晚期，医生曾断言说：要是在欧洲，这样重的病早在五六年前就死掉了。但鲁迅对此却并不在意，总说"不要紧的"。五月中旬他大病了一场，此后不断地发热，病情时重时轻。八月份痰中发现血迹。史沫特莱离沪避暑时，曾关照茅盾说："应设法让鲁迅转地疗养，否则照一位有经验的医生的意见，恐怕难度过夏天。"朋友们都劝鲁迅到日本或香港去换换空气，但终未成行。九月份，茅盾又再次动员鲁迅先生去外地疗养一下，他说夏天已过，过一段时间再说吧……实际上，死神已经一步步向这位文坛主将逼近，只是由于他坚忍和无畏，才照样挺立着，人们啊，对这种假象疏忽了，以为他已经好起来，谁也没有想到他将与世人永诀。就在鲁迅逝世前十二天，他还去参观了"第二回全国木刻流动展览会"，和青年木刻家们促膝相谈。到十月十八日夜，鲁迅支气管喘息的旧病发作，很短的时间，病情就突然恶化，呼吸困难，医生急来抢救，注射三针强心针无效，终因心脏麻痹，于十月十九日晨五时二十五分溘然长逝！享年仅五十五岁。

十月廿日在万国殡仪馆前，瞻仰鲁迅遗容的人群肃立着，院子里静得像一泓死水。每一双眼睛都盈满泪水，每一张脸上都罩着哀思。鲁迅的遗体停放在楼下灵堂里，人们踏着沉重的步子，缓缓地走进去，最后看他一眼。

萧军是"治丧办事处"成员，肃立灵前。他穿着深色长衫，臂上缚着黑纱，一夜之间好像消瘦了许多。负责治丧事务的还有鲁迅生前好友和十多名青年作家。巴金、萧乾、张天翼、欧阳山、以群、陈白尘、靳以等都来了。中国文坛的精华都聚集在这里，守护着鲁迅的亡灵。曾得到鲁迅指导的日本青年进步作家鹿地亘和妻子池田幸子也来了。茅盾当时正病羁旅途，未能赶回瞻仰遗容。

鲁迅遗体周围摆着花圈和花篮，灵堂里泛着淡淡的花香。鲁迅穿着深茶色长衫，静静地躺在灵床上，像刚从繁难的劳作中挣脱出来，只是作一刻的小憩……

瞻仰的人群有文化界人士、工人、店员、青年男女、学生，大家排着长长的行列肃穆地走进灵堂，行过礼，缓缓地绕过遗体，不少人哭泣着。许多受过鲁迅指导和帮助的文学青年更是徘徊灵前，久久不忍离去。其中有的请他改过稿子，或得到过资助，但却从未见过一面，此刻见到他时，竟已长眠不醒！来瞻仰的人不同年龄，不同职业，不同国籍，但脸上的悲哀是相同的……望着这悲痛的场面，萧军心中怅然若失。他觉得中国的文坛失去了支柱。

当天夜里，萧军和何庆夫妇等人负责守灵。因为前来瞻仰鲁迅遗容的人很多，吊唁一直延续到第三天上午。那位鲁迅介绍的青年木刻家来了，他在灵前伫立了许久，泪水模糊了眼睛。端木蕻良也来了，他见着萧军，嘴唇颤动着，眼圈发红："真让人痛心。我的小说稿先生只看了一半，他就撒手而去了……"

"他的死是全中国的损失啊！"萧军沉痛地感叹道，他的脸色很难看，短而粗的头发像发怒一般立着。

张春桥、马蜂也出现在灵堂里，他们穿着笔挺的西服，做出虔诚的表情。张春桥看见萧军还点了点头。站在萧军旁边的巴金冷淡地瞥了他一眼。一个伟大的人物倒下的时候，连他的敌人也会高唱赞歌。在鲁迅生前，他们把他视为眼中钉；他死后却来窃取他的巨大声望，以增加自己的资本。这种小人常常会飞黄腾达，在人世的舞台上不断地演出种种奇怪的话剧。萧军看透了这一点，对张春桥他仅仅报以冷冷的一笑。

十月二十二日下午，举行葬礼。

出殡的时候，万国殡仪馆门前已是人山人海，人们一齐拥上来，想最后看一眼鲁迅。萧军是出殡的总指挥，他在人丛中指挥着，嗓子都嘶哑了。

"诸位！"他站在礼堂台阶上高喊了一声，全场立即肃静下来。

"现在需要一百六十人扛挽联，一百人抬花圈。愿意替鲁迅先生扛挽联的请站在左边！愿意替鲁迅先生抬花圈的请站在右边！"顷刻之间，人群在草场上分成两边，挽联、花圈被高高地举起，中间是一幅巨大的白布遗像。有几幅挽联被撇在矮树丛里，东倒西歪。有人跑过来，翻开看了看，又扔在一旁——

"鲁迅先生要汉奸来哀挽吗？……呸！"

出殡开始了。十四位青年作家扶着鲁迅的灵柩上车，四周响起一片裂人心魄的抽泣声。蔡元培、宋庆龄亲自执绋，内山完造掌着一面大旗。队伍最前面是写着"鲁迅先生丧仪"的特大横幅，接着是挽联队、花圈队、挽歌队，整个送葬队伍将近万人，气势悲怆沉雄。沿途不断有人加入进来，送殡的队伍形成一股不可阻遏的洪流。缓缓地经过胶州路、极司菲尔路、地丰路，向万国公墓移动。

秋天的太阳发出惨淡的光。租界里，骑马的印度巡捕挂着枪，毫无表情地在行列两边巡逻着。队伍行进到中国界的虹桥路，接替的便是中国警察，他们穿着黑颜色的衣服，腿上打着白绑腿，枪上上着刺刀，如临大敌。这时，灵车后面的群众还在继续增加，送葬的队伍足足有二里多长！悲壮的挽歌连绵地唱着，声音粗哑低沉——

> 你的笔尖是枪尖，
>
> 刺透了旧中国的脸。
>
> 你的声音是晨钟，
>
> 唤醒了奴隶们的迷梦。
>
> 在民族解放的战斗里，
>
> 你从不曾退却，
>
> 擎着光芒的大旗，
>
> 走在新中国的前头。
>
> ……

街两侧，挤满了围观的市民，全都表情肃穆。挽歌用的是《打回老家去》的调子，路过一所日本学校时，游行队伍里有人突然唱出了"打回老家去哟"的歌声，人们的民族感情勃然迸发，都激昂地跟着唱起来。学校门口围着许多穿木屐的日本学生，一张张年轻的面孔露出惊奇。几个宣传队员把沿路散发的《挽歌》《哀悼歌》也发给了他们。日本青年低头展读起来。

下午五时许，送葬队伍来到万国公墓。阳光消失了。满地都是金色的落叶。公墓的门口，高悬着一幅"丧我导师"的横幅。一些穿着黑袍的天主教徒注视着送殡的队列，在围观的人群中，萧军突然看见了沈莉，她臂上戴着黑纱，朝萧军挥了挥手。

薄暮中，队伍分站在纪念堂前。宋庆龄、蔡元培、内山完造、沈钧儒相继发表演说。许广平女士悲痛地流着泪。天真的海婴被人抱着，手里拿着一块饼，好奇地望着四周。他还太小，还不懂得哀悼，这更增添了人们的悲痛。萧军代表"治丧办事处"和《译文》《作家》《中流》《文学》四家刊物致悼词，他的声音有些喑哑：

"……鲁迅先生不想死，不要死，也不到死的年龄，但他死了。"

群众立刻回答："鲁迅先生没有死！"

萧军激动地高举着手臂，接着说：

"鲁迅先生的死是他的敌人逼死的——是他的敌人要他死。他现在已经死了，难道他的敌人就胜利了吗？"

"没有！他的敌人绝没有胜利！"人群中发出山洪般的呼声。

天黑下来了。鲁迅的灵柩覆盖着一面白锻黑绒的旗帜，上面绣着"民族魂"三个大字。启灵时抬棺的十四个作家把灵柩抬了起来，每一个人的表情都是庄严的。

沉重低回的哀歌声里，鲁迅的灵柩轻轻地降入墓穴……

一弯微黄的新月从天角升起。深秋的风吹着墓地上的梧桐和黄杨的落叶，整个大地都唱起了哀痛的悲歌。

从昏暗的夜色中走出万国公墓，人们都怀着异样的感情。萧军拖着沉重的步子走出大门，隐约觉得有人在他的身旁。他扭头一看，发现是沈莉。

"你也来了。"他低声说了一句，眼睛仍然望着前方。

"……他死得太可惜了！"沈莉低垂着头，像是哀悼死者，又像是为萧军惋惜。

"是啊，他去得太早……"萧军叹息着，"才五十五岁。"沈莉的话和她手臂上的黑纱，使他感到一种慰藉。

他们向前走了一段，快到上车的地方了。

"你以后有什么打算呢？"沈莉关切地问。

萧军停下来，望望前面漫长的路。

"鲁迅的精神是不会死的。我们要踏着他血的脚印，继续走下去……"

"可是有人说你们'鲁门家将'，鲁迅一死，就要'树倒猢狲散'了！"

"让他们说去吧，我只管走自己的路。"萧军愤激地说。

送灵的车子已陆续往回开，最后一辆车也启动了。巴金和靳以从车窗里伸出头，大声喊萧军快上车。

萧军转过脸来，对沈莉说："你也上吧！"

"不。"沈莉迟疑了一下，摇摇头。

萧军一纵身上了汽车。车子开动了，车尾吐着青烟。沈莉咬着手指，忽然，她快步跑上去，拉住萧军伸出的手，跳上了车。

夜幕下，汽车消失在退潮般的人群中……

葬礼之后一个星期，萧军收到萧红从东京寄来的信。信是十月二十四日写的，也就是在萧红确信鲁迅死讯的第二天。她悲哀地写道：

> 关于周先生的死，二十一日的报上，我就渺渺茫茫知道一点，但我不相信自己是对的……昨夜，我是不能不哭了。我看到一张中国报上清清楚楚登着他的照片，而且是那么痛苦的一刻。可惜我的哭声不能和你们的哭声混在一道。

读到这里，萧军的鼻子酸了。萧红还不知道，当她确知死讯的那"痛苦的一刻"，这位巨人已经葬在万国公墓的地下！时间和空间的隔阂，使他们的哭声不能混在一起。两个被鲁迅安抚的"漂泊的灵魂"，竟被滔滔的重洋分开了，分得这样远，分得这样久……

十九 魂兮归来

上海外滩码头。汽笛声此起彼伏，一江春水泛着微波，水混浊得发黄。

一艘日本轮船靠近码头。旅客们拥挤着从舷梯走下来，有穿西服大褂的绅士商客，穿和服的太太，也有肩挑背扛的穷人，中国留学生。萧红提着一只皮箱下了轮船，她穿着暗红色的旗袍，脖子上围着一条白围巾，神情欣慰中掺和着怅惘。她向码头上张望，那映入眼帘的海关大楼尖顶、宽阔的街道、熙攘的行人，一切都是熟悉的，可萧红的心里总觉得缺少了什么。她立在码头上，感到孤独和空虚。

旅客们都快散尽，还没看见萧军。离开东京前几天，她曾写信告诉他到沪日期，然而他没有来！萧红提着小皮箱，站在街头，向四处茫然地顾盼。一辆出租汽车开过来，她挥了挥手。"小姐到哪里？"司机问。

萧红踌躇了一下："到北四川路大陆新村。"

汽车沿着外滩向北驶去，车窗外掠过华丽的橱窗、匆忙的行人、包着头巾的印度巡捕，似乎一切都没有变，苏州河里的水仍然是黑浊的。当初为了寻找鲁迅，她同萧军曾在这里徘徊。

半个多小时以后，汽车开到施高塔路大陆新村里弄口，萧红下了车。这条路她不知走过多少次，真想一步就迈进那熟悉的门槛，扑到许广平怀里，痛哭一场，但她的腿却沉重得迈不动。

她慢慢走进铁门，吃惊地站住了。

鲁迅寓所的大门落着锁，窗户紧闭着，窗台上落满了尘土。

房屋依旧，人事全非。寓所不见了主人，显得空荡荡的。

萧红两颊挂着泪珠，站在庭院里，手上还提着皮箱。

她呆呆地望着带花纹的铁条窗框，一阵心酸。许广平同她曾在那前面照过相；七月十五日那天，鲁迅送她出来，就是站在那窗边的。想不到那竟是同先生的最后一面！她的耳畔又响起了临别时和鲁迅先生的一段对话：

> "……先生没看见吗？今天天晴了，出太阳了。"
>
> "红姑娘，你好像有什么心事？"
>
> "谁又能没有心事？我胸中积满了沙石。"
>
> "应该看得远些，想得开些，不然要伤身体……"

萧红的手松了，手里的皮箱掉地。她再也忍不住，掩面恸哭起来……

天空是灰暗的，乌云好像泼墨的云絮一样浓黑。

萧红从大陆新村出来，径直走到内山书店。内山完造正同一位顾客谈话，见到她，立即迎了出来，犹如看到一个迟归的游子，他脸上浮现出欣喜和悲哀。"萧红女士回来了？"

萧红默然点头。

"大先生去世前还在惦记你……"

萧红的心如刀割一般，她真懊悔，自己在东京竟没给先生写过一封信，这个遗憾，现在已无可挽回了。

"周夫人好吗？"她眼里含着泪。

"她心情一直没有平复。为了换个环境，暂时搬了住处。"

"哦……"

"东京还习惯吧?"内山问起自己的故乡。

"病态的城市,病态的民族,老百姓同中国一样苦……"萧红感叹地说,"战争的气氛也愈来愈浓,我真有些担心上海……"

内山完造脸上掠过一丝阴影。

"内山先生,打扰您了!"

萧红提着小皮箱,告辞出来,搭上了电车。她不明白萧军为什么没来接她。也可能信没寄到吧……到了法租界的霞飞坊,按萧军信中说的地址,找到他的住处。这是一幢三层楼房,萧红登上三楼,已经有些气喘。她掏出手绢,在脸上擦了一下,才开始敲门。

门开了,一个陌生的小伙子,二十来岁,手里捏着钢笔,吃惊地望着她。

"您找谁?"一说话,他脸就红了,话里带着东北口音。

"请问萧军是住这里吗?"

"是的。他到商务印书馆去了。您是?……"

"我是萧红。"

"哦!听说您要回来,"小伙子肃然起敬,搔搔头,不好意思地说,"我借这里抄点东西,那边太闹……"

萧红走进屋里,四处打量了一下。房间不算大,但很凌乱,床上的被子揉成一团,桌上的书报堆得像梯田,中间摊着一大沓没有抄完的稿笺。房间的内侧,还有半小间。

那个年轻人还站在屋中间发窘。

"抄你的吧,没关系。"萧红说。

他这才重新坐在桌前埋头抄起来。

这时,墙上的两幅画吸引住萧红的目光。一幅是她画的那张萧军赤膊写作的速写,纸已微微发黄,但保存得很好;另一幅是鲁迅的木刻肖像,装在镜框里,四周围着一条黑色的绸带。镜框下方贴着一张纸条，上面写着四个浓黑的大字："魂兮归来"。

凝视着这幅肖像，萧红的心里梗塞起来，泪水又涌上眼眶。

"你知道萧军什么时候回来吗？"她用发颤的声音问。

年轻人抬起头，手里仍然捏着笔："说不一定，天天都有人找，他忙得很。"

他知道我回来，却不来码头接，原来是因为"忙得很"！遥隔千里，分别半载，他竟这样……萧红感到说不出的失望和惆怅。

她站起来，朝屋外走去："我先走了，皮箱暂存在这里。"

"天要下雨的样子，您怎么？……"青年慌忙站起来。

"没有什么。"她摇摇头，茫然若失地走下楼去。偌大的一个上海，到哪里去寄托自己的哀思？

万国公墓，一片烟雨。

萧红双手捧着一束洁白的鲜花奉献在鲁迅碑前。雨水淋湿了她的衣裳，她全然不知觉。

她久久地、久久地伫立在鲁迅墓碑前。一支悲切、深情的歌，从她心底袅袅升起：

> 泪涔涔，雨霏霏，
> 远渡重洋归；
> 归来不见先生面，
> 野草掩墓碑。
> 路遥遥，夜漫漫，
> 今生难再会；
> 我愿化作一支笔，
> 来世永相随。

墓碑下，芳草萋萋，冷雨纷飞……

萧红悲伤的脸上，泪水掺和着雨水流淌。

忽然雨线断了，一把雨伞遮在萧红头上。萧红回头，原来是萧军站在她面前。

萧红、萧军在淅沥的雨声中相互凝视。萧军穿着雨衣，他变瘦了，脸上带着沉重的表情，但一双眼睛依然炯炯有神。

"你回来了？"他的话中含着欣慰和爱。

萧红默然地点点头。

"我到商务印书馆联系印刷先生的几本遗著，赶到码头时晚了……"萧军解释，"到处都找了，我知道你会来这里。"

萧红伏在萧军胸前，嘤嘤地哭起来，萧军抚摸着她的肩头，悲喜交集。两颗孤寂的心，经过一段痛苦的分离，在这一瞬间，又重新结合起来！在鲁迅的墓地，在恩师的碑前，他们的哭声混合在一起……

晚间，何庆夫妇在霞飞路一家饭店为萧红洗尘。萧军的一些文坛朋友作陪，其中有的是萧红不认识的新交。酒席桌上，萧军态度亲切、和蔼，一再劝萧红少喝酒，萧红却喝了几大杯。

回到霞飞坊住处，夜色已浓，四周亮起了灯火。萧红和萧军在小屋里相对而坐，久别重逢，满腹的话竟不知从何说起。月光从窗口斜射进来，小屋子沉浸在一片银白的薄暗里。

"小海豹总算游回来了。"萧军首先打破沉默。

萧红嘴角露出浅笑，温柔而矜持。

"路上很辛苦吧？"

"你现在才想到问我。"

"给我带回来什么小礼物吗？"萧军的表情像个大孩子。

"没有。"

"什么都没有？"

"没有。"

"几个月你不想我？"萧军有些失望，两眼灼灼地望着萧红。

"想，又不想。"

"红！……"萧军狂热地握着萧红的手。

萧红抬起头，双目含情。

"天天都在想你……"萧军把萧红搂在怀里，如饥似渴地吻她。

他身上那股熟悉的、带有野性的生气勃勃的力量，又像浪潮般涌来，冲击着她。萧红偎着他宽厚的胸膛，像偎着一只火炉，她感觉到一种温暖，但又担心那炙人的高热会使自己融化。

"真的？"她的脸发着烧，两眼低垂。

"当然是真的！你终于给我'滚'回来了。"

"也许我还要走……"

"到哪里去？"

"我也不知道。"

"别胡思乱想了，我再也不让你离开我！"萧军拥抱得更紧，更热烈。

在这茫茫的月夜里，曾为一个伟大作家抚慰、教诲的"两个漂泊的灵魂"，又重新拥抱在一起，开始了新的生活。领路的人已经离去，他们将沿着他留下的足迹，继续前进，为着中华民族的解放事业，为着光明和理想……

第二天，他们去看望了许广平。这时萧红才知道，许广平也住在霞飞坊，她看到萧红，悲戚地叫了一声"红姑娘……"。

萧红把在东京买的那本画册恭敬地交给了许广平。"这本来是给周先生的，请您收下吧！"萧红泫然泪下。

"谢谢你。"许广平抚着萧红的肩头，感动地说，"先生在《遗嘱》里曾说'忘掉我'……忘掉他吧！"

"不！先生的恩德我永远也忘不掉……"萧红泣不成声。

每一个人都感觉到，鲁迅去世留下的空白，是无法填补的。生者只有继承死者的遗志，完成他未竟的事业。

当天晚上，萧红带着深切的怀念，写了一首《拜墓》诗：

跟着别人的脚迹，
我走进了墓地，
又跟着别人的脚迹，
来到了你的墓边。

那天是个半阴的天气，
你死后我第一次来拜访你：
我就在墓边竖了一株小小的花草，
但并不是用以招吊你的亡灵，
只是说一声："久违。"

我们踏着墓畔的小草，
听着附近的石匠钻刻着墓石
或是碑文的声音。
那一刻，
胸中的肺叶跳跃起来；
我哭着你，
不是哭你，
而是哭着正义。

你的死，
总觉得是带走了正义，
虽然正义并不能被人带走。

我们走出墓门，

那送着我们的仍是铁钻击打着石头的声音，

我不敢去问那石匠，

将来也为着你将刻成怎样的碑文？

萧红写完诗，已是深夜。四周一片寂静。萧军也没有入睡，他拿起《拜墓》诗，读后颇有所感，从桌上那堆梯田式的报刊中，抽出一本《申报文艺专刊》，翻到其中的一页，递给萧红：

"这是叶紫的悼诗，同你的一样，发自肺腑的悲泣。"

萧红接过一看，叶紫的诗标题是《哭鲁迅先生》，全诗二十五行，诗人的悲恸和深沉的爱宣泄无遗。萧红读了几行就读不下去了。

但是我怎能不哭呢？

我们不但是死了伟大的导师，

伟大的战友，

而且失掉了伟大的民族的魂魄。

这——我怎能不哭呢！

……

"叶紫在哪里？"萧红关切地问。

"已经不在上海，被朋友送回乡下养病去了。"萧军神色黯然地说，"病得很重！"

"什么病呢？"

"和鲁迅先生的病一样，可他只有二十五岁，太可惜了！"

房间里一片沉默。

萧军抱着臂，望着窗外的沉沉黑夜，悲哀地说："不知为什么，有才华的战士总这样短命，他们像彗星一样，匆忙地划过天空，就消失了……裴多菲也才活二十六岁，聂耳二十三岁就夭折了，白莽二十二岁遇难……"

萧军的话里含着无限的感叹。他犹豫了一下，转过身来，沉重地对萧红说："想不到，我们的另一个朋友剑啸……"

"有他的消息啦？"萧红有一种不祥的预感。

"也遇难了！"

"真的？"萧红震惊得发抖。

"死得很壮烈，是日本人杀害的！就义时只有二十六岁。"

"怎么知道的？"

"前不久从东北逃来一个文学青年，叫骆宾基，与剑啸相识。他讲了一些关于剑啸的情况。我们逃离哈尔滨后，剑啸在极端险恶的环境下一直坚持斗争，他写的长诗《兴安岭的风雪》，歌颂了一支由三十二人组成的抗日联军的壮烈斗争，使日寇大为震动。他得着肺病，被日本宪兵打得遍体鳞伤……殉难前还大声地朗诵高尔基的《海燕之歌》！"

"朋友们都一个一个地离开了我们……"萧红脸上挂着两行泪水。在她眼前浮现出剑啸的笑影，那年轻的面孔，不整齐的牙齿，圆镜框后面一双微笑的眼睛，就像木刻一样清晰。

"骆宾基把剑啸的那首长诗偷偷带出来了，我们在沪的东北作家，准备在周年祭时给剑啸出个集子。"萧军说。

"骆宾基是个什么样的人？"萧红佩服他的勇气。

"就是昨天在这里抄稿子的那个青年，写了个长篇，茅盾已答应给他推荐。"

鲁迅的死，叶紫的病危，再加上金剑啸的遇难，使萧红陷入极度的悲痛之中，她的心里蒙上一层阴影。但是萧红并没有悲观消沉，她擦干眼泪，准备拿起笔，投入新的战斗。

不幸的是，没有多久，她的个人生活又出现了爱的空隙。萧军忙于政治活动和频繁的社交，很少时间在家里。萧红明显地感觉到在萧军周围聚集了一群人，他们都是有朝气、有才干的文学青年，但对她却很陌生。这些人到家里来都是找萧军的，她成了"局外人"。

一个初夏的下午，萧红系着围裙，哼着东北的家乡小曲，正在厨房里切菜。

外屋响起敲门声，萧红开门，见到两个陌生的青年，手里拿着稿子。

"萧军在家吗？"一个青年问。

"他不在，请进吧。"

"那我们改日再来。"另一个说。

萧红默默地回到厨房，切完菜，又和面，脸上沁出汗珠。

不一会儿，又响起敲门声。

萧红开门，是一对中年夫妇。男的西服革履，戴一顶法兰西小帽，女的涂着口红，像是一对演员。

"我们找萧军先生。"

"对不起，他还没回来。"

男的还想再说什么，被女的拉了一把："我们走吧。"

客人离去，萧红回到厨房，神情寂寞。

傍晚，萧军回来了。萧红端上饭菜，有馅饼、酸菜肉丝汤，还有几碟小菜。

萧红、萧军对坐用餐，默默无言。

萧红望着萧军的眼睛，她心里想："你的眼睛在说，瞧我的妻子，她除了会写文章，还会烧一手好菜……"

萧军望着萧红的眼睛，他心里说："你的神情告诉我，你并不甘心于操持家务；但我是丈夫，你是妻子……"

二人默默地吃着饭，餐桌上只有碗勺的磕碰声。萧军并没有意识到，在这沉默中，潜伏着一种感情上的危机。他太自信了。晚饭后，他披上外衣，照样去参加朋友们的聚会。

萧红独坐灯下，脸上露出呆想的神色。她顿时回忆起在哈尔滨"北极星"旅馆的那第一个晚上来，黑列巴涂盐度蜜月的第一顿晚餐。可那已是多么遥远的事情，一切都改变了，现实中的明天和她想象的是多么不同啊！

二十　我心残缺

　　一连几个星期，萧红越来越沉默了。

　　在东京她是寂寞的，回到上海她同样被寂寞和哀愁所包围。她从来没有怀疑过自己对萧军的爱，她仍然深深地爱着他，但是她忍受不了被冷落的痛苦。萧红不明白，做丈夫的为什么总是以家庭的主宰自居，女性的天空为什么这么低？她也不理解，萧军成名之后怎么变得这么自负和冷淡？去年夏天"决斗"后的那件事，总不能从记忆中抹掉，她不愿朝这方面去想，但却有一种隐隐的伤痛在刺着她，刚刚愈合的感情伤口，又开始渗出血来……

　　她的心灵是细致的、敏感的，她崇敬萧军那种具有宏大、宽博的灵魂的人，但是这种灵魂又使她女性的自尊受到了伤害。她不愿意做男人的附庸，哪怕是自己倾心相爱的人；她的人性应该是独立的，同男性平等的。但是社会的偏见，封建时代留下来的习惯势力，却使她的憧憬一再幻灭，希望一再落空；再加上鲁迅先生的逝世，使她失去了精神上的支柱和抚慰，终于陷入了难以解脱的矛盾和痛苦中。她开始失眠、咳嗽，深黑的眸子里常常含着悲哀。可是，粗心的萧军却没有注意到这一点。有时萧红咳得喘不过气来，他才端过一杯水放在旁边，又照样忙自己的事去了。这种近于冷漠的怠慢，深深地刺痛了萧红。

　　在寂苦中，萧红格外思念她的弟弟，她觉得这是她唯一的亲人了。可是弟弟远在东北，音讯杳无。从日本归来时，她曾给弟弟去过一封信，叫他来上海，但一直没有消息。这更加深了她的寂寞。

这时，震惊中外的七七事变爆发了，日本帝国主义发动了全面的侵华战争，中华民族到了存亡的关头。不久，战火蔓延到上海，日军于八月十三日炮轰闸北一带，并袭击虹桥机场。翌日，日本飞机在最热闹的大世界扔下炸弹，被炸死的行人血肉狼藉，几百米外的玻璃窗都被震成碎片。随着时局的紧张，上海随时有沦陷的可能，一些进步的文化工作者开始向内地撤退。

有一天，萧红在南京路上遇到聂绀弩夫妇。

"红姑娘，我们要走了。"聂夫人说。

"到哪里？"

"去武昌，不少朋友已先走了。"聂绀弩亲切地望着她。

"那我同你们一道走吧。"萧红的眼睛突然亮起来。

"你一个人吗？"聂夫人问。

"一个人不行吗？"

"嗯——"聂绀弩踌躇了，他说，"要问问萧军肯不肯。"

"为什么要问他呢？"萧红再一次感觉到自己的从属性。

聂绀弩夫妇笑着走了。

回到家里，萧红同萧军谈起这件事。他自然不同意。萧军并不准备走。他漫不经心地说："没那么严重。"

萧红随便翻阅着桌上的报纸，一则广告吸引了她的注意：

　　白鹅私立画院招生：教授素描、油画，师资优良，兼顾食宿，欢迎有志青年踊跃报名。

　　地点：吕班路一一六号。

这则广告登在报纸的一角，只有寥寥几行，萧红的目光却在上面停留了许久，特别是"兼顾食宿"四个字，像磁铁一样吸引着她。萧红读罢广告，脑海里闪过一个去画院的念头。究竟为什么会突然产生这个念头，连她自己也不知道。与其说是她艺术天性的召唤，不如说是要找寻一个感情的"避风港"。

她偷偷给画院打了电话："是白鹅画院吗？请问你们那里还招收寄宿学生吗？"

"是的，小姐。"接电话的大约是画院执事。

"还有床位吧？"

"女生的还有。"

萧红放下电话，似乎感到有了一线希望。但她这时还只是在思考，并没有行动。

这天晚上，家里来了好几个客人，都是萧军的朋友。他们围在桌边，喝着酒，高谈阔论。

萧红躺在里屋的小床上，思绪纷繁。昏黄的灯光从门缝泻进来。

在外间，喧声笑语。

"也请尊夫人喝一点吧。"一个朋友说。

"她睡了，我们喝我们的吧。"萧军端起酒杯一饮而尽。

"萧红的《商市街》又再版了，销路不坏。"另一位编辑朋友说。

"她的散文有什么好呢？无非是信手写来，如实地记录些琐碎生活和内心体验罢了。"萧军酒兴上来，信口说道。

另一朋友迎合说："文章的结构也不坚实。"

"萧军，听说你和萧红的结合是带有传奇色彩的……"

三杯下肚，萧军的脸上已泛起红潮，有些飘飘然起来。

"给我们讲讲吧。"编辑朋友拍了一下他的背脊。

萧军略带傲慢地说："没有我，哪有今天的萧红！"

"她最近好像总有什么心事。"

"她呀，总是多愁善感，心高气傲……可我喜欢尤三姐、史湘云，不喜欢林黛玉！"

刚说完这话，众人都怔住了——

里间的门不知什么时候开了，萧红出现在门边。萧军和他的朋友们都十分尴尬。

"你没有睡着呀？"萧军颇为意外，酒也醒了一半。

"没有。"萧红尽力用和婉的语气说。但目光却是冷峻的。

深夜，萧红和萧军各睡一头。萧军沉沉入睡，打着鼾。萧红翻了个身，又想起了刚才的那一幕。她伤心地想，是的，每天我承担家庭主妇的操劳，而你，到了吃饭的时候一坐，有时还要悠然地喝两盅，在背后却和朋友们鄙薄我！她轻轻地下了床，找到箱子，发现里面只有十二元钱了，她数了数，留下一半。她的思想在激烈地斗争着。七年前，她就是从家里逃出的，那是一个可憎的封建家庭，没有温暖，没有爱……难道现在她又要出走了吗？这个家是她自己建立的，经过多少风雨和患难！这里的一切都留下了她同萧军相爱的痕迹，桌上的笔，墙上的画，窗台上的盆花，每一样东西都能唤起幸福的记忆，她真舍不得走。萧红慢慢地关上箱子。

这时，萧军翻了一个身，又酣然睡去。萧红望着他的背影，想到连日来遭受的冷遇，这个家没有温暖，尤其没有相互的尊重。让她委曲求全是难以做到的。她又打开箱子清理衣物，无意间发现箱底压着一封信，笔迹好像在哪里见过。她下意识地抽出信笺，借着昏暗的灯光看了看，才发现是沈莉的情书。

萧军：亲爱的！

我就要离开了，也许是和你永别。上海几年，简直像一场梦……为什么还要继续折磨我自己，摧残我自己呢！这种"苦酒"我再也不愿喝了。我爱你！永远爱你！但，你是属于红的，你们是天生的一对，不可分割的一对！愿你们幸福！永远幸福……明天早晨九点开船，但愿在码头最后见你一面。

莉

顿时，她觉得周身的血液都涌上头顶，她手指发抖，心在痛苦地呻吟。她不支的身躯颓然倒地，两眼空茫地望着前方，恐怖、绝望、无告、孤苦……种种不幸都向她袭来，眼前一片黑暗……

不知过了多久，她才慢慢爬起来，带着自己的小提箱，打开门，悄然出走了。

街上是一片苍苍的白色，像是月光，又像是晨光；闸北方向，火光烛天，不时传来枪炮声。这是一个多么痛苦的夜啊！国家的灾难和个人的不幸扭结在一起，使人欲哭无泪，欲悲无声。

萧红手拎提箱，踯躅街头。

东方透出曙光，街上开始有了行人。萧红沿着吕班路朝南走，一边数着门牌号数。她在一一六号门前停下来。这是一幢尖顶小楼，铁栅门还关着，门旁钉着一块不大的木匾，枣红色，上面果然刻着"白鹅私立画院"六个字，下面是一排英文。

萧红在清晨的寒气中等了约半个时辰，铁栅门开了。一个身躯肥胖、面色发红的妇女走出来，听萧红说明来意后，把她带到画院的执事那里。执事是一个身材修长、整洁端正的老人，胸前挂着一个小十字架，正在进早餐。他只做了一些例行的询问，就叫胖妇人带萧红去办手续。当天上午，萧红就开始到画室上课，她总算找到了自己的"避难所"。

教素描的是位犹太画家。他是个戴金属框眼镜的小老头，性情十分活泼。嘴里总叼着一支雪茄，说起话来滔滔不绝。萧红才来两天，就得到他的赞赏。

第三天画人体素描，台上摆着一个石膏人体模型，各部位肌肉轮廓清晰。十几个学生坐在画架前，聚精会神地画着。萧红夹在学生们中间，洒脱地挥着手中的炭笔，神情专注。

犹太画家从一个画架走向另一个画架，不住地指点着。当他走到萧红身后时，站住了："你的素描功底很不错。"画家脸上露出满意的表情。

萧红难为情地含着笑："您过奖了。"

"素描是一切美术之母，画家只用一张纸一支炭笔，靠黑白对比，就可以像魔法师一样创造出形象的世界，这真是奇妙。"犹太画家吸着雪茄，谈兴颇高。

"小姐今年多大了？"过一会儿他问，似乎发现了天才的苗头。

"二十六岁。"

"结婚了吗？"

萧红迟疑了一下。

"没有。"她也不知道为什么这样说。萧军不是她的丈夫吗？为什么自己要否认呢？

"还是一个人好，这样可以把整个心灵献给艺术。"犹太画家高兴地说，"库尔贝、莫罗、凡·高这些大画家都是单身汉，达·芬奇也没有结过婚。在艺术史上，曾有多少天才被庸俗的家庭生活埋葬了……"

萧红苦笑了一下，她记得在哈尔滨时，有一次中学美术老师来看她，也说过类似的话。

"真正的画家是受心灵指导的。这是荷兰画家凡·高的名言。心灵高尚的人，他的画也一定高尚。"犹太老头这一次是向全体学生讲的。

萧红望着这个犹太小老头，眼里闪着尊敬的光芒。她觉得自己的青春和幻想在艺术中复苏了。

"没有颜色的美术照样是美妙的，丰富多彩的，这就是素描的魅力……"犹太画家继续发表着他的宏论，这时画院执事悄悄走了进来。他瞥了萧红一眼，然后走到画家身旁，凑近他耳语了几句。

犹太小老头脸上露出惊异和惋惜的表情，他用德语和执事争执了几句，但无济于事，他终于耸耸肩，同情地瞅了瞅萧红，不出声了。

执事走到萧红面前说："你，不要画了。"

"为什么呢？"萧红睁大了眼睛。

"画院不能收你做学生。"执事的脸色阴暗。

"我不是已经入校三天了吗？"萧红争辩。

执事毫无表情地说："原来你是个有丈夫的人，你丈夫不同意，画院是不能留你的……走吧，你丈夫派人来领你了！"

在一刹那，萧红尴尬极了。全画室的目光都向她射来。叭，炭笔落在地上，摔碎了。萧红在众目睽睽之下，低着头，失神地跟着执事向外走去。

走出画室——果然，萧军的两个朋友等在外边。其中一个是那天晚上在家喝酒的，他迎上来说："我们好不容易找到这个地方……"

萧红冷冷地说："让你们费心了。"

在两个押送者的伴随下，萧红拎着小提箱，俘虏一般走出画院的大门。

天是晴朗的，蓝得透明。萧红的心情却是阴暗、沉重的，脸上布满乌云。她的耳畔仿佛响起了弟弟那熟悉的声音——那是七年前，为了反抗父亲的包办婚姻，她出走以后，一天，在哈尔滨街头，她意外地碰到了弟弟。

"吟姐，天冷了，回家去吧，家里人都在盼望你的音讯咧！"

"那样的家我是不想回去的。"

"那你就这个样子吗？你瘦了，快要生病了，你的衣服也太薄啊！"弟弟的眼睛充满着爱和怜悯。

"你不用管姐姐，快上课去吧。"

"吟姐，我走了。"弟弟走了几步又转回来，"吟姐，你总不能这样漂流着，太孤寂了，我看你还是回家的好。"

"那样的家我不能回去，我不愿受同我站在两个极端的父亲的豢养。"

弟弟终于难过地走了，留在她心底的是深黑色的眼睛和一缕微温的安慰。

寒风拂着她的脸颊，她的心虽寂寞、悲凉，却又高傲。

萧红在萧军的两位朋友的护卫下，昂头走在大街上。她的心在痛苦地抗议、呻吟："那样的家我是不能回去的，不能回去……"

他们乘了一段无轨电车，回到霞飞坊寓所。

萧红进屋，不认识似的冷冷地望着萧军。

两个朋友说了声："人找回来了，我们走了。"便掩门离去。

萧军默默地望着萧红，眼睛里充满着爱怜，轻声说了句："红，让我们互相原谅。"便上前搂着萧红。

萧红竭力抗拒着，躲避着他的吻："你听我说，你听我说……"

萧军松开了手。

"萧军，让我走吧！"萧红痛苦地说。

"你要干什么？"萧军火灼灼地望着她。

"反正现在上海局势紧张，很多作家都转移到内地去了，我也要去。"

"到哪里去？"萧军不安起来。

萧红想了想："武昌。"

"武昌？"萧军笑了。

"聂绀弩他们已经在那儿了。"

萧军沉吟道："他们走时你就想跟去，他们不是说，'要问问萧军肯不肯'？"

"别以为我只能同他们一块走，我一个人也可以走。"

"不行！"萧军肯定地说。

"我是我，不是你的！"萧红决然地答道。

"是，是的，是我的！"萧军执拗地说，"因为我们……爱！"

萧红凄切地哭了："不，萧军，你把我从那个笼子里救出来，我感激你；可你又把我关在你的笼子里，我诅咒你！"

"可是，"萧军第一次感到自己害怕失去萧红，他竭力镇定着，狡黠地说，"如果你从我这儿飞走，又落进别的笼子里？"

萧红怔住了。一会儿，她说："不会的，没有一个笼子能够关住我……没有的……"

萧军心疼地说："算了，算了……你还没吃饭吧？你等着，我去买，买你最爱吃的小笼包子。"说着，从衣挂上摘下帽子扣在头上，飞也似的推门跑了。

萧红呆呆地坐在桌边，脸上露出痛苦的神色，思绪纷乱。突然，她抓起纸笔，匆匆地写了两行字，然后，又拎起提箱，向外走去。

走到门口，她停下来，含着泪最后看了一眼屋子。风掀动着窗帏，窗台上摆着一盆茉莉花，过去她每天清晨都要浇水的；临窗的桌上，散乱地摊着稿笺，一把装在赤牛皮套子里的短刀，露着镶着铜皮的刀柄，那是萧军的防身武器。墙角立着一架六弦琴，箱子上散放着一些衣服。她的目光最后触到墙上那幅萧军的速写背影画，像触到电一样，她的心悸动了一下。那是她亲笔勾勒的呵！简直像一片影子，一场幻梦……那黑炭的线条，此刻看起来格外粗黑……萧红的嘴唇颤抖着，她痛苦地转过身，离开了这个家。

半个小时以后，萧军捧着一包食物回来了。"小海豹，包子买回来啦！"他一边跑上楼，一边高兴地喊叫。

可是屋里没有人答应。进门一看，屋里空空的。地上散落着一些稿笺。

萧军怔住了，手里的包子全部落在地上。他突然发现桌上留了一张纸条，一把抓过来，看见了萧红娟秀的铅笔字迹：

命运的力量使我们结合，而思想的力量又让我们分手……让我们分手吧……

一刹那，萧军意识到自己失去了最宝贵的东西。为什么、为什么到现在才意识到呢？萧军猛地把那张纸团在手心，泪水涌出眼眶。

傍晚，黄浦江码头笼罩在一片烟雨里。一些难民扶老携幼，挤着上一条即将开往武昌的江轮。萧红夹在人群中，吃力地提着皮箱，步履蹒跚，头发被雨打湿了，贴在脸上。

萧军发狂地跑到码头上。一声汽笛长鸣，江轮起航了。萧红立在甲板上，失神地望着夜雨中江岸的灯火。

码头上，萧军遥望着远去的江轮，独自徘徊着。他没有带雨具，浑身已被雨水湿透。他的心里刮起了风暴。

雨下得更大了，雨线像鞭子一样抽打着他。萧军怅然地离开码头，仿佛听到一个悲怆的声音叩击着他的心扉：

> 孤独地踏着
> 人生的小道，
> 一遍又一遍
> 全是那曲调：
> 我心残缺，
> 我心残缺……

萧军回到住处，已是夜里十点多钟。他跨进房间，站在门口呆呆地望了一会儿。床、桌子、墙上的那幅速写、窗台上的盆花……一切都和原来一样，但是屋里静得让人透不过气来，这个小房间，仿佛变得出奇地荒凉了。被雨淋湿的衣裤贴在身上，他也不觉得凉，痛苦使他的感觉变得麻木了。找谁去诉说心中的悔恨呢？

萧军走到写字台前，从抽屉里取出日记本，凄凉地写了几句：

这是夜间十时十分。

她走了！从码头回来，我看着那空旷的床，我要哭，但是没有泪，我知道，世界上只有她才是真正爱我的人。但是她走了！……

萧军坐在床沿，懊丧地捧着头，呆然失神地望着地板。久远的一些往事——滨江旅馆，那首"春天来了"的小诗，医院，红叶，商市街，《跋涉》……宛如空中的絮云，一丝一缕浮上心头。

这时，一阵有礼貌的敲门声把他从回忆中唤醒。萧军打开门，见是两个年轻人。一个是骆宾基，满脸兴奋；另一个不认识，圆圆的脸，深黑的眼睛，眉宇间带有一种他熟悉的影子。萧军的心猛然一震。

"大哥，他就是萧红的弟弟秀珂，下午刚到。"骆宾基热情地介绍。

"啊！快进来，快进来！"萧军意外地感到悲喜交集。

秀珂年龄和骆宾基相近，个头略高一点，举止动作比较老成，萧军第一个印象就觉得他性格内向。小伙子不但模样憨厚纯朴，眼睛也长得很像他姐姐，萧军初次见面，就喜欢上了他。

两个年轻人坐下以后，似乎觉察到有些异样。萧军身上的衣服这时已差不多被体温烘干，但头发还是湿的，像公鸡尾巴一样翘着，他竭力掩饰着不自然的表情。

"你下午到的，怎么现在才来？"他问秀珂，话里含着无限惋惜。

"在街上碰见骆宾基了，我们是中学同学。"秀珂说。

"于是乎，我请他上华东饭店吃了一顿罗宋大菜，昨天刚得到的稿费。"骆宾基得意地补充道。

"唔……"萧军默然了。

"大哥，我姐姐呢？"秀珂环视了一下房间。

"她走了。"萧军沉痛地说。

"走了？"秀珂感到意外，一下站了起来。

骆宾基也有些诧异。

"刚走。"萧军双手抚着秀珂的肩头，让他坐下，长叹一声，"要是你早来几个小时，她也许就不会走了……"

"她到哪里去了？"秀珂又站了起来，脸上现出失望的神情。

"很远的地方。"

"……"

"不要难过了，先住在这里吧。"萧军像宽慰自己的亲弟弟一样，对秀珂说，"你来上海准备干点什么？"

秀珂的情绪好了些，答道："写作，也像你和吟姐一样。"

"他在学校里作文常常名列前茅，"骆宾基说，"写作一定有希望。"

"作文和写作不完全是一回事。"萧军沉吟着，在地板上来回走动。他心头似乎很激动，突然抬起火辣辣的目光，断然地说："不，靠笔救不了中国，要靠枪！你们听闸北那边的枪声，写几篇小说，能阻止日本侵略者占领上海吗？"

"那大哥说应该怎么办呢？"骆宾基容光焕发。

"投笔从戎，到抗日前线去！"萧军慷慨激昂。他多年的宿志，在这沉痛的时刻突然迸发出火焰了。

秀珂没有讲话，但那双黑眼睛也一下亮起来。

"不过，你姐姐是不会同意的。"萧军朝秀珂苦涩地一笑。

"姐姐会让我自己选择。"秀珂自信地说。

"可惜她走了……走了……"萧军喃喃自语。

"她去什么地方了？"秀珂同情地望着萧军。

"武昌。"

二十一　昨夜的明灯

江汉关码头，黎明前雨雾蒙蒙。

江轮缓缓靠近码头，响起"哗嘟嘟"下锚的声音。

萧红夹在拥挤的旅客中走下轮船，她穿着一件黑绒旗袍，面容苍白憔悴。

萧红提着箱子，一步一滑，渐渐落在旅客后边。她衰弱而疲倦，不时用手捂着肚腹。突然脚下一滑，她摔倒了，箱子滚在路边。她挣扎着，但已经精疲力竭，再无力爬起来了。她躺着，天上飘着雨丝，地上到处都是积水，四周不见一个人影，她心里呈现出一种荒芜般的平静。

她朦朦胧胧地想起了童年，想到了死。呵，她又看见东北老家房后的菜园长满了各种蔬菜和花草——有紫色的茄子，红通通的西红柿，嫩绿的黄瓜，还有五彩缤纷的花朵，这是她儿时生活的唯一乐园。父亲和继母不喜欢她，祖母也古板怪癖。她生活在一个冷酷无情的家里，只有善良的老祖父疼爱她，理解她。记得她五岁那年的夏天，一次她躲在菜园里玩耍，天下起雨来，雨丝落在脸上，凉飕飕的。她从酱缸上搬下又大又深的缸帽子，扣在头上，活像一个大蘑菇。她一边一路摸索着，跌跌撞撞地走到后门口，一边高声地叫着爷爷。她刚刚翻过门坎进到屋里，被父亲狠狠一脚踢翻在地上，差点滚到灶坑里。不知谁把她抱了起来，她才发现满屋的人都穿着白衣裳，戴着孝。原来是祖母死了。整个房间里笼罩着阴森森的气氛。她吓得尖声叫了起来……

萧红睁开了眼睛，发觉全身已经湿透。她想挣扎起来，试着动了动，又是一阵昏眩。

她想："……也许我要死在这里了……死倒没有什么可怕，但我不明白，为什么残酷的命运总是伴随着我……就这样死掉，心里总有些不甘。我和这世界总像还有什么联系，我还有许多事情没有写出来……"

雨渐渐停了，萧红依然躺在地上，天色稍稍有些发亮。一位赶早来上班的老船工走过这里，看见躺在雨水中的萧红，连忙上去把她搀了起来。萧红看见他那飘拂的白须、慈善的眼神，觉得他很像自己的祖父，不同的只是他的皮肤更黑，脸上的皱纹更深、更密。普天下还是有好人啊！这陌生老人的面影，深深地印入她的脑际。这是一张普通的面孔，劳动者的面孔。老船工背起萧红，提着她的箱子，踏着泥泞，快步走向街市。

萧红被送到武昌小金龙巷，那里住着许多上海来的作家、诗人，聂绀弩夫妇也在那里。

萧红躺在床上，不时咳嗽着。

聂夫人端着一杯牛奶走进来，把牛奶送到萧红跟前："喝点吧。"

萧红摇摇头："我不想喝。"

"你几天没怎么吃东西了，这样下去身体要拖垮的。"

萧红端起杯子，勉强喝了两口。她的脸色白得像蜡。

聂绀弩提着两包中药进来，把药交给聂夫人，说："刚给她抓的药，快去煎吧。"然后走到萧红床边，和善地望着她，"好点了吧？"

"好些了。"

"早知道你会这样，"聂绀弩叹息着，"我们从上海来的时候，就该把你带来。"

萧红笑笑："我一个人不是一样来了吗?"

"萧军呢?"

"他……还有一些事没办……"萧红掩饰道,她不愿将分离的事在朋友中公开。

这时,有人敲门。

聂夫人打开门,引端木蕻良进来:"萧红,你看谁来看你啦?"

端木蕻良穿着簇新的西服,脸上露出殷勤的笑容。

"端木!……你也在武昌?"萧红欠身问。

端木蕻良赶紧上前拦住她:"别动,别动。"同时,递过一袋水果,"咳嗽见轻了没有?"

"好多了。"

端木蕻良热情地说:"你第一次到武昌吧……等你病好了,到各处去逛逛,散散心,珞珈山、东湖、黄鹤楼旧址。"

"武昌可是个好地方。"聂绀弩像一个兄长似的对萧红说,"唐人崔颢有诗,'晴川历历汉阳树,芳草萋萋鹦鹉洲',值得一游。"

萧红宽慰地笑了。

"还有哪些朋友来武昌了?"萧红扬着头问。

"有塞克、田间、艾青……大家打算在这里成立一个文学社。"聂绀弩说。

"何庆怎么没来?"

"他在沪还有些善后工作,要输送一些进步青年去新四军。"聂绀弩似乎掌握着全局情况。实际上这是党的指示,萧红还不知道聂绀弩和何庆都是共产党员。

"哦,新四军……"萧红似有所感。

两个星期以后,萧红的身体复原了,白净的脸蛋丰满了些,也渐渐有了血色。

珞珈山上，夕晖残照着山上的林木。萧红、端木蕻良在树林里散步。时令已是深秋，满目都是斑斓的金黄色。萧红的心情和这秋色一样，啊，"秋天的黄叶，"——她不觉吟起泰戈尔的诗句，"没有什么可唱，只叹息一声，飞落在那里"。

端木蕻良恳切地低语："……你的遭遇太不幸了，我真愿意为你分担一些痛苦。"

萧红自怜地说："我的痛苦别人是分担不了的。"

"你忍着心灵的创伤，顽强地写作，我很钦佩你这种负重精神。"端木蕻良仰慕地说。

"人活着，总要做点事情，不然对得起谁呢？"

"你这点事做得并不小。《生死场》一出版，就轰动了文艺界，鲁迅先生还把它推荐给史沫特莱、斯诺翻译成英文，介绍到国外。"端木蕻良越说越激动，"说实话，我一直钦佩你的才华，你的独特的风格和优美的文笔。你在《协报》上发表的第一首小诗，就使我觉得望尘莫及。"

萧红低垂着头，没有作声，似乎在思忖对方话中的含意。

"真的。"端木蕻良加重了语气，"特别是你不久前发表的《商市街》和在日本写的散文，读了真让人爱不释手。我敢说，你的作品远远超过了萧军的成就。"

萧红微笑道："你是在恭维我。"

"绝非恭维，绝非恭维。"

萧红的心里漾起了微波，她虽然意识到端木蕻良的话有恭维的成分，心里却是高兴的。她觉得，端木蕻良是了解她、崇敬她的。她那被粗暴地损伤了的自尊心，于是得到一种温暖和满足，就像一个在沙漠上苦苦跋涉的旅人，突然看见了海市蜃楼也会感到惊喜一样。这是一颗多么悲凉的心哪！

两人来到珞珈山顶，望着东湖。

东湖水面被晚霞映得一片通红；太阳越过西边的湖面，对着东方，致它最后的敬礼。

不知什么时候，萧红从袖口里取出一根竹棍，一根上好的有二十多节的小金竹棍。

端木蕻良望着她的手："什么玩意？让我看看。"

"一根竹棍，二十多节，是我在上海买的纪念物，藏了好多年了。"

端木蕻良接过竹棍，看了看，又抬头凝视着萧红："把它……送给我吧！"

萧红的目光注视着山脚下的一片枫林，默默无语。那枫树在夕阳下格外红艳，也像一团烈火在燃烧。

她从端木蕻良手中又把竹棍拿回。

"你不愿送我？"端木蕻良有些尴尬。

萧红转过身，独自朝山下走去。端木蕻良在后面呆呆地望着她。

武昌只是流亡作家们的一个驿站。没有多久，聂绀弩夫妇、萧红、端木蕻良等人又应民族革命大学校长李公朴的约请，一同驱车到了山西临汾。正是这个时候，丁玲率领的西北战地服务团，也从前线来到临汾。于是，前方、后方两支文艺队伍就在汾河畔会师了。萧红和丁玲，这两个曾经被鲁迅相提并论，而气质、性格又迥然不同的女作家，在一个阳光初照的早晨相遇了。

那是来临汾的第二天，萧红刚刚起床，从屋外传来一阵爽朗的笑声：

"谁是萧红？起来了吗？"

萧红打开门，看见一个全身戎装的中年妇女，腰上系着皮带，脸上红扑扑的，正笑眯眯地瞅着她。

"我就是萧红。"她直率地说，突然觉得自己的声音很稚弱。

"哈！《生死场》的作者，真像花一样鲜艳！我是丁玲。"丁玲豪爽地伸出手来，身上焕发着军旅生活的粗犷。

"啊！丁玲！"萧红又惊又喜，像女孩子一样天真地叫起来。

她们的手握在一起了。两位不同类型的女作家一见如故，很快就成了好朋友。她们一块尽情地歌唱，每夜谈到很晚才睡，丁玲谈了许多长征和延安的情况，萧红被深深地打动了。

不过，由于经历和遭遇的不同，她们的思想和个性又有明显的差异。丁玲望着萧红的神情，常常惊讶：身为一个作家的她，为什么还像一个天真未凿的少女，这样单纯稚嫩，这样少于世故。这一次文艺讨论会上，丁玲的这种感觉更明显。也就是在这次会上，出现了萧红意想不到的镜头，使她平复的心海又掀起了波澜。

讨论会在民族革命大学一间会议室举行，有二十多位作家和诗人参加，会议由聂绀弩和丁玲主持。大家围着一张长方形的会议桌，发表着自己的见解。讨论的题目是大家共同关心的一个重大问题——作家应不应该上抗日前线去？

会议室的气氛严肃，争论得很激烈，弥漫在屋内的香烟烟雾，仿佛也带上了火药味。

"我们总待在城里，长久下去，会脱离生活的！"一位面孔瘦削的作家抱怨道。

"我看，我们并没有和生活隔离。"坐在丁玲旁边的萧红说，"比如躲警报，逃难，这些也就是战时生活，不过我们抓不住罢了。"

"但这种战时生活，毕竟比较狭窄。"丁玲友善地瞥了一眼萧红，说，"而且，前方也需要我们。"

"可是，即使上前线，如果抓不住题材，同样写不出来。"萧红坚持自己的意见。

端木蕻良紧挨萧红坐着，他用细长的食指弹了弹烟灰，又喷了一口青烟说："我赞成萧红的观点，这里可以套用法国雕塑大师罗丹的一句名言：生活是到处都有的，对于我们的眼睛，不是缺少生活，而是缺少发现。"

"罗丹指的是'美',"坐在端木蕻良对面的青年诗人艾青反驳说,"不是指的'生活'。"艾青早年曾赴法学过美术,对罗丹的画论显然很熟悉。

端木蕻良从容不迫地说:"美就是生活,这是车尔尼雪夫斯基的名言。"

会议顿时爆发出一阵活跃的议论声,萧红脸上泛起微笑。

端木蕻良正为自己的妙语怡然自得,他环视会场的目光忽然在门口停住了,脸上露出惊愕的神情。二十多双眼睛都不约而同地转向门口,萧红也怔住了,脸上的表情异常复杂。

一个魁梧的青年作家,蓬着一头浓发,满面风尘地从门外闯进来。他穿着一件黑呢大衣,上面蒙满了尘土,一望可知刚刚结束旅途。

"萧军!"聂绀弩第一个亲热地叫起来,"什么风把你吹来啦!"

"东北风。"萧军面带倦容,但眉宇间仍然透射出一种丈夫气概,"刚从武昌赶来。"他的话说得很洒脱,会场中只有他和另一个人懂得这话中的含义。这个人就是萧红。

萧军和在座的熟人打过招呼,在萧红对面的一张空椅子上坐下来。他扫了萧红一眼,那两道剑眉,那双灼灼射人的眼睛,仿佛在说:"我找到你了!"

萧红不自在地侧过头,竭力掩饰着内心的激动,脸上红一阵、白一阵。除了端木蕻良,谁也没有发现这微妙的感情变化。

会上的讨论,经过短暂的中止,又继续展开了。

"我可以讲两句吗?"萧军站起来。

"当然可以。"聂绀弩鼓励他讲。

"我主张文学家应该上前线去,参加实际的抗日斗争。一个真正的作家,首先应该是一名战士!"

会场的气氛马上扭转了,不少人向他投以赞赏的目光。

萧军接着说："大家都读过鲁迅先生译的《毁灭》，法捷耶夫本人就当过游击队员，参加过同高尔察克白匪军的斗争，不然，《毁灭》就写不出来。"

聂绀弩插话："所以鲁迅在《毁灭》的序里曾说，这部书是用生命的一部分，或全部换来的东西，非身经战斗的战士，不能写出。"

"我也一直向往着去打游击……"萧军的眼睛射出生气勃勃的光辉。

"这简直是'英雄主义''逞强主义'！"一直缄默的萧红忍不住了，大声地说，"你去打游击吗？那不会比一个真正的游击队员价值更大一些，万一……被打死，以你的年龄和文学才能，这只能算无谓的牺牲。"

"生命的价值是宝贵的。战场上死了的人不一定都愚昧……为了争取解放奴隶的命运而献身，难道能说是'无谓'吗？……"萧军反驳着。

"你这是强辩。裴多菲如果不是二十六岁死在战场，一定会留下更多的作品。"

"裴多菲死了，但他的诗并没有死。"

端木蕻良把烟头在烟缸里揿熄，笑了笑说："萧军的话是有道理的；不过也有另外一种情况……高尔基没有参加过游击队，也没有当过红军，但他仍然成了大文豪。鲁迅先生也并没有到过苏区……"

"可是鲁迅曾经想写一部反映红军斗争的小说，"萧军打断了他的话说，"就是因为'自己不在旋涡的中心'，一直没有动笔。"

这一点萧红也是知道的，许广平有一次曾对她谈起这事。一九三二年，鲁迅同从苏区来沪治病的陈赓将军长谈了一次，非常兴奋，事后曾经设想过写一部小说，但终因对苏区斗争不熟悉，未能动笔。萧红沉思起来。

丁玲这时笑声朗朗地说："鲁迅先生没有实现的愿望，我们这些人来完成吧！"她拍了拍萧红的肩膀，充满希望地说，"等到抗战胜利的那天，我们大家再聚在一起，沿着红军长征的路线——雪山、草地、大渡河走一趟，集体创作出一部大型的作品来。"

萧红被丁玲的激情所感染，她多么盼望时局安定下来，能够投入写作。她突然大声地说："就把它命名为《新红楼》！"

会场上的气氛活跃起来，听见一片叫好声。萧军望着萧红笑了笑。

讨论会结束后，作家们尽兴而散。会议室里只剩下萧军和萧红，两人相对而坐，沉默着。

"你怎么也来了？"萧红先开口，语调是冷淡的。

"也许是'思想的力量'吧……"萧军尖刻地说。

又是一阵难堪的沉默。

"秀珂到上海来了。"萧军打破了沉默。

萧红半信半疑，惊喜地问："什么时候？"

"就在你走后两个小时到家的。"

"你骗我。"

"这是他的信。"

萧红接过萧军递过来的信，确实是秀珂写的。

吟姐：

真想念你。我刚到上海，你就走了。有一件事我高兴地告诉你：虽然从前我没见过萧军哥，但从相片和书中看到他的豪爽和正义感；来上海相处两个月，更加证实了这一点。我很喜欢他！

吟姐，我多想见你一面呀，可这次不行了。明天我就要到一个新的地方去了，我相信你会同意我的选择的。我的好姐姐！

你的弟　珂

"他到哪里去了？"萧红问。

"新四军。"萧军兴奋地说，"是何庆介绍的，同去的还有骆宾基……相信你会为他们高兴的。"

"谢谢你操心了。"萧红态度客气，接着话中含刺地说，"你怎么没有上前线去呢？"

"我会去的！"萧军激动起来，"但是要同你把话讲完。"

"我们没有什么可谈的了。"萧红痛苦地说。

"有的！"萧军吼起来。

"萧军……我们……不要成为冤家。"

萧红说得很平淡，没有任何怨恨，也没有任何怒气；但越平淡，萧军越难以忍受，他有话要说，非说不可。但是萧红无意再谈，掉过头匆匆走出会议室。

萧军霍地堵住门口，门是关住的，他靠在门上，大有"万夫莫开"的气概。不过他的表情是沮丧的、痛苦的。

"你让我出去。"萧红盯着他说。

"不！"萧军执拗地说。

萧红无奈，退回到桌边，板着面孔不说话。萧军守在门口，双眉紧蹙，像一尊泥塑的门神。两人之间，持续着一种对峙的、铅一样沉重的沉默。

"红！我是爱你的……"

"可我不是尤三姐，也不是史湘云。"萧红淡淡地说。

萧军尴尬地说："那是我说着玩的。"

"不过你说错了，我也并不是林黛玉，"萧红抬起刺人的目光，瞥了他一眼，自嘲地说，"我不过是一个痴丫头，一个被人蒙在鼓里的痴丫头……"

萧军辩白："红，你听我说……"

"不必了……你让我出去吧！"萧红站起来，走到门前。

萧军岿然不动。

僵持。

"马上有人要来了。"萧红指指窗外。

萧军扭头，瞅见影影绰绰的人影。他只得让开门口。

萧红拉开门，快步走了出去。

正在院子里闲谈的聂绀弩和丁玲等朋友，都诧异地看着萧红低着头走过。接着，萧军也满脸铁青地从会议室走出来。

萧红、萧军之间发生的一切，这些朋友们都不知道。他们只觉得两人之间似乎有什么不愉快的事，但都没怎么介意。

一直到吃晚饭，萧军都是焦灼的。他心里有话要说，即使是分手，也要把话说完。但是，萧红不给他单独谈话的机会。

晚饭后，萧红在一边洗碗。萧军走过去。"去散散步吧。"他的口气仍然是命令式的，同时含有乞求。

"可以，"萧红回答，"但必须把端木蕻良喊上。"

在暮色中，萧红、萧军和端木蕻良向校外走去。一弯残月挂在东边的树梢上，一丝风也没有。三个人默默地走着。

在一个林园门口，萧红停住了脚步。望着一片幽暗的树林。"我们到园子里走走吧。"她说。

"天晚了，到里面去走什么？"萧军说。

"我要去。"萧红任性地坚持。

"要去，你一个人去。"萧军赌气说。

"端木，你跟我来！"萧红转身招呼端木蕻良，有意气萧军。

"你不能去！"萧军警告他。

端木蕻良踟蹰不前。

萧红独自气冲冲地走进林园。园子里寂静无声，到处是黑蒙蒙的树影。她想：我才不怕哩！他别想拦住我。一直朝幽黑的深处走去。这时，她忽然听见后面响起了脚步声，短促而有力，她知道那是萧军的脚步声，立刻躲在旁边的一棵大树后。

萧军在黑暗中急促地走来了。

"萧红！"他停住脚步，四下呼唤着。

萧红默不作声。

萧军走过去了。萧红立即闪出来，顺着来路向回走。端木蕻良正在门外等着。萧红同他匆匆离开了。

幽深的园子里，还隐隐传出萧军的喊声："萧红！萧红！……"

在寂寥的夜空下，这呼唤带有一种悲怆的音调。

第二天晚上，萧红、丁玲、聂绀弩、端木蕻良等人乘火车去运城参观，萧军独自留下来。这是一个寒冷的夜晚，萧军送他们到车站。车快开的时候，萧军同聂绀弩单独在月台上踱了一会儿步。

萧军的面孔是肃然的。"局势紧张得很，"他说，"临汾是守不住的，你们这一去，大概不会回来了。索性你们就跟丁玲一道过河吧！"

"那么你呢？"聂绀弩问。

"我不要紧。我身体比你们壮，苦也吃得，仗也打得。我要到五台前线去，但这不要告诉萧红。"

"那么萧红呢？"

"哦，萧红和你最好，你要照顾她，她在处世方面简直什么也不懂，很容易吃亏上当。"

"那以后你们……"

"她单纯、善良、倔强、有才华，我爱她……但她不是妻子，尤其不是我的！"

"怎么，你们要……"

"别大惊小怪！我说过，我爱她；就是说我可以迁就。不过这是痛苦的，她也会痛苦。但是如果她不先说和我分手，我们还永远是夫妻。我决不先抛弃她！"

聂绀弩听了这话，怃然了好久。在他的心目中，萧红、萧军是一对天成佳偶，没想到他们竟然会分手。

凄凉的月色下，火车缓缓开出了临汾车站。萧红倚在车窗口，默默望着孤独地站在月台上的萧军，一种意想不到的悲哀突然涌上心头。也许，他们再也不会见面了。也许，连大声争吵的机会也从此失去……想到这里，她的明亮的眸子湿润了，但她立即转过脸去。

一声凄厉的汽笛声划破了夜空，临汾，被远远地抛在后面。

二十二　要朝上飞啊

几天以后，临汾就被日军占领。萧红一行从运城辗转南下，过黄河，到了古都西安。

在火车上，应丁玲之约，萧红同聂绀弩、端木蕻良、塞克等人集体创作，为西北战地服务团编了个反映山西人民抗日斗争的剧本《突击》。这个剧在西安演出，获得了很大的成功。

转眼之间，两个月过去了。他们一直没有听到萧军的消息。一天傍晚，萧红和聂绀弩在西安的一条大街上散步。太阳渐渐西沉，碎锦似的晚霞布满大半个天空。

萧红穿着紫红色的旧旗袍，外面披着黑色的小外套，头上歪戴一顶毡帽，晚风吹动着帽外的长发。聂绀弩穿着一件日本的黄呢军大衣。

"我不明白，"聂绀弩温厚地说，"你究竟为什么要和萧军分手呢？你们在患难中相交，又有共同的事业……"

萧红的脸色苍白。"我爱萧军，今天还爱……他是个优秀的小说家，在思想上是同志，又是一道在患难中挣扎过来的；可是做他的妻子，却太痛苦了……我不知道男人为什么那么大脾气，为什么要妻子做自己的附庸，为什么要对妻子不忠实……"萧红边走边说。她手里拿着一根小竹棍，心不在焉地敲着路旁的电杆和行道树。

"怎么？萧军他……"

"是的……"萧红欲言又止，竭力忍住眼泪，"我忍受屈辱，已经太久了……"

沉默半晌，聂绀弩说："可他一直是爱你的。"

"这种爱，对双方都是痛苦！"萧红感伤地说。

这时，一轮明月从东边升起，银灿灿的，月上的阴影依稀可见。在月色下，萧红的脸更白了。他们在马路上来回走着，两人的心情都沉重。

最后，萧红说："绀弩，我想托你一件事。"

"什么事？"

萧红犹豫了一下，把手里的小竹棍递给他："你看这好玩吗？"

"唔，有意思。"聂绀弩抚弄着小竹棍，很感兴趣。他抬起目光问道："它有什么象征意义吗？"

萧红笑笑，避而不答，却说："端木蕻良要我送给他……我打算放在箱子里，就对他说已经送给你了，如果他问起，你就承认有这么回事，行吗？"

"好吧。"聂绀弩不假思索地答应了。

聂绀弩知道萧红并不喜欢这个人。但是他的脑海里立即浮现出端木蕻良的影子，从武昌开始，他就没有放过一切同萧红接近的机会，最近，似乎更明显了。

聂绀弩想起萧军的嘱托。他说："飞吧，萧红！你要像一只大鹏金翅鸟，飞得高，飞得远，在天空翱翔，谁也捉不住你。"

萧红酸楚地说："你知道吗？我是个女性。女性的天空是低矮的，翅膀是沉重的……我有时免不了想：我算什么呢？屈辱算什么呢？甚至死又算什么呢？我要飞，但总担心……会掉下来。"

"不！你要朝上飞啊！……记得爱罗先珂童话里的那一句话吗？'不要往下看，下面是奴隶的死所！'……"

萧红默默无语。

"你懂我的意思吗？"聂绀弩又问了一句。他显然暗示萧红，要她善于自处。

萧红微微点头，像是懂了聂绀弩的意思，又似乎在思忖着什么，她的目光是茫然的。

回到住地，天色已经很晚。他们一行，都住在正北路的一所中学里。萧红和丁玲住在一间朝南的小屋里。萧红推门走进宿舍，丁玲正在灯下写着什么。她转过头来，亲切地问："脸色怎么不好？到哪儿去啦？"

"同绀弩在外面散了散步。"

"刚才端木等了你半天。"

"唔……"萧红含糊地应了一声，心绪不宁地倒在炕上。

丁玲转过身去，继续写她的东西。灯光映着她的背影，有一种军人气质。

萧红望着她的英姿，一种羡慕之情油然而生：她才像一只大鹏金翅鸟呵，风里来，雨里去，掌握着自己的命运。

萧红静静地冥想着。

傍晚聂绀弩同她谈的话，一直在耳畔回荡："你要朝上飞啊！……不要往下看，下面是奴隶的死所……"

"你懂我的意思吗？"

她是懂的，但他也许没有完全懂得她的意思。她并不喜欢端木蕻良的气质。他有才气，待人也殷勤；不过，她总觉得他在本质上是懦弱的……他崇敬她，尊重她，她的独立和自尊不会受到伤害。而这，正是她所企求的……

怎么办呢？又到了人生的十字路口……萧红的脑海里泛起波涛。不知为什么，她一合眼，当年在哈尔滨被匡殿才欺骗的那一幕，就清晰地浮现出来——

她觉得自己的双脚轻飘飘的，身旁是滔滔的松花江水。她漫无目的地徘徊着，实在不知道该走向哪里。

她听见有人唤她："吟小姐！"

她转过身，面前站着一个青年。他的面孔是虔诚地，带着微笑。

"我是向你赔罪来的。"他点头施礼。

她困惑了："可我并不认识你。"

青年的态度却是那样谦恭："是的。但是我认识你，了解你，敬重你……"

她慌乱地反问："你，你到底是谁？"

那青年说："敝姓匡，匡、殿、才！"

她大吃一惊，脸色陡变。

他自我表白："小姐不要误会。我在华洋学堂读书，家父与令尊包办我与你的亲事，我概不知晓。后来听说小姐因此从家中出逃，备受流浪之苦，我内心深感不安……是我害了小姐……"他的声音是亲切的，仿佛完全是发自心底；他的目光含着笑意，有点让人难以捉摸。

他还殷勤地说："你应该继续读书，继续读书。……吟小姐，我已经想好了。我可以使你既不依靠家庭，又能实现自己的愿望——读书！"

"真的吗？"这一段话多富有诱惑力呀！

"真的，但是，你要答应我一个条件——相信我。"

往事真不堪回首啊！萧红沉浸在痛苦的回忆中。直到丁玲熄了灯，也上了炕，她才蓦然警醒。

"怎么啦，像有心事？"丁玲拍拍她的头。

"没有什么。"萧红掩饰道。

"过几天我们要回延安了，同我们一道去吧！"丁玲在被窝里躺着说。

"延安？"萧红眼里闪起一朵火花，接着又熄灭了。

第二天早饭后，在学校的操场上，萧红碰到了端木蕻良。

"昨天晚上我等了你一夜。"端木蕻良穿着马靴，殷勤地说。

萧红眼睛望着别处，没有回答。

"听说……日军占领了潼关，西安也保不住了，再待下去很危险。"端木蕻良表情紧张。

"那怎么办？丁玲动员我去延安哩！"

"去延安？不！"端木蕻良说，"兵荒马乱的，不可能写出东西来，只有到重庆，去香港。"

萧红犹豫着，心里很矛盾。

端木蕻良直视着她："萧红，走吧，我们一起去重庆，去香港，走吧，你应该找一个安静的环境写作。我相信，你将来在文学上必有更大的建树。"

萧红默默不语。

端木蕻良掉转话题："你的小竹棍呢？"

萧红有些慌乱地说："我已经送给别人了。"

"你骗我！"端木蕻良突然抓住萧红的胳膊，"你骗不了我……把它送给我吧！"

萧红不知所措。

正在这时，丁玲走了过来。她朝着他俩笑了笑。

"日军占领潼关了吗？"萧红问丁玲。

"还没有。不过已占领了北岸的风陵渡，潼关经常遭到炮击。"

"我看这里不是久留之地！"端木蕻良说。

萧红咬着嘴唇，没有作声。

"我们西北战地服务团就要去延安，"丁玲对萧红说，"聂绀弩夫妇也去，怎么样？你也同我们一道去吧！"

"唔……"萧红应了一声。她似乎还想说什么，但没有说出来。

"端木先生呢？"丁玲瞟了站在旁边的端木蕻良一眼。

端木蕻良迟疑了一下说："我再斟酌一下。"

"可要抓紧哪！"丁玲说完，转身忙别的事去了。

一星期以后，丁玲和聂绀弩把去延安的车子接洽好了。临行前的傍晚，聂绀弩刚办完事回来，在学校门外遇见了萧红。看样子，她好像是专门在这里等他的。

"你吃过晚饭没有？"萧红问他。

"没有。正准备去吃。你呢？"

"我吃过了。走吧，我请你。"

"你又何必呢？"聂绀弩温和地望着萧红。

"我要请你吃饭，今晚，我一定要！"

"好吧。"

他们走进一家饭馆。萧红要了几样菜，都是聂绀弩爱吃的。还要了酒。

聂绀弩吃得很香。萧红不吃也不喝，隔着桌子望着他。

"萧红，一同到延安去吧！"聂绀弩说。

"我不想去。"

"为什么？"

"说不定会在那里碰到萧军。"

"不会的。我猜他到别的什么地方打游击去了。"

"我不想再见到他……"萧红讷讷地说。

聂绀弩停住手中的筷子，诚恳地望着她："萧红，不要因为个人的感情影响自己的生活道路。"

萧红低下头，闭口不语。

"你记得白莽译的一首诗吗？"聂绀弩问。

"谁作的？"

"裴多菲。"

"记得。"萧红轻轻地吟道——

生命诚可贵，
爱情价更高。
若为自由故，
二者皆可抛！

"你怎么理解这诗的意义？"

萧红说："一个人不应为爱情生活，而要为自由生活，像天空的鸟一样。"

"不全对。"聂绀弩笑了笑，说，"一个人应该为事业生活。裴多菲所说的自由，是整个民族的解放。这是一个战士终生奋斗的目标。有了对真理的追求，生活就永远是充实的、幸福的，就能忍受任何个人感情上的不幸。"

萧红沉默了，像在深思一般，眼里闪着感动的光。

片刻，她抬起头来。"菜都快凉了，快吃吧！"她觉得绀弩是自己的亲兄弟一样。

他们不再谈话。聂绀弩开始大口地吃饭。他们的目光偶尔相遇；聂绀弩感到萧红的眼睛里含着柔情，像夜空里的星星。

吃完饭，他们走出饭馆。街上行人稀疏。

萧红同聂绀弩并肩走在马路上。

萧红突然有些感伤地说："长弓……我这一生做过很多错事。"

"怎么这样说呢？"

"如果我做了什么对不起你的事，而我又未察觉，你能原谅我吗？"

"你怎么会有事对不住我呀？"

"我是说你肯吗？"

"当然。"

"你能原谅我就好……告诉你，我要走了，准备去重庆。"

"就你一个人？"

"不，和端木一起去……那里有所大学的熟人邀我们任教……内地环境安定些，我还可以写些东西。"

聂绀弩顿时有一种不祥的预感。他问："那么你的那根小竹棍呢？"

"刚才，我已经送给他了。"

"怎么，送给他了！你没有说已先送给我了吗？"

"说过，但他不相信。"

沉默了一会儿，聂绀弩问："那小竹棍并不象征什么吧？"萧红望着别处，没有作声。

"要当心哪，萧红。萧军说过你没有处事经验。"

"在要紧的事上我有！"但是她的声音是颤抖的。

聂绀弩盯着萧红苍白的面容，心中十分感叹：她无力独自支持了……在梦幻和生命的激荡中，她终于没有守住那根二十几节的小竹棍！

一阵风吹过来，萧红下意识地缩了缩身子。

聂绀弩意味深长地说："萧红，你是《生死场》的作者，是《商市街》的作者，你要记住自己在文学上的地位，要朝上飞，飞得越高越好！"

萧红淡淡地笑着，点了点头。

第二天，聂绀弩和丁玲一行启程北上。上车后，聂绀弩向在人丛中的萧红做着飞的姿势，又用手指着天空。萧红会心地笑着点点头。

卡车徐徐地开动了，萧红站在高处，挥着手。在这一刹那，她感到自己同难以忘怀的过去，同所有的朋友都永别了。

二十三　奴隶的死所

　　这里四面青山环抱，风景秀丽幽静。不远的山谷里，绿树掩映着一片屋顶，那就是端木蕻良任教的复旦大学，地点在重庆北碚。

　　萧红坐在寓所桌前写作，不时抬起目光望着窗外出神，仿佛在搜索遥远的记忆。端木蕻良躺在床上熟睡。

　　萧红忽然记起了什么，嘴角泛起一抹笑容，在稿纸上写下几行字：

　　　　鲁迅先生的笑声是明朗的，是从心里的欢喜。若有人说了什么可笑的话，鲁迅先生笑得连卷烟都拿不住了，常常是笑得咳嗽起来。

　　她正在写《回忆鲁迅先生》。

　　回忆，温暖了她的心。同鲁迅先生接触的那些难忘的往事，这位文坛主帅的音容笑貌和生活细节，一幕幕地浮现在她的眼前：

　　鲁迅先生走路很轻捷，常常是抓起帽子往头上一扣，同时左腿就伸出去了，仿佛不顾一切地走去。

　　鲁迅先生备有两种纸烟，一种价钱贵的，一种便宜的，便宜的是绿听子，是他自己平日用的。另一种白听子的，是前门烟，专门招待客人，白烟听放在书桌的抽屉里。来客时把它带到楼下去，客人走了，又带回楼上照样放在抽屉里。而绿听子的永远放在书桌上，时时伴随他……

萧红一面回忆，一面写，完全沉浸在对鲁迅先生的怀念中。她觉得，这是她记忆里最美好的一页，她要写出来，让更多的人看到。

萧红听见敲门声。门是虚掩着的，她正准备放下笔起来开门，门已经推开了。

进来的是作家靳以，三十来岁，穿着浅灰色的西服，微笑着向萧红点头。萧红在上海就同他认识，他那时和巴金合编《文学月刊》，常向萧红约稿，现也在复旦大学任教，同时兼任重庆《国民公报》文学副刊编辑。

靳以走进房间，瞥了一眼还睡在床上的端木蕻良。每次他来都是这个场面，不到上午十点，男主人向来是不起床的。

为了不惊醒睡觉者，他低声问萧红："在写什么？有新作品给我们副刊吗？"

萧红脸色微红，把稿纸掩上，也轻声说："我在写回忆鲁迅先生的文章。"

"哦，那好呀！"

他们的谈话声似乎引起了床上人的兴趣，端木蕻良一骨碌翻身起来，用尖细的声音说："你又写这种文章，我看看，给我看看……"

靳以听出他的话中带有明显的轻蔑口气。

端木蕻良也不同靳以招呼，径自抓起稿子，看了看，又鄙夷地笑起来："这也值得写？这有什么好写……"

萧红感到很难堪，脸色涨红了。她气愤地说："你管我做什么！你写得好，你自己去写你的。我也碍不着你的事，何必这样嘲笑呢？"

端木蕻良没再说了，但嘴角仍然带着笑。

"先生，饭给你端来喽。"女用人对端木蕻良说。

"王嫂，我给你说了多少遍啦，不要在窗台上摆东西！"端木蕻良勃然作色。

"太太在写啥子，不摆在窗台上，咋个办嘛？"女用人叨咕着。

端木蕻良当着外人的面不好发作，脸色很难看。萧红默默地把桌上的稿纸收起来。

靳以看见这种情景，很不是滋味，也不告辞，转身走了。他不理解萧红为什么会屈从于这种生活，心里为她感到悲哀。他想："也许在人生的路上，她已经走得太疲乏了，她需要休息，需要一点安宁的生活，没想到竟会遇见这样一个不能理解她的人……"

萧红重新坐在桌前，愁绪满怀。

窗外下起了蒙蒙的细雨，浓绿的山坡被雾气笼罩，白茫茫的一片。天晴的时候，可以看见山崖上一簇簇紫色和红色的野花……现在呢？什么也看不清了，除了雨雾，仍是雨雾。

萧红觉得周围是那样寂静，简直静得可怕。她好像掉进了一个与世隔绝的幽谷，四面都是峭壁。过去的朋友大都失去了联系，能见到的，也变得疏远了。她给自己织就了一个茧，一道封锁友情的网。

在坎坷不平的山城，萧红没有几个知心朋友，有时，日本进步女士绿川英子和池田幸子来看望她。

绿川英子拉着她的手说：

"你的名字漂亮，你的文章也漂亮，而你本人更漂亮。"

萧红用娴静的微笑，代替了和异国同性见面时的酬酢。她把过去的一切深深地埋在心底了。

她选择了这样的生活方式，本是对社会置女性于从属地位的那种封建观念的反抗，但这种反抗带有一种无力自拔的悲剧色彩：在长期孤立无援的状态中，善良的天性决定了她的轻信；委身于一个她并不爱的人，从一开始就不明智，使她很快就尝到了自己种下的苦果。生活对她太不公平了！她也实在太善良了。她失去了一颗爱她的、粗暴但却赤诚的心，得到的却是廉价的甜言蜜语……唯一使她自慰的是，她并没有因此丧失生活的勇气。她这时才开始理解聂绀弩说得对，一个人应该为事业而生活，为理想而奋斗。她在孤寂中勤奋写作，把个人的悲哀完全倾注在整个民族的苦难中。她写了许多短篇，有《旷野的呼喊》《逃难》《轰炸前后》《朦胧的期待》等反映战时生活的作品，人民的苦难、希望和悲欢，被一支女性的笔真切地表现出来。

但是，重庆的生活并不安宁。全面抗战爆发后，逃难的人像潮水一般涌到重庆，小小的山城被挤得水泄不通，住房奇缺，物价飞涨。日本飞机接连不断地狂轰滥炸，使山城到处是倒塌的墙壁和瓦砾，血迹斑斑。萧红亲身经历了这场惨剧，怀着极大的义愤，写了纪实性的散文《放火者》，控诉了日寇的法西斯罪行。

北碚再也不是宁静的"世外桃源"了。萧红除了躲警报，实地采访，跑杂志社，还得为油盐柴米奔走。她像骆驼一样负荷着生活的全重担；而她的身体却像小羊一般孱弱，最悲哀的，是她那一颗孤独无朋的心哪！

盛夏的一天，萧红从重庆市里扛了半袋平价米回北碚。烈日当顶，路又远，走回来时，汗已经湿透衣衫。她气喘吁吁地推开房门，希望有人接下肩上的米袋。端木蕻良穿着背心，正躺在床上看杂志。他若无其事地瞥了一眼门边的萧红，把书页翻弄得"哗啦、哗啦"响。萧红气愤了，米袋摔在地上，米撒了出来。

端木蕻良收起杂志，满脸不悦地坐在床沿，也不说话。屋里的空气很沉闷，只听见窗外单调的蝉叫声。偶然间，他发现窗台上摆着一把茶壶，于是找到了发泄的目标。

"王嫂，进来！"端木蕻良站起来，声音尖利地朝门外喊。

王嫂闻声进来，一边用围裙擦手。一边诧异地问："啥子事，先生？"

"啥子事？"端木蕻良学着她的四川腔，没好气地骂起来，"为什么又在窗台上摆东西？再摆我给你甩出去！"

王嫂不满地咕哝道："啥子那么凶哟？"

端木蕻良老羞成怒，挥起精瘦的胳膊，啪的一下，把茶壶打到窗外。

用人受不了这个气，拽着他要找大家评理："你啥子当先生的哟……这么霸道！"

端木蕻良用力一掌。王嫂一个趔趄撞在门楣上，就势倒在门外哭喊起来。萧红赶紧把她搀扶起来。

事情闹大了。端木蕻良悻悻地关上门，躲在屋里不出来。一切善后的事，都只得萧红出面去办，到医院验伤，到镇公所回话，最后赔了一些钱才算了事。

萧红在路上遇到来看她的绿川英子。她委屈地说："你看，他惹了祸要我来收拾，好像打人的是我不是他！"说话时，萧红的眼里噙着泪水。

绿川英子很同情她，沉默了半晌，问她说："你为什么不能换一种生活方式呢？"

萧红苦涩地一笑。

"这是我自己种的苦果……我周围没有一个真诚的朋友，嗨！不说这些了……"她眼睛望着远处。摇摇头，露出一种殉难者的神情。这时，绿川英子突然觉得，她和三年前在上海时相比，仿佛变了一个人。那留着刘海，闪着大眼睛，像少女一般率真的萧红再也看不到了。她才二十八岁，就尝尽了人世的辛酸苦辣！

萧红忍受着新的创伤和屈辱，在动乱的岁月中度过了这一年的深秋。当窗外的山上开满金色的小花时，她写完了《回忆鲁迅先生》的最后一页：

一九三六年十月十七日，鲁迅先生病又发了，又是气喘。

十七日，一夜未眠。

十八日，终日喘着。

十九日，夜的下半夜，人衰弱到极点了。天将发白时，鲁迅先生就像他平日一样工作完了，他休息了。

她没有用"死"这个字。鲁迅先生只是"休息了"，永远地"休息了"。这是何等深沉的怀念啊！

然而，她万万没有想到，曾夺去鲁迅先生宝贵生命的病魔，这时已悄悄向她逼近。她经常不停地咳嗽，到下午，脸上就泛起红潮。这是肺病的症状，但她没有留意；她一向体弱多病，似乎已习以为常了。

十一月七日，驻重庆的苏联大使馆举行十月革命纪念活动。那时国民党政府同苏联有正式外交关系，纪念会是公开举行的。重庆的许多进步文化人士都应邀出席了招待会。萧红也参加了招待会。她从北碚来到重庆，住在一家旅馆里。

这是一幢俯临嘉陵江的三层小楼，楼的两厢是白色的墙面，门上方的主体墙上，嵌着一层黑褐相间的小卵石，别具一格。楼的窗子一律乳黄色，整个建筑呈现出一种柔和的色调。

萧红很喜欢这家旅馆，她住在三楼一间木板隔成的"日本式"小房间里。临窗外望，庭院里有一株黑黢黢的大树，枝丫曲折峥嵘，细枝上点缀着许多小刺状的芽苞。再远，是一棵稍小的树，树干光滑笔直，呈淡淡的暗绿色，很漂亮，纤细的枝条在微风中轻轻摇曳。庭院的边缘是石栏杆，长着一排矮树丛。透过枝叶扶疏的间隙，可以看见清澈的江水像一条蜿蜒的玉带。隔着淡淡的晨雾，江北黛青色的山影隐隐可见，那一片鳞次栉比的厂房颇有些壮观。

这里的早晨真静。空气中有一种安谧恬静的气氛。萧红感觉到一种摆脱家庭相扰的短暂的轻快。隔岸传来流水声，那是一种低沉而连续的轰鸣，声音并不激越，但萦回耳畔，经久不息。伴和着汽轮轻微的引擎声，两岸的回音，以及不知何处传来的劳动号子声，构成了一种无以名状的意境。在这奇特的声浪中，萧红侧耳细听，还听见一阵清脆的叮当声，仿佛是从上天飘来的纶音。这声音很轻，很悦耳，是对岸石匠敲击石块的声音。在青岛海边住在山脊上时，也常常听到这种声音。那段岁月多么值得怀念呀！同萧军、舒群、苏明在海滨游泳的嬉戏，写《生死场》的激奋和冲动，收到鲁迅来信的狂喜……所有这些情景，还像在眼前一样。

萧红坐在窗前，托腮沉思。

偶尔，江心响起一声浑厚而悠长的汽笛，把她从冥想中唤醒。一个胖胖的女招待走进来，说有人来看望她。

谁呢？

当招待把客人引到门口时，她惊喜得愣住了。来人穿着一件黄呢大衣，皮肤黧黑，一双微笑的眼睛闪着敏黠的光芒。

"舒群！"萧红终于叫出声来。一缕暖意泛上了她的双颊。

"我刚来重庆，听说你也在这里，真是无巧不成书……"舒群还是那样，说话时带着浑厚的笑。

萧红陪舒群走出旅馆，沿着一条陡窄的石阶踱向江边，他们一边走，一边亲切地谈着。晨雾已渐渐散开，对岸的景物清晰可见。

"我们……一直惦念着你……"萧红说出"我们"时，突然停顿了一下。舒群会意地点点头，他已经听说萧红和萧军分手的事。

"我也是……出狱后，我到苏区去了，后来又当随军记者，一直挂念着朋友们。"

他们来到了江边，在沙滩上漫步。从江面上飘来潮润的江风。

"这几年变化太大了……"萧红望着江心，百感丛生地说，"在哈尔滨时的朋友们，死的死，散的散……"

"真没想到！你和萧军竟会分手……"舒群眯眼望着她，那目光是深沉的，含着惋惜。

萧红默然。

"听说他后来去延安了……"舒群告诉了萧军的行踪。这个消息萧红还是第一次听到。她竭力克制住内心的激动，没有马上问下去。她曾经对一位朋友说，"我是不爱回顾的"，也许她是有意在回避那些往事，因为那只能使她更加痛苦。

"你遇见过他吗？"她终于问了一句。

"没有……听说他现在在四川。"

萧红的眼睛露出了一点光泽，又像是闪烁的泪花。

"苏明还好吗？"她问舒群。

"她……在狱中牺牲了……"舒群神色黯然。两人都沉默了。脚下响着江水拍岸的声音。过了一会儿，舒群问萧红："你生活得怎么样？"他眼睛里透射着真诚的关切，那是一种含着抚慰和理解的目光。

萧红对所有人封闭着的心扉，这时向舒群打开了。她滔滔不绝地谈着，从上海、武昌，到临汾、西安，最后谈到重庆，倾诉了几年来自己的欢乐、悲哀和屈辱，也谈到同端木蕻良的关系。

舒群听完后，感慨地说："你为什么要默默忍受呢？"

"筋骨若是伤得厉害了，皮肤流点血也就麻木不觉了。"萧红说。

"不行！你不能再像这样生活。"舒群告诫她。

这话深深地触动了萧红。

接着，舒群又问起的创作情况。萧红兴致勃勃地谈起她的写作计划，她很想写一部关于东北故乡的长篇小说，但迟迟没有下笔。

"写吧，你一定能写出来的！"舒群热情地鼓励她。说完，他望着奔流的江水，热情地说：

"……不能再这样哪！萧红，下决心吧，现在重新选择未来还不晚。"

萧红也把视线投向江水，她沉思良久，点了点头。

临走时，舒群告诉萧红，他住在《新华日报》社，可随时去找他。

与舒群的意外相逢，给萧红的生活带来新的希望。她正在孤立无援的彷徨中，忽然触到一只温暖的友谊之手，这是共过患难的战友，可以信赖的同志，比她更成熟的一个革命者的忠告。她仿佛看到了光明的未来在向她招手，心里重新燃起了希望。

她那透露着哀伤情调的气质，暂时消失了。萧红的脸上，开始出现许久都未见到的那种微笑，她走路轻快，谈话也多起来，有时还哼一两句东北家乡的小调。

这种变化，端木蕻良很快就觉察到了，因此对萧红变得格外殷勤。于是，两种力量在萧红的身上都发生了作用。

在动荡和不安中，一九四〇年的元旦来了。日本飞机，又开始了对重庆的轰炸。一些有钱的商人纷纷飞往香港。

一天，端木蕻良兴冲冲地从外面回来，把帽子往门后一挂说："有人聘我到香港去办刊物，过几天就动身。"

"香港？"萧红脸上露出犹豫的神色。

"去那里，你也可以安安静静地写长篇了。"端木蕻良鼓动她。

萧红迟疑着，没有作声。

"听说茅盾先生也在那里。"

"真的？"萧红似有所动。

"香港有人来信说的。"端木蕻良说得很肯定。

萧红动摇了。

第二天，她从北碚到重庆，想找舒群商量，但舒群不在。报社的人说他外出采访去了，大约几天以后就回来。

一个星期过去了，萧红又去了一次报社，舒群还没回来。这时，端木蕻良已私下订好了飞机票。萧红失望地留下了一封短信。

两天以后，萧红同端木蕻良一块儿乘飞机悄然离开了山城。直到飞机起飞前，她还从舷窗里向外张望，她多么希望能看见舒群在机场出现啊！但入口处，只有几个孤零零的人影，那是剪票的勤务人员。

机身开始震动起来。舱外传来螺旋桨的轰鸣声。萧红感到身子变得轻飘飘的，离开了地面……

她失望地垂下了眼睑。

二十四　落红萧萧

　　萧红赴香港后的第三天，舒群回到重庆。因为采访地区遭到日本飞机轰炸，途中耽误了数日。

　　他一到报社，就看见萧红的信。他匆匆地拆开，信是用报社的稿笺写的，只有寥寥数语：

　　舒群：

　　　　后天，我就要去香港了，端木应邀去那里办刊物，那里的环境对我写作也许有些帮助，端木说茅盾先生也在那里……我来过两次，你都不在，不能当面向你告别了，真有说不出的遗憾！

　　　　　　　　　　　　　　　　　　　　　　　　　　萧红

　　读完这封短信，舒群知道事已不能挽回，不禁喟然长叹。

　　从信的内容看，萧红完全是在端木蕻良的鼓动下决定去港的，她希望有个安静的写作环境，可香港并不是蓬莱仙岛啊！而且舒群很清楚，茅盾此时正在新疆学院任教，并不在香港。萧红太轻信，也太善良了，总以孩提般天真的心灵来看待别人，她的不幸也正在这里。

　　萧红悄然飞港，在重庆文艺界圈子里，引起了许多猜测和议论，但更多的人是在为她担心。

过了几个月，有消息隐约传来，说萧红在香港除了写作外，几乎过着"蛰居"的生活。她正在写《呼兰河传》。这是一部酝酿了几年的长篇小说。舒群曾听她谈起过。她说这个作品在武昌就开始构思了，她在汉口码头摔倒时，躺在湿地上，望着蒙蒙的天空，就想到这个题材，如同一个走到人生旅途终点的人，突然发现了充满着阳光的童年和故乡而久久地怀念。现实的寂寥、悲凉，淡淡的乡愁，都被这回光温暖了。这是一种甜蜜而又哀伤的回忆，是一种感情的回归，就像一个流落异乡的孤儿怀念自己母亲的一样。即使走到天涯，她也永远记得她的母亲。每当晚霞染红了西天的时候，她就觉得母亲的目光布满整个天空……

舒群终于收到了萧红的来信，这时他才知道她是这样的寂寞和孤独：

> ……不知为什么，我的心情永久是如此抑郁，这里的一切是多么恬静和幽美，有漫山遍野的鲜花，有婉转的鸟语，还有澎湃泛白的海潮，面对着碧澄的海水，常常令人神醉，这一切不都是我往日所梦想的佳境吗？然而呵，如今我却只感到寂寞！在这里我没有交往，因为没有推心置腹的朋友……若可能我将在冬天回去……

然而冬天来了，又过去了，萧红并没有回来。有关她的消息越来越少。与此相反，战争的噩讯却甚嚣尘上。不久，舒群奉命调赴延安，从此与萧红失去了联系。

一九四一年春天，内战的阴云笼罩全国。一些进步作家南下到了香港，茅盾这时也来了。他看到萧红写作很勤奋，鼓励她写出更多的好作品。

四月，史沫特莱在回国途中路过香港，特地去看望了五年不见的萧红。

这是一个阳光明媚的春日，史沫特莱在九龙尖沙咀乐道找到萧红
的住处。她推开房门时，萧红正靠在一张躺椅上，房间像鸽子笼一样
窄小，空气也不流通。一缕阳光从窗口斜射进来，照在萧红的脸上，
她容貌苍白、消瘦，漆黑的头发被阳光涂上了一层淡淡的金色。

看见这种情景，史沫特莱非常吃惊，她问："亲爱的，你就生活
在这样一个笼子里？"

萧红紧握着史沫特莱伸过来的手说："中国作家的生活是世界上
第一等苦闷的。"史沫特莱的来访，使她很高兴，苍白的脸上微微呈
现出红光。她不能多说话，一说话就拼命地咳嗽。

史沫特莱感觉到萧红的病已处在危险边缘，深情地望着她："你
应该到医院去疗养，这里对你的身体太不利了。"

"我还好，反正已经习惯了。"萧红喘着气说。

"不行，一定得去医院。我可以先为你接洽住院费打折扣，回美
国后再给你筹款。"这位五十一岁的美国进步女作家，伸出了友谊的
手。萧红为史沫特莱的真诚所感动，颔首表示同意。

"这就对了。你看我给你带什么来了！"史沫特莱灰色的眼睛闪
着愉快的光芒，从提包里取出一套崭新的西服，有大衣、上装和西服
裙，全是紫红色的。她知道萧红喜欢红颜色。

"真漂亮！……可我穿不出去了……"萧红的脸上掠过一抹凄凉
的笑容。

"你才二十九岁，正是穿的时候呀！"史沫特莱把双手放在萧红
的肩上说。

在史沫特莱的劝告下，萧红同意到玛丽医院去治疗。当时对肺病
的主要治疗方法，就是空气和营养。玛丽医院在香港郊区的山野上，
可以望见大海，环境很幽静，医院还在试行一种打空气针的新疗法。
史沫特莱通过在港的熟人，为萧红联系好了这个疗养的好地方。

端木蕻良住在时代批评社，不常回来。萧红给他挂了电话，说她过海去医院，打完空气针，一个小时就可以回家。

史沫特莱的友谊使她感到温暖，乘船过海时，心境很愉快。海峡的风景很美，一片碧澄，她觉得自己又像追随船尾的海鸥一样，可以飞起来了。

可是，在医院打完空气针后，她就躺倒了，再也站不起来了。几年来一直折磨着她的所有病痛，都显露出来，她太虚弱了！

萧红躺在病床上，脸色白得像蜡一样，不停地咳嗽、发喘，就这样在玛丽医院住了下来。

夏天到来时，她稍稍好了些，被移到阳台上，这样可以晒太阳，呼吸新鲜空气。晚间，就在阳台的床上安寝。海上风平浪静，漆黑一片。从下面海湾外传来阵阵涛声，低沉而忧郁。萧红常常难以入睡，她睁着眼，默想着遥远的过去，童年、故乡、少女时代、东北的沃野、漫山遍野的高粱……这一切使她深深地怀念。离开东北七年，在战乱和人生的波涛中颠沛流离，如今真成了异乡的游子，漂到海角天涯！也许她永远回不去了，她真想再看一眼呵，那可爱的松花江，呼兰河……

与她同在阳台上的病友，是一位香港女工，二期肺病患者，只有她和萧红同病相怜。

"陪我吃一半苹果吧。"萧红递过半个苹果给她。

"谢谢，我不吃。"女工友好地点点头。

"你要吃一半的。我们俩在这世界上都是举目无亲……吃吧，要留下一个记忆，说是那一年，我和一个名叫萧红的人，同在玛丽医院养病，我们一块吃着苹果……"

那病友接过苹果，望着萧红笑了笑，那笑容含着怜悯和凄婉。

有一天夜里，海上风很大，萧红受了凉，病情突然加重。她咳嗽不止，要求医生给她打止咳针，但医生漫不经心地哼了一声，转身走了。护士也显得很不耐烦。这里是三等病房，一切都只能按"三等公民"对待。十年前，她在哈尔滨医院里遭到的冷遇，如今又重演了，但这时，再也没有谁拦住医生大喝一声："……要是她死了，我会杀了你，杀了你的全家，杀了你们医院所有的人！"

她想起了萧军，他那凌乱的头发、粗犷的声音，他们相爱时的一切细节，从来没有什么时候像现在这样清晰地浮现在眼前……她默默地平躺着，思绪纷繁。

天花板是苍白的，病房的墙也是苍白的，甚至连护士的身影也显得那样苍白。同样的白色，竟然迥然各异；一种是冷漠，一种是圣洁。萧红回忆起她和萧军新婚初夜时那间难忘的小房间，雪白的墙，雪白的床单，雪白的桌布。

"我们将在这银色世界度蜜月啦！你是白雪公主，我是赤膊王子……"

这一切真像一场遥远的梦！

"这真是奇妙的结合。你身上既有艺术家的那种才气，又有艺术家所没有的那种粗犷和憨厚。"一次她望着萧军说。

"我是行伍出身，首先是个军人，其次才是艺术家。"萧军答道。

"你是一个有才华的艺术家呀！"

"不，我的事业应该在战场上。"

也许他现在真的走向战场了吧？他们为了这一点争吵过多少次啊！他终于自由了，可以去干他的事业了……想到这里，萧红心里升起了一缕暖意和无限感伤。

当天夜里，她挣扎着起来，悄悄披上衣服，慢慢向楼梯口走去。

"你要干什么？"一个值班的护士发现她。

"我要离开你这个医院，我不住了。"

"回去躺着吧，"护士对她说，"明天让你丈夫来签了字，就领你回去。"

萧红回到病房，躺在床上，觉得四周都是阴森森的墙壁，插翅难飞。明天要是端木蕻良来了，决不会让她出院的，他一定会推脱，会宽慰，劝她在这里一直住下去。

夜沉沉，听着梦呓般的海涛声，她想："如果我知道萧军在哪里，打一个电报给他，他一定会来接我的。"可是，神州茫茫，他在哪里啊？

第二天，萧红给另一位友人挂了电话，请他帮助。那友人是东北救亡协会香港分会主持人于毅夫先生，接到电话后，他立即赶到玛丽医院，经过一番交涉，替萧红办好了出院手续。

当天下午，萧红回到了九龙尖沙咀乐道住宅。她拖着虚弱的身子，走进阴暗的小屋，气喘吁吁地倒在躺椅上。端木蕻良还没有回来，她瞥见桌上摆着一个信封，好像是外国寄来的航空信，上面写着她的名字。萧红拆开信，是史沫特莱写的。她在信中告诉萧红，她将萧红的散文《手》译成英文，在斯诺夫人主编的《亚细亚》月刊上发表了，不久即把二百元港币稿酬汇上。这封从千里之外寄来的信，给萧红莫大的慰藉，她的作品已经飞过了太平洋，为美国人民所了解，她笑了。她多么盼望自己的病能好起来，再写一些东西呵，在人生的旅途上，她才度过三十个春秋。她的《呼兰河传》已经脱稿，还没有出版，她还有许多东西要写，还有那与丁玲、聂绀弩、萧军等人相约写《新红楼》的夙愿……

然而，日本侵略者的炮声毁灭了这位青年女作家的憧憬和希望。没过多久，太平洋战争爆发了，时间是一九四一年十二月八日。日本飞机拼命轰炸香港，港九两岸顿时烟火弥漫，处于一片混乱和恐怖之中。

这天早晨，萧红躺在床上，神情惶乱不安，不停地咳嗽着。端木蕻良在收拾箱子里的东西，像是要远行。他一面收拾一面唠叨着："……我只带些衣服，其他都留给你。"他翻着箱子，把一些零星什物拣出来。在一堆旧书旁边，出现了一根细竹棍，二十几节，他拿在手里看看，不经心地将它扔在床上。"你不用害怕，日本人不会马上来的……我到新加坡先安排一下住宅和职业，随后你再来……"

萧红一语不发，痛苦地咳嗽着。

"……他早想离开我了……"她心里想道，"可鄙的是……他选择了我最需要帮助的时候。"

萧红注视着他扔在床角的小竹棍。"那根竹棍……"她吃力地说。

端木蕻良拾起竹棍，随手扔给萧红："噢，是你的纪念物吧？你留下好了。"他拎着一个小包，向萧红说声，"再见"，便向外走。

萧红把竹棍握在手里，她的手颤抖着，颤抖着——"叭，叭"，竹棍在她手中折断了。

端木蕻良回头看了一眼，这时，一个敦实的青年匆匆地闯了进来，差点与他撞个满怀。

"端木君，要走呀？"他瞅了一眼端木蕻良手中的小包。

"不……我……准备去托一个熟人。"端木蕻良支吾着。

"骆宾基！……"萧红认出那个青年。

"九龙十分危急，我想问问你们有什么打算？"骆宾基进屋坐了下来。端木蕻良也提着小包返回屋子。

"你怎么来香港的？"萧红声音很微弱。

"我从桂林来不久，住在时代批评社。茅盾说你病重，关照我来看看。"

"谢谢他……"萧红眼里闪着莹莹泪光。

"你先照看一下萧红，我去找找朋友商量一下去留之计。"端木蕻良对骆宾基说，然后出去了。这一次他没有拎提包。

萧红已极度虚弱。她抓住骆宾基的一只手，闭上眼睛休息，仿佛害怕一松开对方就会悄悄溜走。这使骆宾基很感慨，他崇敬她，因为她是《生死场》的作者，又是秀珂的姐姐。

"有我们在，你就放心好了！大家决不会丢下你不管呀！"他竭力地安慰着萧红。

　　不一会儿，响起敲门声，一位老先生神色肃然地走进来，骆宾基认出是国民党左派元老柳亚子先生。

　　萧红睁开眼睛，面容极为苍白。

　　"好些了吗？"柳亚子俯身问她。

　　"我……有些怕。"萧红声音微弱。

　　"你怕什么呢？"柳亚子安慰她，"不要怕。"

　　"也许……我就要死了。"

　　柳亚子站起来，悲愤地说："这时候谁敢说能活下去呢！这正是发扬民族正气的时候，谁都可能死，人总是要死的，为了发扬我们民族的浩然正气，这时候就要把死看得很平常……"

　　萧红平静了些，一双因为憔悴显得过大的眼睛，透出圣洁的光泽。

　　这时，端木蕻良从外面回来了。待了一会儿，陪柳亚子先生走了。

　　"你再陪陪萧红，我一会儿就回来。"出门时他嘱托骆宾基。

　　萧红面色惨白，静静地躺着。骆宾基一直在旁边守护着。

　　到了傍晚，端木蕻良回来了。他说街上所有的车辆都已停驶，港九之间的水路也封锁了。于毅夫先生为萧红准备了一条渔船，可以在半夜时偷渡海峡。萧红病重，不能自己行走，骆宾基再次留下来，准备护送她过海。他和端木蕻良席地而坐，等候夜幕降临。遥远的海滩方向偶尔传来日军的炮火声，像雷鸣一样低沉而摄人心魄，空气中充满了异样的紧张。

　　午夜之后，他们开始行动了。骆宾基背着萧红下楼，端木蕻良身单力薄，只提着箱子和随身的小包。他们乘三轮车到了约定地点，登上已在那里等候的小划子。

　　次日凌晨，海面上寒气袭人，四周像死一般沉寂，只听见小船轻轻的划桨声，船上的人谁也不说话。小划子悄悄地偷渡过海峡。经过几番周折，他们终于在市中心思豪大酒店找到安身处，这时暮色已降临。骆宾基将萧红搀上五楼，安置下来，却发现端木蕻良不见了。起初，骆宾基还没有在意。不一会儿，香港《大公报》一位记者登门访问萧红，待记者走后，骆宾基到萧红床旁，问她是否要等端木蕻良回来后，他再离去。

萧红神色凄然。"他不会回来了。"她说，"我们从此分手，各走各的了。"

"这是为什么？"骆宾基大吃一惊。

"他要'突围'，去新加坡……"

骆宾基木然地站在原地，像一尊石像，他此刻才意识到，萧红的安危完全落在自己一个人肩上了。这是他万万没有料到的。但这个责任，对任何一个流亡的正直的作家，都是不容推卸的。

"可是……我必须先回九龙，把寓所里的稿子取出来。"他焦急地说。那些在桂林桐油灯下写的长篇小说稿，他看得比生命还重要。

"天要黑了，你怎么回得去呢？"

"我可以偷渡。"

"那……你尽管去好了。"

骆宾基正准备转身离去，忽然看见萧红背过脸去，在暗自抹泪。他一下犹豫了。

"红姐，我取出稿子，一定马上回来。"

"我不是替自己担心。"萧红转过脸，和婉地说，"我好歹已经脱了险，你想想，你真的说回来就能回来吗？这是战争呀！你听那炮声，你知道九龙现在是什么样子？也许在打巷战，你怎么能冒这个险呢？"

萧红的担心是有道理的。日本侵略军的海军陆战队很可能已在九龙登陆，英国守军只有几千人，很难守住海峡两侧，香港随时可能失守。骆宾基还想到，假如他离开了，萧红身边没有人照料，发生意外怎么办？说不定什么时候，市区就会遭到大轰炸，到时候酒店里的旅客、侍者都会一逃而空。

"好吧！我不去了。"骆宾基下了决心。

萧红脸上露出欣慰的笑容。她把头靠在枕头上，轻声地说："谢谢你……艺术上讲真、善、美，在生活里也要追求真、善、美……"

她的眼睛里含蓄着一种圣洁的、希望的光辉，使骆宾基深受感动。

骆宾基终于留了下来。他问萧红以后的打算："战争过去后，你准备去哪里？"

"到上海。"萧红希冀地说，"只要把我安排到许广平先生身边就可以不用你操心了。等我好起来，我一定要试探一下人生的海底。等抗战胜利后，我还要遍访红军到过的革命根据地。"

他们谈了许多，像亲姐弟一样亲切融洽。骆宾基谈起与秀珂一同参军的经过，他们到新四军后分了手，秀珂分在军宣传部，在战场上非常勇敢。萧红听后感到莫大欣慰。

"看见你，我就等于看见了珂弟。"

骆宾基又问起端木蕻良为什么撒手而去。

"他吗？"萧红愤然地说，"我们不能共患难。"

她说完，又喃喃自语道："我为什么要向别人诉苦呢？有伤就自己用手掩盖起来，一个人不能生活得太惨了，要生活得美……"

在骆宾基听来，这话是发自萧红心灵深处的痛苦呻吟，他年轻的心战栗了。

"为什么你要和萧军分离呢？你们是从哈尔滨一同流亡关内的患难夫妻呀！"骆宾基问。

萧红的心事被触动了。"他是一个好人……但是他太恃强了！"萧红的眼神好像在追溯遥远的记忆，喃喃地说，"我不愿做家庭的附属……"

萧红滔滔不绝地谈起往事。在这患难之际，她把骆宾基当作了自己的朋友、知己、弟弟，当作了生死之交。她向他倾述了自己的身世，少女时代的初恋，与萧军的邂逅、相爱，萧军的豪爽和自傲，他们的冲突，她的出走，最后的分手，以及她默默的遥远的怀念……这时，骆宾基才发现她对萧军的感情是如此的深厚而真挚，她的全部叙述和表情里，都蕴含着这样一句始终没有说出来的话："他是真正爱我的……"

一周之后，思豪大酒店遭到日军炮击，炮弹从九龙隔海打来。顿时大楼里秩序大乱，骆宾基慌忙托起萧红到地下室躲避。第二天，旅客开始向南山一带疏散。

南山的山腰有一幢幽静的别墅，原是避暑用的，这时成了避难的场所。从思豪大酒店逃出来的寓客，都挤进了这里，也有从别的酒店转移来的人。骆宾基背萧红走进别墅时，就像踏进了一条海轮的三等统舱，逃难者们席地而卧，把铺着花砖的大厅挤得满满的，有说广东话的商人、衣冠楚楚的富翁、外籍绅士，也有涂口红的仕女。骆宾基搀扶着虚弱的萧红，在大厅的角落找到一块空隙，当作栖身之地。一位微胖的中年男子看见骆宾基扶着病人，慷慨地递过一条羊毛毯来。那人穿着中式长袍，态度高雅，留着胡须，萧红认出是蓄胡明志、久未登台的梅兰芳先生，于是点头一笑，以示谢意。大家都没有说什么，在这种战乱的非常时刻，一切礼仪都从简了。

夜幕降临以后，气氛更紧张了。大家都担心着日军从九龙打来的冷炮。萧红躺在羊毛毯上，好像睡着了。骆宾基坐在她的身旁，静静地聆听着楼外的动静。

半夜里，突然响起了猛烈的排炮声，市区里的一幢建筑起火，火光映红了半边天。有人悄声地问："哪里在着火？"也有人在嘘嘘地警告不要出声。又是一阵炮轰，爆炸的地点比刚才近，别墅的玻璃窗被震得哐哐直响。萧红被惊醒了，火光映着她苍白的面孔。

"你害怕吗？"骆宾基问她。

"不怕！有你在身旁，我一点也不怕。"

骆宾基听见这个回答，感到无比的宽慰。在这一瞬间，他觉得自己真的成了一名勇士，强大得像一座抵御炮火、护卫战友的城堡。

大厅里经过一阵轻微的骚动之后，又变得哑然无声。人们敛声屏息，仿佛在默然等待着死神的降临。萧红仿佛已将生死置之度外，她的心中充盈着悲哀和愤怒。从哈尔滨到上海，再到武昌、重庆、香港，那日寇法西斯的炮弹好像一直在追着她，步步紧逼。国土沦陷，同胞惨死，个人的不幸和民族的苦难交织在一起，真让人肝肠寸断！

经历了这个动乱、惊惶的夜晚，别墅里的寓客再不敢待下法，第二天就走空了。

骆宾基背着萧红，在皇后大道背后一家民宅找到栖身之地。这时，日军的炮轰稍稍平息。萧红的身体已非常虚弱。她脸色惨白，面容消瘦，两颗深黑的眸子显得更大了。战火反倒使她平静，她似乎觉到生命于她已不久长。于是，萧红一反缄默，同守护自己的骆宾基倾心地交谈起来。

"还惦记你在九龙的那些稿子吗？"她问骆宾基。

"唔……"骆宾基点点头说，"只好听天由命了！"

"什么题材的？"

"就是《人和土地》，在杂志上连载过一部分，"青年作家的眼睛闪着亮光，兴奋地说，"你设计的那幅题图画得真好！"那幅题图是画的几棵高粱，挺拔，茁壮，笔墨简洁，构思耐人寻味，与《人和土地》的主题很协调。骆宾基一直很佩服。

"可能有些乡土气。"萧红沉静地一笑。

"红姐，你什么时候学的画呀？"

"中学时候，那时我很喜欢美术。学校里的美术老师很器重我，不过我最终还是没成为画家。我觉得绘画和文学一样，都是对真、善、美的追求……"

"鲁迅先生也很重视美术。"

"是啊……他最推崇珂勒惠支的木刻。"

"鲁迅先生也称赞你的散文，说你比谁都有前途。"

"不过，我还是会写小说的。"萧红莞尔一笑说，"有人总以为我只会写散文。实际上小说的写法是各式各样的，并不一定非写得像契诃夫或巴尔扎克。"

"我很喜欢托尔斯泰的作品，那种大场面非得大手笔不可。"骆宾基发表见解。

"我读过他的《战争与和平》，确是波澜壮阔……"

"可以算是一部伟大的杰作，艺术的高峰！"骆宾基赞叹道。

"……我觉得，在艺术上不存在高峰。一个有出息的作家，应该走自己独创的道路。山不在高，有仙则名。有些人认为，小说要有固定的章法和格局，不写则已，一写就要像托尔斯泰、巴尔扎克那样，否则就不成其为小说。实际上生活是丰富多彩的，作家也是各式各样的。托尔斯泰有托尔斯泰的写法，曹雪芹有曹雪芹的写法。不同的时代，造就不同的作家，产生不同的杰作。"萧红说到这里，显得很兴奋，她把头搁在枕上歇了片刻，接着说，"我们的时代，我们的民族，应该出现比托尔斯泰、巴尔扎克更伟大的作家！"

萧红的话说完了，苍白的脸上泛起淡淡的红晕。她微微闭上眼，喘息着，骆宾基望着她，心潮久久不能平息。他觉得她道出了艺术的真谛，心头豁然明朗。可是她自己却像一条春蚕，吐尽了最后一缕丝……

一九四二年一月十三日，萧红被转入跑马地养和医院。这时她的身体已极度虚弱，呼吸短促急迫。当天下午，端木蕻良像突然失踪一样，又突然出现了。他面有内疚之色，递给萧红两个苹果。萧红默然地转过头去，像不认识他一般。

"还没有突围呀？"骆宾基问他。

"小包都打好了，随时准备渡海。"

当天，萧红动了手术。医生误诊为喉瘤，她的喉管被切开。手术后，萧红平静地躺在床上，脸色像玉雕一样光洁、惨白。

"我本来还想写些什么，可是我知道……我就要离开你们了……哪有不死的呢？生活是这样，身体又这么虚。死，算什么呢？"她断断续续地说。

骆宾基低着头，伤心地哭起来。

"不要哭，你要好好生活，我也是舍不得离开你们的……"萧红安慰着他。

她的两眼闪着泪光，异常明亮，低声地说："这样死，我真不甘心……"

端木蕻良站在床侧，也落下眼泪。"我们一定要救活你！"他突然悲切地握住萧红的手。

萧红摇摇头，勉强支起身子，从枕下取出几页稿子，那是她几个月前写的《给流亡异地的东北同胞书》，示意骆宾基读给她听。

骆宾基捧着稿子，一面流泪，一面读着：

> ……家乡多么好呀，土地是宽阔的，粮食是充足的，有顶黄的金子，有顶亮的煤，鸽子在门楼上飞，鸡在柳树下啼着，马群越着原野而来，黄豆像潮水似的在铁道上翻涌……
>
> 东北流亡同胞们，我们的地大物博，决定了我们的沉着英勇，正如敌人的家当使他们急攻切进一样。在最后的斗争里，谁打得最沉着，谁就会得胜。
>
> 我们应该献身给祖国作前卫工作，就如我们应该把失地收复一样，这是我们的命运！

萧红听着听着，渐渐喘息急迫，一口鲜血咯出，昏迷过去。

萧红病情恶化，已讲不出话，又被转入当初她住过的玛丽医院。一月二十一日晚，玛丽医院被日军占领，萧红被赶出后，送到圣士提反女校临时医院。

在弥留之际，萧红在纸上给骆宾基写道：

> 我将与蓝天碧水永处，
> 留得那半部《红楼》给别人写了。
> 平生尽遭白眼冷遇……
> 身先死，不甘，不甘！

一月二十二日上午十一时，三十一岁的萧红静静地闭上了眼睛。她的黑发散垂在洁白的枕头上，嘴唇还保持着淡淡的红润，但她一颗孤寂的心，却永远不能跳动了。

她的床侧只有一个青年，悲哀地伫立着，泪水默默地滴落在地板上。

他手里拿着一本《跋涉》，是死者弥留时赠他的珍贵遗物。

海风从窗外吹进来，掀起了书页，突然有两片小东西飘落下来。骆宾基躬身拾起，发现是两片保存了很久的枫叶，已经干枯了，但那暗红的色泽，却没有消退。

他把枫叶放进书里，推开阳台的门，向外眺望，远处的蓝天碧水间，一群白色的海鸥在飞翔——它们扇动着翅膀，似乎也在为长眠的萧红悲啼：

"不甘——"

"不甘——"

……

1981年5—12月写于成都
1982年2月下旬改于重庆
1982年8月定稿于成都

呼兰河寻梦
——《落红萧萧》再版代后记

按：《呼兰河寻梦》的部分内容，曾在《家庭与生活报》及大型文学杂志《红岩》1986年第3期刊载。《家庭与生活报》的原编者按称："《落红萧萧》是一部深受广大读者欢迎的长篇传记小说，初版印数九万册，很快售罄，曾在少男少女读者中掀起了一股'萧红热'。该书作者松鹰当年毕业于哈军工。二十年后，他再次踏上当年萧红留下的足迹，访问了还健在的一些著名东北作家，并用流畅、抒情的笔触撰写了系列访问纪实《呼兰河寻梦》，读起来清新隽永，耐人寻味，颇有文学性和认识价值。我们从该期起连载，以飨读者。"

承蒙著名文化学者、策划人梁由之先生的厚爱和助力，《落红萧萧》得以再版，特表由衷的谢忱！并诚谢台海出版社、康瑞锋先生及领读文化传媒的精心编辑和隆重推出！在此将《呼兰河寻梦》全文附后，作为再版代后记。

一、呼兰河的梦

呼兰河，这条富有魅力的河流，对我有一种特殊的吸引力。这不仅因为它是萧红的故乡，还因为那里曾留下我青春的足迹、理想、梦。

当年，我刚跨进哈尔滨军事工程学院那座雄伟的大门时，我们新生队曾在呼兰河畔军事野营。那时我还是一个中学刚毕业的少年，满脸稚气，穿上军装总有点嫌长。夜里，我背着一支半自动步枪，提心吊胆地在帐篷外站岗。脚下踩着卵石和沙滩，四周被幽深的黑暗包裹着，耳边传来呼兰河汩汩的流水声，听起来真像梦呓一般神秘。三个月旋风般的入伍军训，在我们心中唤起了一种军人的强烈的集体精神和英雄主义。急行军，紧急集合，打"敌空降兵"，还有声势浩大的诸兵种联合作战演习，这一切都是在呼兰河旁进行的。那里有一片荒僻的开阔地，长着灰褐色的茅草和柳树。呼兰河静静地流着，像一条白练向东南直泻而去，一直汇入松花江。

当时我还不知道萧红的名字，也不知道这条河曾经哺育过一位有才气的女作家，而这位女作家写了一本《呼兰河传》的小说。我们那帮来自四川的哈军工第八期新学员，当时最大的愿望就是戴上肩章，当一名年轻的国防军官。哈尔滨军事工程学院的培养目标是军事工程师，毕业生通常授予中尉军衔，高才生破格授予上尉。那会儿我怎么也没有想到，自己从这座军人摇篮毕业后，有一天会中途易辙，搞起文学来。更没有想到我的第一部长篇小说会同萧红、同呼兰河结下不解之缘……

二十年过去了，我一直在怀念这条河流！它像一首古老而悠远的民歌，在我心田里长久地萦绕。我曾经好几回在梦中回到那里，寻觅逝去的时光和情影，那里流水依在，人事却已全非。

哦，呼兰河！我默默地思念你，为你祝福。

那年春天，一次期盼已久的机会使我的梦终于实现了。我乘164次列车北上采访，出秦岭，经北京，穿过东北平原，回到了阔别二十载的哈尔滨！当我重新呼吸到松花江的气息，听见呼兰河喃喃的细语时，我的心脏竟怦跳不已。

一个月的旅程，萧红的名字形影不离地伴随着我。在北京短暂逗留，我访问了她的友人骆宾基，拜会了萧军——与她同跋涉、共患难，相爱而又相离的萧军；在哈尔滨，踏着五十年前两萧留下的脚印，我寻到了她的芳踪：落难的东兴顺旅店、度蜜月的欧罗巴旅馆、《国际协报》旧址、商市街……在呼兰县城，我凭吊了萧红出生的故居——从前的那后花园，而今不见了；那园里的小黄瓜、大倭瓜，也根本没有了。但是萧红的名字，她的名篇《呼兰河传》，却留了下来。

我在呼兰河畔徘徊了许久。脚下踩着流沙和青草，我不禁想起一句不知哪位哲人说过的话："生命短促，艺术长存。"

这条神奇的河从我脚边流过，还是那样美，那样静静的，那样唱着永恒的歌……

这次呼兰河行给我留下的印象，至今还清晰地在眼前浮现。

二、访骆宾基

东北作家群的"小字辈"

到京后的一个下午，我乘地铁到前门，拜访了慕名已久的骆老。

说起来，骆宾基是东北作家群里的"小字辈"：他比"老大哥"

萧军小十岁，比罗烽小八岁，比"黑人"舒群也要小四岁；他与萧红相识的时间也最短。然而有意思的是，在东北作家群里，同萧红交情和相知最深的，除了萧军，大约就数骆宾基了。骆宾基是萧红弟弟的同学，1941年太平洋战争爆发时，萧红病困香港，骆宾基见义勇为地担起了护理责任，衣不解带地陪伴了她四十四天。萧红在弥留之际，向他倾诉了自己半生的不幸和遭遇、她与萧军的悲欢离合、她对文学和未来的憧憬……骆宾基后来因此写了一本《萧红小传》，他是第一个为萧红作传的人。迄今为止，这本书仍然是所有萧红传记中最重要、最有色彩的一本。

骆老住前门附近的西大街二号楼。这是一幢铁灰色建筑，高十多层，从外面看很有气派，里面的质量却不大相配。楼梯很窄，过道墙上的壁粉也有些脱落了。

在一个简易的电钮上按了两下，门内响起电铃的蜂鸣声。不大一会儿，一位拄着拐杖的老人来开门，行动似有些不便，但神情却是机敏的。"我找骆老，骆宾基同志。""唔，我就是。"主人谦和地点点头。这就是铮铮硬骨的骆宾基呵！穿一件芭茅色毛衣，微胖的脸，短八字眉，小眼睛，一副长者风度。

这套住宅没有客厅，随主人进到一间卧室兼书房。房间的布置很简朴：一张雕花老式写字台、一个大书柜、一张双人床、两个面包式的沙发、一架新染过色的藤椅，除此而外，就没有什么了。墙上悬着一幅兰草图，桌上堆满了书，屋角散乱地放着一些墨迹斑斑的土宣纸。

我刚在沙发上坐下，骆老便取出一个小本，叫我写下姓名和通信地址。我写毕，恭敬地递过去。老作家接过一看，哦地笑起来："是《落红萧萧》的作者呀！"我也笑了，与骆老仿佛一见如故。

《落红萧萧》是我和慧心合作的一部以萧红为原型的长篇小说，先在大型文学丛刊《红岩》上发表，后由四川人民出版社出版。书印出后，我曾给骆老寄去一本。

我们的谈话，就从这部小说开始。

骆老告诉我，前不久香港《文汇报》上登了一篇《落红萧萧》的书评。"这本书在香港反映不错。文章不算长，但比较有分量。""是去年的报吧？"我问。"不，是今年的，你们还不知道呀，我以为你们知道。"骆老坐在藤椅上，目光从上朝下投来，透着长辈的慈爱。

《落红萧萧》发表和出版后，很受青年读者喜爱，曾有不少读者来信鼓励。不过传记体长篇小说，既不同于严谨的传记，又不同于天马行空的小说；从某种意义上说，也许它比两者都难。书出版后，也听到专家的一些意见。出书前，曾由慧心同志写信请骆老作序，但他婉谢了。

骆老此刻坦率地说："我并不大赞成你们那种写法，要不就是传，要不就完全是小说。结果看来还是比较受欢迎。当时你们要我写序，我就是考虑到这一点，不大好落笔。"慧心后来告诉我，骆老在回信中称赞道："读过尊作之后，第一感，仍然是才华闪光，有独特的语言及表达方法。第二，富有情感，也就富有感染力，我读后很喜欢。"

话题回到萧红身上。我问骆老，当年在香港他为什么会不顾一切地救萧红。骆老说，他是偶然发现萧红的处境的，他起初并未料到将由自己把她护送到人生的终点。这一段经历他在《太平洋战争爆发之后》有详细的记述。当时他年仅二十四岁，一个血气方刚的青年，同是东北流亡作家，眼看着病重的萧红在战乱中无人照料，怎么也不忍心撒手不管。他相信，任何一个流亡孤岛的真正的左翼东北作家，当时都会这样做的，除了一位"T君"例外——在《落红萧萧》里，他的名字叫端木蕻良。

卧室的气氛此刻是肃穆的。我仿佛看见一个敦厚的青年伫立床侧，萧红平静地躺在床上，脸色像玉雕似的光洁、惨白，她的眸子里还残留着一丝悲凉的微笑……一颗寂寞而灿烂的星倏然陨落了。然而她划过夜空留下的轨迹，至今还闪着奇光异彩。骆宾基是这颗彗星陨落的唯一见证人。他同萧红的这段友谊一直被传为文坛佳话。为此他也付出了很大的代价：因为护理萧红来不及回九龙寓所，他在桂林桐油灯下写成的长篇小说《人与土地》手稿为战火所吞噬，那是他视得比自己生命还宝贵的东西；他的见义勇为和自我牺牲，还招来一些至今未解的文坛纠葛和流言。

四十年过去了，岁月的锉刀磨掉了多少记忆，却永远磨灭不了一颗水晶般的心灵！

两个小故事

在访问中，骆老还给我讲了两个小故事。至今想起来，仍觉得很受启发。

第一个故事是老舍夫人胡絜青的画。骆老说，"文革"之前，他在一位朋友家里做客，见墙上挂着一幅国画。他问："这是谁的工笔画呀？画得这么笨！"那朋友说："噢！这可是老舍夫人画的。"他心里嘀咕道：老舍夫人呀，还是齐白石的大弟子，画得不怎么样嘛。但碍于朋友的面子，他不好再说什么。骆老告诉我时，没有讲究竟是一幅什么画。

我听了，忍不住插嘴问："老舍夫人向齐白石学画呀？"骆老颔首一笑，接着往下面讲。

他说"文革"以后，他一次又去那位朋友家，发现墙上已换成另一幅国画，笔墨工整雅逸，潇洒不俗，不禁赞道："这是谁的手笔呀？""老舍夫人的。"朋友说。骆老听罢大感意外。真是十年不见，功夫已大不一样。后来，骆老遇到了老舍夫人，他也向这位"齐白石的大弟子"求画，并向她讨教其间的奥妙。胡絜青平静地说："你不知道，"文革"十年，我没有间断过，天天都在练笔。"骆老这才恍然大悟。这件事对他颇有启示。就是世间的事只要不断地练，总会有进步的。"滴水穿石"就是这个道理。骆老说，搞文学，创作，也要有这股韧劲，不能光靠灵感、才气，要靠功夫，而功夫则靠练。

另一个故事是黄宗英的文章，也是很有意思的。黄宗英在"文革"前就发表文章，有散文，也有特写。骆老当时心想一个演员，还写东西，所以产生了兴趣。结果找来看了两篇，很扫兴，觉得这个人没有才气，也不会剪裁，什么都堆在一起。一句话，他当时得到的印象是：黄宗英是一个不甘寂寞的演员，但成不了作家。骆老笑道：没想到，"文革"之后，黄宗英的报告文学出来了，先是《大雁情》，接着是《小木屋》《星》……真是令人大吃一惊，一篇赛过一篇。

"这也是练出来的功夫呀！"我望着骆老说。

"是的，"骆老点头，若有所思地说，"不过除了功力以外，还有更重要的一点，就是作者对新生活充满着激情，她心中始终燃烧着对祖国、对人民的爱。"

其实，骆老自己就是一位与祖国和人民同呼吸、共命运的作家。他主张作家要关注现实，不要背向沸腾的、新的生活。他说不少作者总认为自己过去的生活很丰富，足够写的了，而忽略了当前的生活，这是很可惜的。我问骆老比较喜欢最近的哪些作品。

他回答的作者有：黄宗英、陈祖芬、刘宾雁——有趣的是，都是写报告文学的。他还称赞说："陈祖芬是我们北京作协的，文笔不错，作品思想境界也高。"

骆老本人就是报告文学行家。他当年在上海为茅盾主编的《呐喊》丛刊写报告文学时，陈祖芬还没有出生哩！六十七岁的老作家兴致勃勃地谈道，在改革的浪潮中他也坐不住了，到郊区去蹲了一个星期，回来也写了一篇报告文学。遗憾的是，过了将近一年，这篇报告文学才在一家丛刊上发出来。老作家诙谐地说："这下把我的兴趣也打没有了！"

这也许是句玩笑话。我感觉到的，是一颗在燃烧的、滚烫的心。

三、鸦儿胡同会萧军

我这不速之客

拜会萧军，是在访骆宾基的翌日。这是一次充满戏剧性的访问。

在中国文坛上，萧军、萧红这两个名字就像双璧，闪着引人瞩目的光泽。这一对富有传奇色彩和悲剧韵味的作家，有过风雨同舟的命运、炽热的爱，也有过离别和各自不幸的遭际；尽管最后他们令人惋惜地分手了，一个早逝，一个经历了漫长的坎坷，但萧军、萧红这两个名字，在文学上，在后来人的心里，是永远难以分割的！

萧军自号"酡颜萧军"。《落红萧萧》出版后，不少青年读者来信打听这位"萧军"的下落。一位重庆的大学生在信中写道："看罢小说思索之余，我不禁关心起活着的人了，特别是与萧红倾心相爱的萧军，现在是否还健在？姓什么？在哪里工作？……"

萧军是一个桀骜不驯的硬汉子，经过三十年的风雨，仍然健在。算来他该有七十七岁了。

按着地址，我找到了鸦儿胡同。小巷里没有六号，一打听是在巷子背后。这里临着一个狭窄的小湖，围着栏杆，水很清凉。从衣兜里掏出北京市地图，一对照，才知是与北海相连的什刹后海。萧军所居的六号就在湖畔。这是一栋城堡式的小灰楼，楼四周一片矮平房，相比之下，这楼大有鹤立鸡群之势。

楼门口有两个木匠在做木活，向旁边的一个老太太打听，知萧军住在楼上。我沿着一条老式木楼梯登上二楼，空空的过道寂然无声，四周隔着木板，前后几扇门都闭着。

试着在一扇门上敲了两下，门打开了。开门的是一位挺精干的中年妇女，头发向后梳成一个髻，穿着褪色的蓝布衫，很朴素。一问，正是萧军的夫人王德芬同志。

我说明来意，女主人热情地把我让进屋里。临门是一架古色古香的屏风。我在一张红色人革沙发上落座。当我在女主人递来的本子上写下姓名、单位后，她呵了一声："你是《落红萧萧》的作者吧！""是的。"

不料我这一应声，气氛顿时变得紧张起来。她用锐利的目光迅速打量了我一眼，像是仔细瞧瞧的意味。

"萧老在家吗？""在，你等着。"女主人进里屋通报去了。我坐在沙发上，打量了一下外屋。房间很大，呈六角形，有三扇排成弧形的大窗户。窗前是长椅、方桌。室内的摆设和装饰丰富多彩：窗台上摆着古瓷器、盆景，墙上挂着琳琅满目的字画——有鲁迅肖像、名人字帖，还有一幅西洋风景画，空中则悬着几盆青茸茸的吊兰。大约几分钟光景，一个矮胖敦笃的老人出来了，头发已斑白，但很壮实，身穿浅栗色条纹毛线衫，脸上没带笑容，威风凛凛，像一尊战神。这就是曾经被人遗忘的萧军！我忽然觉得，朝我走来的是一位退了伍的元帅，老了，但雄风依在。握罢手，我在方桌一侧就座，主人坐在临窗的长椅上，女主人萧夫人坐在后面的红沙发上。

谈话开始，像是谈判。从老人端坐的姿势和眼神中，我发现自己给这间屋子带来了火药味。这使我很意外。

《落红萧萧》一席谈

我到鸦儿胡同，本来是做一次礼节性的拜访，顺便了解一下哈尔滨两萧旧址遗迹，没想到竟走到"谈判桌"上来了！原来主人对《落红萧萧》有保留意见。于是，一方是小说里的"萧军"，一方是小说作者之一，年龄上相差四十岁，空间上相距只一尺之遥，我们隔着方桌对起话来。

传记作品的一大难处，就是涉及活人，容易引起麻烦。电视连续剧《霍元甲》播出后，万人空巷，但霍元甲的后代却提出了抗议。理由是赵倩男纯系编造，有辱霍门名声，霍氏子孙也无叫霍东觉的。围绕着传记小说《张玉良传》，好像也有过争议。原因当然是多方面的，有作者的粗疏，也可能有当事人的误会或苛求。对于我们的这部长篇小说，从谈话看当事人主要的不满意大约是两点：一是萧军与学生姐姐的关系"移花接木"了，"那个学生和她姐姐都还在，这不是成了'黑幕小说'吗？让人去索隐"。二是在上海大张旗鼓地卖《奴隶丛书》，那也不符合实际，"当时是偷偷印的，不可能那样嘛，我们老人一看就知道"。

他的表情有点愠怒，又像是一个受了伤害的小孩，喃喃地说："我反正保留写点什么的权利！"

我做了一些必要的解释，并简单地介绍了书出版后的反应，青年读者们对萧军的仰慕，还有骆老所说香港的书评，等等，但老"萧军"仍未消气。

此刻，我从心里感觉到，画家不一定完全按模特儿的意思去画，但无论如何，对方的这种感情是值得尊重的。《落红萧萧》是传记长篇小说的一种尝试，难免有不成熟之处。书再版时，相关地方可以考虑做点修改。而且像上海售《奴隶丛书》的场面，改并不难。关于传记、传记文学、传记小说，我已婉转地表示了自己的意见。另外的某些分歧，有的是误解，有的是看法不一，我平心静气地做了说明。

我不敢说自己的意见都对，但至少是富有诚意的。于是，空气缓和了些。

在交谈的过程中，萧夫人也移坐在桌旁，不时问上一句：这个资料你看过吗，那个资料看过吗，那上面都有……如骆宾基的《萧红小传》、聂绀弩的《在西安》、美国著名汉学家葛浩文的《萧红评传》等。女主人每问一句，我都点头："看过。"而且答得很有把握，这确是不假。有关萧红的作品和资料，凡是能接触到的，我们都进行过一番消化，包括萧红胞弟的回忆、中国台湾作家写萧红的长篇小说等。

大约因为我心平气和的态度感动了主人，又沟通了情况，室内的气氛变得亲切自然，冰雪开始融化。

我问萧老，哈尔滨的那几个旧址还在不？"在呀，你是……"老作家注视着我。"我明天就去哈尔滨，想看看那些地方。""哦，你是想写传嘛，还是改小说？"萧老脸上第一次露出笑容。"因为写了小说，总想回去再看看。"我说。"都还在！"老萧军"酡颜"大悦，"你到黑龙江大学找陈隄同志，让他带你去。"

这时他的神态真像一位慈蔼的元帅，而我呢，成了他麾下的一名光荣的小兵。为了我此行之便，他还特意嘱夫人给我开了一张"路条"。

五十年沧桑

萧夫人开的"路条"，是一封用圆珠笔写的短简，信中托陈隄教授抽暇带我去两萧故居看看。到哈尔滨后，我才发现这张小纸条的价值。

有趣的是，不知什么时候"谈判"变成了友好会晤。萧老同我越谈越投机。坦白、豪爽、健谈，这才是萧军的本色。整个访问进行了两个多时辰，谈话内容很丰富，大多集中在两萧的生涯上，诸如营救萧红、商市街的生活等。恳谈间，萧军隔着方桌示意夫人："把那个复印材料，给他一份吧。"王德芬点头，从书柜里取出几张北京作协上月庆祝萧军创作五十周年的复印件送我。上面有萧老衔着烟斗的近影，还印着萧军简历、主要作品目录，以及鲁迅为《八月的乡村》作序的手稿影印。老头还亲自去里屋拿出原件来给我看，有点像舞台介绍的折叠棉，印得很精致。萧夫人告诉我："实际上这一次'五十周年'活动，才真正给萧军公开恢复名誉。《北京日报》和《北京晚报》上发了消息。原来只是单独通知我们平了反。"

萧军从1947年以后受到错误的批判和处理，被埋没了整整三十年，粉碎"四人帮"后才重返文坛。他曾戏称自己是"出土文物"，短短一语，酸辣苦甜皆有！（中国文坛有两位"出土文物"，另一位是沈从文。）五十年沧桑，三十年沉浮，萧军依然是一个顶天立地的汉子。他从未离开过自己所热爱的文学事业，对祖国对人民始终怀着一颗赤子之心。我展开《北京日报》所发消息的影印件，上面有领导同志代表作协的一段话："萧军同志拥护中国共产党，拥护社会主义，不愧是一位具有民族气节的革命作家，是我党刚直不阿的好朋友。"应该说历史做出了公正的评价。五十年坎坷不平的文学生涯，萧军在小说、散文、诗歌、戏剧各个领域辛勤耕耘，共创作出版了四部长篇小说、三部短篇小说集（包括与萧红合著的《跋涉》）、八本散文书信集和其他诸多文字，在东北作家群里，论成就和影响只有萧红可以与他齐名。他的成名作（也是代表作）《八月的乡村》问世时他只有二十八岁，这部长篇小说在当时中国文坛曾引起轰动，经过几十年时间的淘洗，其生命力至今不衰。最近见到上海文艺出版社精装版的《中国新文学大系·长篇小说》卷，收入1927年至1937年十年间的五部长篇佳作，其中就有萧军的《八月的乡村》。与其并列的另外四部作品是：叶圣陶的《倪焕之》、茅盾的《子夜》、巴金的《家》、李劼人的《死水微澜》。五座山岳，并肩而立，萧军的成就足矣！

主人谈兴很浓，我们都忘记了时间。席间给我的印象，王德芬是一位很贤惠的妻子和母亲，对萧军很体贴、卫护，又是一位得力的助手。而且她也颇有文才，如谈起"T君"为什么追求萧红得逞，她说："当时萧红也太寂寞、孤独，聂绀弩只能给她友情，不能给她爱情。"又及，对两萧的诀别感慨道，"按理说萧红是他的妻子，他坚决要北上打游击，她就应该跟着去……"我暗想，如果她是萧红，当时一定会跟着去打游击的。萧军受苦受难的这三十年间，她不是一直忠实地追随着他吗！胡风在《悼萧红》中曾写道，1940年在重庆萧红一次去家里看他，无意中见到萧军寄来的新婚照片。"她看后好半天没有作声，看出这在她的感情上是个不小的打击。"照片里的新娘就是王德芬，几乎是同萧军私奔的，什么都不要了。这段姻缘，王德芬写过一篇很生动的散文，登在《飞天》杂志上。两萧在临汾离异时，萧军是孑然一身，他后来得到另一个姑娘的爱，也许是命运的安排。萧红的结局却并不美满。她轻易地委身于"T君"后，不久即受到冷落。据说在香港时，T热衷于追求一位有钱的小姐，萧红更加孤独和寂寞。聂绀弩所谓的大鹏金翅鸟，终于"从天空，一个筋斗，栽到'奴隶的死所'上了！"

两萧分手，"钗分镜破终天恨"。但是萧红后来在香港的寂寞中，写出了传世之作《呼兰河传》，却是她的造化和不朽的丰碑。

"一本换六本"

萧老还向我叙述了当时救萧红的情景，令人惊讶的是，四十多年前的往事，他记得还那样清楚。我想，人的记忆，有的是终生难于磨灭的。

谈到后来我们仿佛成了知己。于是，萧军层层加码，一会儿对夫人说："把那本书送松鹰一本吧。"王德芬点头，从里屋取出一本新书；隔一会儿，他又说："还有那一本，也送他吧！"……意外的礼物真让我喜出望外。到后来，我面前已摆上六本新书。其中一本是吉林大学出的《萧军创作研究文集》，其余五本，厚薄不一，都是萧军新近再版的作品，有传记《我的童年》、长篇小说《五月的矿山》、散文集《绿叶的故事》《十月十五日》、中篇小说《涓涓》。

我准备起身告辞时，萧老特地把这六本书拿进里屋，五六分钟后，老人出来，将书一并送我。其中五本他的新版书，都在扉页上用毛笔题了字，字迹遒劲，还钤了朱红方印，印墨未干，特地隔了一张小纸片。接过这些赠书，我感动了。

"怎么样！你送我一本（指上次寄赠的《落红萧萧》），我送你六本！"老作家笑盈盈地瞅着我。

我也笑了："下次我再送你一本，传记的，世界电子名人传。"

"好呀！"

萧夫人在一旁也趣道："这次丰收了吧！"

真算是丰收。可以说是满载而归，因为书有一小摞，我的提包装得鼓囊囊的。临了，萧军又问到《落红萧萧》，我说："发行九万册，有可能再版。"老头听说"九万"，叹了一声，有些吃惊和羡慕地说："我的书印数都只有一两万。"那种神态很像一个孩子。

走下楼时，总忘不了萧老第一面那种略带愠色的表情和孩子般的情绪，也忘不了赠书的浓情和厚意——我觉得，书中人的这种感情，书作者是应该尽可能尊重的。

下楼之前，萧军还邀请我进他的里屋，看了看他的写作台。这是一张摆设琳琅满目的大写字台，朝着壁炉式的墙，桌子上方悬着一柄镶金的小弯刀，很别致，给我留下的印象很深。玻板下面压着近几次举行萧军学术研究会的照片，他一一指给我看。内室一大间，再进去是一个宽大阳台改造的小屋，光线很充足，也摆着一张写字台。萧老说有时他就在这里写作。小屋一侧，有个门通到外面的过厅，就是我上楼时左右顾望的那个过道。

萧老和萧夫人一直送我到楼梯口。走下楼梯是拐弯处，我回过头来，皓首酡颜的老作家还亲切地瞅着我挥手。

走出灰楼，沿着什刹后海，再绕过鸦儿胡同，在几个方向上，都可以望见那幢古堡式的小楼。铁灰色的砖壁、窗户、屋顶，古老而凝重。虽然饱经了风雨，仍然铮铮兀立，岿然不动。我心中想，下次再来，一定要给这幢建筑拍张照片。

第二天，我就搭上了去哈尔滨的特快。

四、在十七次特快列车上

在列车上，我认识了一位年轻的日本留学生，他不知道日本的诺贝尔奖获得者，却知道萧红的名字，这使我很意外。

这是一个戴金属框眼镜、举止文雅的青年，穿着浅色便装，二十七岁，是日本一家大公司的职员，来中国进修汉语已一年多。这家公司在北京设有办事处，这位青年结业后，将是常驻办事处的代表，收入颇丰。同卧铺的人知道他是日本留学生后，态度都很客气，他也乐意和大家交谈，并不显得拘谨。他的普通话相当标准，但不太流利，谈吐彬彬有礼。我们面对面坐在过道临窗的小皮椅上，我问起他高仓健、三浦友和这两位影星的事，还有著名推理小说家森村诚一，他知道不少他们的逸闻。后来，我又问他日本得诺贝尔奖的江崎，他愣了一下，摇头说不知道这个人，表情有些窘。我说："他是江崎二极管的发明者。你们日本还有一个人叫汤川秀树，也得了诺贝尔奖。我们中国也有两位，杨振宁和李政道，都是物理学家。"他不好意思地笑了，惊奇地问我："你是学物理的吧？"他原先大约把我当成搞艺术的了。

列车穿入了夜幕。我躺在中铺上，怎么也睡不着。于是掏出随身带的一本《呼兰河传》，借着顶灯的微光浏览。他躺在对面的中铺上，问我看什么书。我说："《呼兰河传》。"他突然扬起脸来，好奇地问："是萧红写的吧？"这一回轮到我惊奇了。"你怎么知道的？""我读过她的《小传》日译本，她到过东京，死在香港吧，日本有好几个人研究她……"他还说《呼兰河传》也有日译本，可惜他没有读过。

车厢里灯熄了，我们还小声摆谈了好一阵。留学生告诉我，在东京的书店里可以买到萧红的作品，日本青年喜欢读冰心和萧红的散文。据我所知，萧红的散文译成日语的还不多，可能他把《呼兰河传》《小城三月》和《手》都当作散文了。这也难怪。萧红的小说本来就带有散文化风格，富有诗情画意。茅盾在为《呼兰河传》所作的序里，就曾称道："它是一篇叙事诗，一幅多彩的风土画，一串凄婉的歌谣。"

那天夜里我睡得很迟。仰卧在轻轻摇晃的卧铺上，沉入默默的遐想。两个不同国籍的年轻人，素不相识，萍水相逢，但是萧红的名字把我们的感情沟通了。这真是奇迹，又不是奇迹。我领悟到：文学是没有国界的，伟大的作家和作品属于全世界。

一觉醒来，十七次特快已奔驰在松辽大平原上。

窗外是一望无际的黑土，广袤的、微微起伏的大地沐浴着晨光。这就是黑龙江的沃土！我的心跳起来。大约春天的脚步还没有赶到，一行行裸露的树枝，淡青色的、赤褐色的，从眼前一掠而过。两排紫黑色的灌木丛，在铁道左右连绵不断，一直向前方伸去。田野上不时闪过围头巾，穿着鲜艳的妇女、姑娘；还有粗犷的男人，手中挥着马鞭……

望着在眼前旋转的大地，我的耳畔仿佛升起了萧红的声音——

家乡多么好呀，土地是宽阔的，粮食是充足的，有顶黄的金子，有顶亮的煤，鸽子在门楼上飞，鸡在柳树下啼着，马群越着原野而来，黄豆像潮水似的在铁道上翻涌……

我心里感到一阵亲切的共鸣。哈尔滨，我的第二故乡！阔别了整整二十年，我终于回来了。

然而萧红的芳骨，却永远留在了天涯——先是寂寞地埋在了香港浅水湾，倾听着海水呜咽，任行人践踏；后来迁葬到广州银河公墓的一块绿荫下。自1934年她同萧军一道逃亡南下以后，她再也没有回来过。

列车抵达终点，望着渐渐靠近的月台，我禁不住浑身激动，悲喜交集。

五、久违了，哈尔滨！

哈尔滨——它是一座美丽的城、艺术的城、音乐的城、英雄的城、热情好客的城，也是和我有着骨肉相关的城！无论我住在什么地方，无论我离开它多么遥远，离开它多么长久……我一直怀念着它，憧憬着它！

这是萧军1979年重返哈尔滨时的一段抒怀。不知为什么，走下月台时，我忽然产生了同样的感觉，我的心和萧军是相通的。

也许因为离别的时间太长，走出哈尔滨车站，刹那间，我几乎不认识了。广场对面的建筑，还有那些五颜六色的招牌，无论如何也唤不起记忆了。将近二十个春秋，这当中经历了多大的变化啊！只有耸立在广场中心的棱柱形纪念碑，还依稀记得，碑上镌刻着俄文字母，但色调比从前暗淡了。

旅社的面包车向左前方疾驶而去，我拉开窗玻璃，把头探出窗口，贪婪地打量着四周。车开出一程，才发觉哈尔滨的街道是有起伏的，并不是平地，有一种缓慢的坡度，这也没有印象了。

窗外依次掠过商店、医院、尖顶的教堂……我的记忆复活了！

一幢幢熟悉而别致的建筑跳入眼帘，米黄色、乳白色、赭红色，有哥特式，也有俄罗斯式、巴洛克式，别有一番风情。记得当年我们初到哈尔滨，乘着军绿色大客车，也是走的这条道。在晚霞的映照下，所有建筑都呈现出金黄动人的色彩。一座座富有异国情调的楼房，在大伙儿眼皮底下旋转着，闪过去，令人目不暇接。我们这群毛头小伙子仿佛突然闯进了东方的莫斯科，带尖的红顶大教堂，就像《渔夫和金鱼的故事》的宫殿，那鲜花点缀的草坪，黄灿灿、绿茵茵的。真想躺上去打个滚——那时我们才十七八岁，最大的也不到二十岁，一批雄赳赳的哈军工第八期新学员！

此时此刻，凝视着窗外，我不禁轻声念道："久违了，哈尔滨！"

汽车驶进哈军工旧址（如今叫船舶工程学院）时，泪水禁不住顺着脸颊流下来！这就是那座辉煌的军事学府，我的母校，这就是多少年来魂牵梦绕的地方。那凝重的大门、黄楼依然临街而立，但军绿色的板墙却早已不存在了。

入夜，我在三棵树旅社窄小的房间里，久久不能入睡。望着窗玻璃外隐隐约约的灯光，我总觉得刚才来的方向，有一种神奇的力量在默默地向我召唤。哈军工那沉浸在暮霭中的大楼顶，那兀立的雄姿，那个我曾经度过最宝贵的年华的大院，就像磁石一般吸引着我。

第二天，我提着旅行袋，进驻了哈军工大院。这座曾经为许多热血青年神往的军人摇篮，房舍依在，面目却已全非。我没有急着去寻觅两萧的旧居，先上街浏览了一下市容。无论是叮当而来的有轨电车、繁华的"秋林",还是铺着石条的中央大街,"似乎仍然和昨天一样啊"!然而喇嘛台的悠悠的钟声,却永远听不到了。听说这座恢宏的古典建筑在"文革"中毁于一旦。十年浩劫的痕迹,再过两个十年,恐怕也不能完全消除。

明天我去太阳岛。

六、松花江畔

哈尔滨是一座雕塑的城市。在这座城市漫步,到处可感觉到"凝固的音乐"的白色旋律。而美丽的松花江畔,则是一条艺术的长廊。沿着斯大林公园的长堤,在柳树的掩映中,竖立着一座又一座造型精美的雕像,令人流连忘返。

记得当年我在哈军工海军系当学员时,每年的春天,多半是五一节,我们同班的几个小伙子,准要到松花江畔来摄影留念。大家一身海军军官服,漂亮的肩章、大檐帽,英俊潇洒。有好些女孩子从远处投来顾盼的目光。

我常爱站在第一号塑像前留影。这是一尊憨态可掬的熊,仰着脑袋,瞧着松花江,造型朴拙可爱。雕塑的基座是石砌的,有一人高。

如今,时隔二十年,我又回到松花江畔。恰好这一天是五月一日,仿佛我是特意赶着这个日子来似的。长堤上散发着杨树嫩叶的香气,脚下沐浴着融融的春光。松花江的流水,同昨天一样,沿着哈尔滨的脊背,自西向东悠悠地流过。下游不远处,就是呼兰河的入口。

我寻到第一号塑像的位置,那尊"熊"已经不在了。原先的石基座上,换成了一个怀抱琵琶的女孩雕塑。杨树下坐着一个卖冰激凌的姑娘,我问她这里原先的那个"熊"呢?她摇头说不知道。"文革"

开始时，她恐怕还没有出生吧。我很纳闷，这熊雕为什么要换呢？也许是忌讳"北极熊"还是什么的。我立在从前站的地方，支起三脚架自拍了几张照片。同样的方位，同样的姿态，不同的是身上的军装变成了记者的风衣。我的母校，那英名赫赫的哈军工，也从地球上消失了！

乘游艇过江，在对岸的太阳岛游了游。那里曾留下我们年轻的脚印，假日里我们常常结伴而往，游泳、划船、野营，十分惬意。

太阳岛的黄金季节是夏天，也许我来得不是时候，岛西角的一大片旅游建筑空荡荡的，一些古色古香的木结构房子都已破旧，颜色败褪，门窗不全。名字很吸引人的太阳岛餐厅也只剩一座躯壳。我产生了一个奇怪的感觉，仿佛走进了好莱坞废弃不用的摄影场。

只有沿着江堤的一排雕塑像是新造的，清新悦目，很美，有"鹿""孩童""踏浪女"。堤上有不少游人，江边还有撒网捕鱼的。

乘着游艇返回时，我蓦然看见江心的一片沙丘上，几个光腚的男孩在竞相跳水。旁边的江水波光粼粼，芦苇在微风中摇曳。望着这几个勇敢的小家伙，我禁不住露出会心的微笑。

萧军和萧红当年也在江心的沙洲上游过泳，一对得意的青年作家，因为没有带游泳衣，也是一身全裸，融着水光和天光。萧红曾在散文《小册子》里描写当时的情景。

那是他们刚从五画印刷社出来，看见自己的小说集马上就要出版，高兴得就像两个大孩子。为了庆祝，两人饱餐了一顿外国包子，又破例喝了两杯"伏特克"酒。走到江边时，萧军口袋里只剩两角钱。划船一小时租金一角五，他们划到江心沙洲上，尽情地在水中嬉戏，晒日光浴。这时，从北面划来一条小船，萧红慌张起来，穿衣裳已来不及，急忙躲到水里去。船走过，又爬上来。他们玩得很快活，到了该回家时，萧军才发觉白衬衣被水冲走了。结果他只好赤着膀子而凯旋，还带着战利品——在江里捡的一条死鱼。他们庆祝出版的那本小册子，就是两人珠联璧合的《跋涉》。那是他们的第一本书，萧军时年二十六岁，萧红年仅二十二岁。舒群在极不容易的情况下，为这本书的自费出版筹款，帮了两位朋友的大忙。

《跋涉》的出版，给当时寂寞的哈尔滨文坛投下了一团火，也给两位青年作家带来了意想不到的危险。在白色恐怖的威逼下，他们终于告别哈尔滨，踏上了流亡的坎坷之途。对萧红来说，这是她同生她养她的故乡的永别……

从松花江畔赶回南岗，已是下午三点钟。回来时，在"秋林"百货公司（现在叫松花江百货大楼）三楼，买了一只橙红色外壳的小指南针。准备画哈军工大院平面图确定方位用（我要为它写支"挽歌"），去呼兰河大约也用得着。

七、啊，呼兰河！

寻萧红故居

我终于要走近呼兰河了！

清晨八点半钟，在承德广场乘上去呼兰县的长途汽车。天气很好，晴空万里。汽车经过下游的松花江大桥时，偶一回头，在遥远的地平线处，甚至可以看见哈军工系大楼的屋顶！在晨光里，五座巍峨的大楼，闪着凝重的青灰色，清清楚楚，兀立天边。汽车驶上哈呼公路后，加快了速度。沿途的柳树，都已吐翠。田野坦荡无垠。黑土，草甸子，蓝天，白云。

呼兰县在哈尔滨以北五十公里左右，位于呼兰河北岸。清乾隆年间，这里还是一个不到五千人的小镇，追溯到更早些时间，则只是一个防戍所需的军事据点。到了20世纪初，呼兰县才发展成一个商肆兴盛的县城，民国二年（1913年）正式设立为县。萧红在《呼兰河传》里描述的县城，大约就是这个年代。

汽车行了约一个小时，于九点四十五分到达呼兰县。进入县城前，汽车先驶过一座白色的长桥。桥下就是呼兰河。

萧红故居在县城南面，据铁峰《萧红传略》所记，地址是镇南河沿龙王庙前长寿胡同。县城不大，给人的印象平淡无奇。十字街上，可看见马车、尘土。满街的叫卖声。打听到龙王庙的去处。在一条街巷的拐弯处，问一个卖冰棍的女孩，萧红的故居怎么走。女孩指了指前面："就在大红门斗那儿。"我朝前寻去，走完了一条街，又倒转回来，都没有找到。没有任何标记，连"萧红故居"的字样都没有。一连问了几个人，才问到，所谓"大红门斗"，是用红砖新砌的一个普通大门，很不起眼。推开侧门进去，里面是一个小院。院子大约有篮球场大，四周是新围的砖墙，右侧有一大一小两间旧平房。院坝中间还堆着一大摊砖头，似乎刚施工到一半停了下来。记得年前《光明日报》曾登过一帧萧红故居破旧待修的照片，呼吁有关方面重视。当时我看到照片，十分震惊。好多国家都很重视作家、艺术家的故居，因为这是民族的骄傲，也是一国文化水准的标志。像萧红这样可数的女作家，她的故居为什么竟无人过问呢？……现在墙是围起来了，房子显然还是原样，房檐上的瓦残缺不全，窗棂也很破旧，屋檐下悬着一根绳子，上面晾着两件旧棉衣。没有看见人影，但大平屋的门开着缝，看得出有人住。院子一角有一间快坍塌的矮屋，几只母鸡正安闲地在地上觅食。

这就是萧红度过童年的故居？

这就是《呼兰河传》里娓娓描写的那个大院子吗？

我望着这块寸草未长、满地烂砖的不毛之地，不胜惆怅。

完全应了萧红四十年前说的话：

从前那后花园的主人，而今不见了。老主人死了，小主人逃荒去了。

那园子里的蝴蝶、蚂蚱、蜻蜓，也许还是年年依旧，也许现在完全荒凉了。

小黄瓜、大倭瓜，也许还是年年地种着，也许现在根本没有了。

那些五颜六色的蝴蝶、金色的蜻蜓、绿色的蚂蚱，那些爬上房的黄瓜、倭瓜，那些毛嘟嘟的狗尾草，统统都没有了！院子中央只剩下一柱Y字形的断臂老榆树。我的耳畔仿佛响起喃喃的、清脆悦耳的童音："小时候，只觉得园子里边就有一棵大榆树。这榆树在园子的西北角，来了风，这榆树先啸，来了雨，大榆树先就冒烟了。太阳一出来，大榆树的叶子就发光了，它们闪烁得和沙滩上的蚌壳一样了。"大约这就是萧红说过的那棵大榆树吧，树已经死了，只剩下光秃秃的一个躯干，树身足有酒桶粗，上面布满着沟壑和疮痍。

我取出海鸥205型相机，在墙角立好三脚架，选好角度，拍了几张照。这时，从门外进来一位穿高领衫的年轻人，面色黝黑，长得很帅。我问："你是这里住家的吧？""不是，我和他们（指住家）挺熟，我也是来拍照的。"这才发现他手里提着120型机子。青年很热情地自我介绍，他是呼兰师专中文系的学生，他们一班同学都是萧红的崇拜者。他听说我是慕名来此拜谒萧红故居时，脸上露出亲切的神情，仿佛遇到老朋友一样。我们谈得很投机。据他介绍，萧红旧居实际要宽得多，现在墙内圈的只是一小块遗址，大平房是萧红祖父、祖母住的。

我问起为何故居搞得这么简陋，几乎辨认不出来。青年不无遗憾地说：县上对萧红故居不怎么重视，没有钱修，也没有人管。像现在这样用砖墙重新围过，已经算不容易了。听见这话，我不禁默然：一个县的财力也许有限，然而呼兰县只出了一个萧红啊！

在故居里待了近一个小时，我们一道走出院子。在"大红门斗"门楣上，贴着一长条已经褪色的红纸，上面的墨迹尚可辨认，写的是"文豪萃荟，浩气长存，文学前辈"，后面似乎掉了四字，文理有些不通。名牌号是新的，街名也改过了："文化路29号。"

街对面是一排黑森森的榆树，枝干苍黑峥嵘，颇有气势。榆树林的尽头，是一个丁字路口，隔街是一所土墙合围的小学校。师专青年告诉我那就是龙王庙小学，萧红儿时在里面读过书，现在已改名为萧红小学。他主动当向导，带我到学校里参观了一下。小学生们正在上课，操场上静悄悄的。龙王庙据说就在小学的院内，青年引我去拍了照，其实不过是一间普通的大瓦房，没有什么特殊的。操场旁扔着一块拱形铁架，像是原来立在校门上的。上面嵌着"萧红小学"几个大字。这是我在呼兰县唯一所见有"萧红"名字的标记，可惜竟落在尘埃之中！

流水淙淙

呼兰河就在我的脚下。

我站在呼兰桥上，向下鸟瞰。这是一座乳白色的长桥，桥面很宽，桥下有五个弧形桥孔。桥的造型精巧别致，桥墩结合部的小拱，很有点赵州桥的风格。那个在萧红故居邂逅的呼兰师专学生，一直陪着我到呼兰河畔，待到把相机里的胶卷拍光，我们才在桥头分手。

我独自在桥上漫步。呼兰河水在脚下缓缓地流过，从桥栏上望去，波光粼粼，一泻千里。这就是养育了萧红，也因为萧红才名扬天下的呼兰河！现在看起来，它也是一条普普通通的河流哟。河水是浅黄色的，并不清澈，水势平缓。河心有两人在划船，河岸上有几个纤夫在拉纤。

呼兰河发源于小兴安岭，蜿蜒西流，再折而向南，沿途汇集了诸多细流，河水进入呼兰地域后，从呼兰县西南角绕过，向东南流去，最后经呼兰口子汇入松花江。由于河面宽阔，水流平缓，平时伐木工人木排放漂，非常便利。到十月后河面结冰，有将近半年的冰冻期。由于河道宽，冻冰坚实，每到冬季呼兰河就成了车辆要道。附近诸县的农产品都是通过这里运往哈尔滨。正是这个原因使呼兰县一度发展成一座繁华的小城。

到萧红《呼兰河传》里的年代，小县已经败落下来。但呼兰河仍然是呼兰县的命脉。我总觉得，这条静静流动的河流，平凡之中蕴含着某种神奇的东西，令人怀想。

呼兰河畔是细软的沙土，长着很多柳条丛。我在河南岸的草地上，独自坐了将近一个小时，倾听这淙淙的流水，冥想了许多。当年军事野营的地方在哪里？哈军工海军系试验新型快艇的水域在哪里？都找不到踪迹了。是什么力量吸引我，吸引那样多的文学爱好者、学者、研究家们，千里迢迢地来到这个贫瘠而没有什么特产的地方呢？

也许这就是文学的魅力，是萧红，是那本一个世纪以后还有人读的《呼兰河传》……

一个问题长久地在我心头萦绕。文学史上常有这种情况，有的作品问世时曾经轰动一时，但过不了多久就被人遗忘了。为什么那些东西生命如此短促，而萧红的作品却经久不衰，而且拥有越来越多的读者和知音呢？

以军旅小说《啊，索仑河谷的枪声》登上文坛的青年作家刘兆林曾告诉我，他在中学时，就对萧红的名字十分景仰。他的家乡巴彦距呼兰县不到一百公里，中间隔着一条少陵河。河那边竟出过这样一位女杰，这对少年的心是多大的冲击呵。正是萧红的名字和作品，后来把他引上了文学的道路。（松鹰注：一度沉寂的刘兆林，前不久新推出长篇小说《第三次执刑》《不悔录》。）深深喜爱萧红作品的作家，不仅有穿军装的刘兆林，还有秀外慧中的王安忆，深沉的古华，我们四川的周克芹。

萧红作品的魅力究竟在哪里呢？这确是一个耐人寻味、值得探索的问题。

老作家孙犁曾说："萧红的可爱之处，在于写作态度赤诚，不做自欺欺人之谈。其作品的魅力，也可以说止于此了。"这位素以独特风格著称于世的文学前辈，还评价道："她对时代是有浓烈的情感的；她对周围现实的观察是深刻的，体贴入微的；她对国家民族，是有强烈的责任感的。但她不做空洞的政治呼喊，不制造虚假的生活模型。她所写的，都是她乡土的故事……"

这些意见，非常精辟。对于萧红研究，无疑是很有价值的。萧红作品的魅力也许就在"赤诚"二字，在于她的一颗赤子之心，在于那只属于她的独特动人的文笔。

"五四"之后相继立身文坛，并倍受青年追慕的中国女作家有三位：冰心、丁玲、萧红。这是中国现代文学史上最有成就的三位女性作者，代表三种风格，三条不同的创作道路。其中年纪最轻、身世最不幸的是萧红；生命最短促而传世之作最多的，大约也是萧红。冰心生于1900年，丁玲生于1904年，两人都很长寿。萧红生于1911年，病殁于1942年，她永远三十一岁！

二十世纪三四十年代的中国女性作家是很稀少的（松鹰注：还有一个张爱玲，现在重新引起人们关注），如今文坛上的才女却是车载斗量，灿若萤火。她们得天独厚，身手不凡，亮闪闪映红了几乎半个中国文坛。这里随便可以举出一打名字来：谌容、张洁、戴厚英、张抗抗、叶文玲、王安忆、航鹰、铁凝、王小鹰、程乃珊、张欣辛、乔雪竹……

呼兰河在我脚边默默地流着。

时间的流水淘尽了千古风流，只有真正有价值的东西留了下来。

萧红的作品早已越过了国界。日本、美国出版了她的代表作《生死场》《呼兰河传》，德国、苏联也有研究萧红的专著问世。她在地球上拥有越来越多的读者……

萧红是不朽的，她是呼兰河的骄傲！她不仅属于整个中华民族，也属于全世界。

小城遗风

有位中国台湾学者，曾在一本关于《呼兰河传》的专著中提到，一次他把《呼兰河传》介绍给一个哈尔滨的友人读，那朋友读罢之后，皱着眉头说："这不是呼兰河的传呀！"

这话很有意思。事实上，《呼兰河传》中有好几段描写呼兰河的地方，而且写得十分精彩。例如，第二章第二段，写七月十五日盂兰会，呼兰河上放河灯的盛况，以及河灯走后的那种冷落寂寞，堪称一幅绝妙的风俗画。第三节写秋天在呼兰河边看野台子戏，那种乡情野趣，很容易使人联想起鲁迅先生《社戏》里的情景。

不过，萧红在《呼兰河传》里，主要写的是呼兰县城，是乡土，是她的家和她的童年。书名里的"呼兰河"，实际是县城的名字。小说第一章开篇不久就写道："呼兰河就是这样的小城，这小城并不怎样繁华……"类似的提法书中多次出现，如：

"呼兰河这城里，就有许多这一类的人。"

"呼兰河城里，除了东二道街，西二道街，十字街之外，再就是些小胡同了。"

"呼兰河这小城里边住着我的祖父。"

等等。

所以说，《呼兰河传》，主要写的不是河，而是呼兰县小城。小说以朴素细腻的笔触，逼真地勾勒出中国北方边地小城的风情世态和芸芸众生相。初看像是纤纤素描，细瞧才知是大家手笔！整部作品散发着浓郁的乡土气息。

古朴，闭塞，落后，单纯。半个多世纪过去了，《呼兰河传》里的那些历史陈迹，还能明显地感觉到。

呼兰河就是这样的小城，这小城并不怎么样繁华，只有两条大街，一条从南到北，一条从东到西，而最有名的算是十字街了。

如今，还是那几条大街，街道也几乎没有什么变化。只不过街名有些改了。灰秃秃的路，低矮的平房，整个县城给人的印象平淡无奇。看上去这个县城比较穷，街上行着马车，尘土飞扬。

在小街上住着，又冷清，又寂寞。一个提篮子卖烧饼的，从胡同的东头喊，胡同向西头的都听到了。虽然不买，若走谁家门口，谁家的人都是把头探出来看看……

现在，卖烧饼、卖凉粉的叫卖声已经听不到了。取而代之的是卖冰棍的。"冰棍，冰棍，三分五分，冰棍——"尾音先升后降，拖得很长，唱歌似的。满街都是这种叫卖声，听起来仍有一种北方乡村的特有韵味。

十字街上有金银首饰店、布庄……也有拔牙的洋医生。那医生的门前，挂着很大的招牌，那招牌上画着特别大的有量米的斗那么大的一排牙齿。这广告在这小城里边无乃太不相当，使人们看了竟不知道那是什么东西。

那拔牙的洋医生大约早入土了，但稀奇古怪的广告却并没有绝迹。我在街口看见两家专拍奇装异服照的小像馆，门前挂着花花绿绿的彩照，颜色是用笔涂上去的，很不协调。相片上的人多是扭捏作态的大姑娘。进去拍照的人却寥寥无几。

> 比方就是东二道街南头，那卖豆芽菜的王寡妇吧：她在房脊上插了一个很高的杆子，杆子头上挑着一个破筐。因为那杆子很高，差不多和龙王庙的铁马铃子一般高了。

那种杆子是北方乡村小店的一种标志，俗称"望杆"。望杆插着，表示正在卖东西，一望即知。如今那些挑着破筐、草把的杆子不见了，取而代之的是屋脊上伸着的一根根电视天线，远远望去像一片不整齐的桅杆，天线的指向都朝着哈尔滨方向。时代毕竟在前进，落后的小城也进入了现代文明！

那个在《呼兰河传》里绘声绘色描写的"大泥坑子"，也早填平了。据给我当向导的师专学生介绍，东二道街一家机关门前的那段街，就是当年赫赫有名的"大泥坑"。街很平整，几乎看不出任何痕迹。如果没有看过《呼兰河传》，很难想象这里从前是一个经常淹死猪、狗、小孩的大泥塘，那个呼兰县城旧生活保守落后的象征！

据说团圆媳妇的丈夫现在还健在，是一位很豁达的老汉。可惜因时间仓促，没能去会会这位名不见《呼兰河传》的人物。

下午两点半我乘汽车返哈。上车前，在县文化宫小广场一家青年饭馆吃了顿水饺。价钱比哈尔滨贵，饺子皮厚馅小，咬开一口，馅滚出来，只有龙眼大。

在汽车站，看见一群当地的年轻人，在戏弄一个穿花衣衫的女疯子，其中有一人好像还是车站检票人员。他们围住她大声嬉笑，嘲弄、逗引，以此为乐。周围的人若无其事地瞧着。目睹这场面，禁不住想起《呼兰河传》里的那种早应成为过去的乡风，心头有一种悲哀的感觉。历史的陈迹，时代的缓慢脚伐，诉诸谁呢？愚昧和落后是孪生兄弟。一个民族的精神文明和物质文明是紧密相连的。只有两者都腾飞了，国家才有希望。

八、教授父子

从呼兰河回来第二天，我持着萧夫人的短简，去黑龙江大学拜会陈隄教授。陈隄是国内研究萧红的专家，著述颇丰。我在《文艺百家》杂志上曾拜读过他的《从青岛到上海》（《萧红评传》选载），还有《我所认识的萧军》（载《春风》丛刊80年第一期）等文。这次能同作者晤面，感到很高兴。

黑龙江大学在哈尔滨市最南端的学府路，离哈尔滨医科大学不远。这是一座综合性的学府，校园不算大，但环境不错，教学楼前后点缀着桃花。我去的时候，正遇课间休息，在大楼里未见到陈隄教授。一位老师告诉了他家的楼号，教授规格的红楼，很容易就找到了。但不巧陈隄教授不在家，他的儿子接待了我。

这是一个瘦削的年轻人，人很精干，正在家里粉刷房间，脸颊上、鼻尖上沾着黑灰，模样像一个青工。但一接谈，才发现小伙子文学修养很高，对萧红的身世和作品了若指掌。询问之下，方知他是省电大中文系的教师。真是有其父必有其子！不过父子两代的学术见解却并不尽同。小伙子把我让进书房，端出一盒包着金箔的酒糖款待。"您不要客气，我们家的人都很实在。"他自我介绍今年二十七岁，正准备新房结婚。那酒糖显然是喜糖咯。我把萧夫人的信给他看了。信是根据萧军的意思写的，嘱陈隄同志带我去看看商市街等两萧当年的遗址。据陈的儿子讲，老头已七十岁，平日很忙。他自告奋勇道："若我父亲最近两天抽不出时间，就由我陪您去！"我当即表示这样很好："你陪我去就行了。"但小伙子想得很周到，说："他若能陪你当然最好，可以一边看一边给你讲。"对面前的年轻人我不禁产生了好感。

他朴实、热情，而且十分坦率。我们刚认识，他即当面指出《落红萧萧》（他读过）的得失。他显然不大赞同父辈们（包括骆老在内）对"T君"的评价，认为他们都是萧军的至交，其中难免有偏颇之处。他表示他本人很佩服"T君"的文才，他认为"T"的才气绝不在萧军之下。"你们的《落红萧萧》对'T君'颇有微词，也过头了。"他不客气地说，大约把我也算作萧军一党的了。我从言谈中感觉到，对方思想活跃，不受老一辈观念的约束，这种精神正体现了新一代的思考和探索，是难能可贵的。他对徐敬亚"崛起的诗群"很欣赏，还认为萧红《跋涉》里的小说"像小学作文一样幼稚"。真有意思！我们毫无拘束地摆谈了约一个小时，最后我留下萧夫人的短简，请他转交陈隄教授，并约好第二天小伙子八点钟来哈军工大院通知我时间。

翌日，清晨七时许。在哈军工大院招待所。我洗漱完毕，推开房门，在铺着绛红色地毯的走廊上，遇到一位戴蓝华达呢帽的老同志，手里拿着一张纸条问："同志，请问顾松鹰同志住这里吧？""我就是。""我是陈隄。""哦，请进……"我又惊又喜。

"你姓顾吧？"他和蔼地问。"我不姓顾。"我笑了。在沙发上坐定后，他给我看纸条，是我昨天留给其子的房间地址，原来"104屋松鹰"的"屋"字写得太草，他看成"顾"字了。没想到老人家亲自来了。

沏了茶，请陈隄教授在宿舍小坐。我急忙去餐厅吃完早餐，寒暄了几句，即一同走出招待所。教授戴着眼镜，颇有学者风度，但又平易近人。看不出他年已七旬，帽檐下露出粗黑的头发，看上去最多只有五十六七。"你能不能走？"出哈军工大院时，他问。"能走！"我没好意思说去呼兰河时把左脚掌打起了泡。他健步如飞，简直像壮年人。我得加快脚步才跟得上。一直步行到太平桥站，从那儿搭上到道外公园的19路公共汽车。

陈隄老师陪着我在道外、道里，几乎寻访了两萧当年的全部有意义的遗址：东兴顺旅馆、商市街、欧罗巴旅馆、《国际协报》旧址、裴馨园住处等。他一路指点，一面兴致勃勃地讲起萧军、萧红的一些逸闻趣事。这时我才知道，陈隄同萧军的友情很深厚。1948年萧军在哈尔滨受到错误批判时，他在《文化报》上发表文章为萧军鸣不平，因而遭祸，被人扣上"萧军打手"的帽子。"在我的房间起火时，我认识了朋友。"萧军曾说他们的友情是铁和血的友情。诚为肺腑之语！

九、萧红落难之地

东兴顺旅馆

萧红当年落难的旅馆，叫东兴顺旅馆，位于道外十六道街。现在的地址是道外南十六道街241号，育红大院。这名字倒有点意味深长。

旅馆遗址还在，是一栋浅黄色两层楼房，临街而立。楼很长，一直延伸到街口，成反"L"形。街口的那一段，现在成了派出所。萧红闲居的屋子在中段的二楼上。陈隄老师告诉我，"东兴顺旅馆"的横匾，从前就挂在派出所的门楣上。黑底红字，魏碑体。

一位民警同志陪同我们走进院子，沿着一个舷梯式的木楼梯登上二楼的走廊。走廊也是木结构的，很长，外檐上装饰有别致的花纹。我们沿走廊向右走，过了几个房间，再向左拐，就是萧红当年住的房间。房间现在的住户姓郭，是个挺健谈的白发老头。郭老先生很好客，他说常有人远道来此瞻仰这间屋子，前几天还来过一个日本留学生。我不禁想起火车上邂逅的那位日本青年来。老头在谈话中流露出一种"萧红住过这里"的荣耀。的确这里成了流芳之地。

　　萧军与萧红的第一次见面，也就是在这里哟！那一刹那，改变了两个人一生的命运……

　　　这时候，我似乎感到世界在变了，季节在变了，人在变了，当时我认为我的思想和感情也在变了……出现在我面前的是我认识过的女性中最美丽的人！也可能是世界上最美丽的人！她初步给予我那一切形象和印象全不见了，全消泯了……在我面前的只剩有一颗晶明的、美丽的、可爱的、闪光的灵魂！……

　　　我马上暗暗决定和向自己宣了誓：

　　　我必须不惜一切牺牲和代价，——拯救她！拯救这颗美丽的灵魂！这是我的业务……（萧军《萧红书简辑存注释录》）

　　这间屋子并不算小，有十四五平方米，朝街的墙上有两扇窄条长窗。从窗口外望，街对面是一幢米黄色高楼。陈隄教授说，那楼原来也是一座旅馆，叫新世界旅馆，现在成了一所治疗消化病的中心医院。我们同房主人聊了许多关于两萧的往事，郭老头谈兴颇高，滔滔不绝。

　　东兴顺旅馆比我想象的要阔气一些。一是建筑很长，楼梯也宽；二是建筑的外观雅而不俗，窗台、屋檐都有艺术图案。我连说了两遍："这旅馆相当不错嘛！"陈教授说："在当时只能算中等旅馆。"

陪同我们的民警介绍，这旅馆旁边不远处就是"圈儿楼"（妓院），属于三级、四级的。萧红当年差点被卖到那里。幸亏萧军把她救出了虎口！

在座的对此都很感叹。五十年前，这个房间困过一个孤立无援的弱女子；也是从这个房间里，走出了一位中国现代文学史上的女作家！

我暗想：没有萧军，就不会有后来的萧红；没有萧红，也可能不会有现在的萧军……

关于萧红被救的经过，颇有点传奇色彩，至今有好几种不同的说法。

究竟是谁第一个去旅馆看望的萧红，萧红后来又是怎样从旅馆逃出来的，众说不一。

肖凤的《萧红传》说，最先得到萧红落难消息的是舒群，舒群买了馒头、香烟第一个去旅馆探望，当时正逢松花江发大水，水面已漫过旅馆一楼。萧军是后来闻讯才去的，"趁着旅馆内外一片混乱的当儿，带着萧红不辞而别了"。

骆宾基的《萧红小传》却提到，是舒群和三郎（萧军）一起去旅馆看望萧红的，"据说，他们是趁着旅馆忙于戒备泛滥市区的水患，偷偷逃出来的"。

美国著名汉学家葛浩文在《萧红评传》里引证资料说，收到萧红呼吁信的是当时任《国际协报》副刊编辑的裴馨园（笔名老裴），裴接信后亲自去旅馆看望，萧红当时欠款四百多元，裴以半数结清欠账，"随后裴就将她接回家住"。

评传没有提及萧军、舒群是否前往东兴顺旅馆。

这里至少就有三种不同的解释了！更有意思的是，萧军的现身说法又不一样。这位在此事件中扮演主角的萧军，曾亲笔叙述他去东兴顺旅馆探视萧红的情景。他是受裴馨园之托，带着几本书去的。现场的实况，包括两人的对话，都记得栩栩如生（见萧军《萧红书简辑存注释录》）。这在萧军的短篇小说《烛心》(收入《跋涉》)里，也可以找到印证："我到你那里去，是受了馨君的托，为你借几本书去；籍代慰问你的寂寞！"当时萧红已经怀孕在身，穿一件褪色的单长衫，开襟一直裂到膝盖以上。待萧军看到她的画和她的《青杏》诗时，突然觉得整个世界都变了，决心要拯救她。

萧军的"现身说法"至少有两点值得注意：第一，没有提到舒群。现在的回忆录也好，当时的纪实小说也好，他都是独来独往的。这颇符合"萧军"的性格。第二，他去旅馆探望萧红时，旅馆还没有被水淹。因此舒群不可能在这之前去看萧红。如果肖凤《萧红传》中所云舒群"游着泳，到了萧红栖身的旅馆"是真的，那也只可能在萧军去过之后了。

在《落红萧萧》里，我们采取了萧军一说。不过，萧军和舒群为了救萧红去报馆索讨稿费的情节，是做的艺术虚构。在小说初版里，舒群的名字用的就是"江涛"。

裴馨园与《国际协报》

一桩真实的史事，由于年代久远，资料不详，再加上当事者们不同的记忆，传奇式的渲染，难免会演出许多故事来。但有一点可以确信不疑，当时落难的萧红受到了以《国际协报》为代表的哈尔滨整个进步文艺界的关注和帮助，萧军肩起了援救她的主要担子。

根据现在看到的各种资料分析，估计可能性最大的是：裴馨园接到萧红的呼吁信后，最先去旅馆看望了萧红；裴回来后，事情传开，由萧军或萧军与舒群一道受老裴的委托去旅馆慰问萧红。萧军在《烛心》里所写，"你第一次给馨君写的信，馨君由你那里归来"是可信的。铁峰在《萧红传略》里甚至提供了准确的日期：7月9日萧红向

《国际协报》投书；7月10日萧红又两次电话给裴，裴才去萧红住处采访她，裴回来事情传开；7月12日萧军、舒群代表大家去旅馆看望萧红。不过关于萧红是如何脱离险境的，《传略》言为"老板允许旅客各自逃生"，又异了。据陈隄教授回忆，当时还有一位姓方的，发大水时，先划了一只船来，萧红说我不能跟你走，你把萧军叫来。方去找萧军，萧军赶来时，萧红已经离开旅馆了。原来有一只装柴的船经过窗下（陈说当时一楼已经淹了，所以水面距二楼窗口很近），萧红呼救，被柴船救出。她根据萧军留下的地址，找到裴馨园的住处，萧军当时住在裴家，随后赶了回来。一个落难女子，就这样脱离了樊笼，走进了哈尔滨进步文艺的圈子，从此步上文学之路！

裴馨园当年住在道里四道街的一个小院里，现在的门牌是西四道街37号。陈隄教授特意陪我去看了这个住处。老裴已经不在人世。屋子易主，面目已大变。一扇不起眼的旧门，门内黑洞洞的。窗户外面斜搭着木板棚，棚上抛着几个竹箩筐。我们在屋前留了影。

在北京鸦儿胡同时，据萧老回忆说，萧红从东兴顺旅馆逃出后，就先住在裴家。老裴对萧军一向很好，食宿都免费，招待热忱。所以萧军把萧红安置在裴家，当时他们只有这个落脚之地。开始两人没有同居，萧军住在小厅里，萧红住他原来住的小屋。后来萧红出院后，两人心心相印，就在小屋同居了。但此事不为裴妻所容。裴妻推开门，叫萧红出去。萧军不能忍受，不让推门。于是双方发生冲突，推挡之中，萧军的手被划破了。警察闻声赶来，要干涉。萧军在门前一挡说："这是家里的事，与你们无干。"警察才退去。

老裴回来，从其妻处听到此事，也未进萧军的小屋，只在自己房中提笔写了一封信，信封里装了五元钱，叫他的孩子（大约是女儿）给萧军送过来。萧军是个硬汉子，一看信，心想："好，下逐客令了！你们这样不容我，我马上就走！"随即带着虚弱的萧红搬出了裴家。他同老裴的交情，也就此破裂。因此也可以看出他当时对萧红的一片真情。为了萧红,他不惜连最敬重的朋友都得罪了。

想来老裴当时也确有为难之处。这实在是一件令人遗憾的事。据萧军后来在《哈尔滨之歌三部曲》中所记,老裴对他是有知遇之恩的。萧军一次给《国际协报》投稿,声明自己很贫困,希望能付一些稿费(当时许多报纸是没有稿酬的)。不久,稿子登出来了,编辑派人送来一封信和五元钱。"信是约我到报社去见见面;钱是他个人的一点敬意,是谈不上给稿费的。"这大约是萧军平生第一次得"稿费"。

文中记道:"我到报社去了,和编辑见了面,这是一位身材瘦小、脸色苍白、戴眼镜的,操着江浙口音,态度很热情而谦逊的人,他就是裴馨园,《国际协报》的副刊部主编,从此我们就成了朋友。"于是萧军搬到裴家,食宿在那里,一面撰稿,一面协助老裴编副刊,正式从事文学事业。

如今被逐出裴家,老裴仍未绝情,信封里装着五元钱,数目恰恰等同他第一次赠给萧军的"稿费"!

萧军和萧红从裴家搬出,像两只孤雏,无家可归,只好住进一家白俄罗斯人开的旅馆——欧罗巴旅馆。

十、欧罗巴旅馆

欧罗巴旅馆是两萧度蜜月的地方。这里是他们爱情的见证,也是他们苦难生活的开端。

萧军、萧红搬出四道街时,全部家当只有一个柳条箱,内装被子杂物。萧军雇来一辆马车,他们坐上车,漫无目的地沿着尚志大街徜徉,后来在一家临街的旅馆三楼找到一个栖身之处。这家旅馆就是欧罗巴旅馆。付去五角车费,这时他们囊中只剩下四元五角钱。

萧红在《欧罗巴旅馆》中，曾生动地记录了当时的情景。他们走进房间时，都怔住了。这是一间洁白的小室，桌上铺着洁白的桌布，床上铺着洁白的床单，搁着软枕。他们仿佛突然闯进一个童话里的银色世界。满屋白得令人闪眼。萧红按捺不住内心的激动，用发颤的手指在床单上抚来抚去。他们将在这里度过幸福的蜜月哟！可是，几分钟后，她那银色的梦被打碎了。因为交不起房租，一个白俄罗斯女茶房进来，把床单、桌布统统扯下来，连同床上的软枕，夹在腋下，风卷残云似的带走了。"一秒钟，这洁白的小室跟随她花色的包头巾一同消失去。"接着的第二幕，是房租之战。一个俄国管事进来，咄咄逼人地向他们索取房钱，一日两元，一月六十元。这房间原来包租每月是三十元，因松花江涨水房钱也跟着涨了。这一对无产者自然拿不出那么多钱来。萧军给了他当日的房钱，那白俄罗斯人手中拿着两元的票子，瞪着眼叫他们明天就搬走，萧军一怒之下，从床下取出剑来（在京时据萧老回忆，是从墙头抽出的剑），指着那管事喝道："你快给我走开，不然，我宰了你！"白俄罗斯管事吓跑了，不一会儿，叫来了警察，说萧军带着枪。警察是中国人，还算向着他们，为避免日本宪兵找麻烦，把宝剑带走暂存起来，让萧军次日去取。并且警察给那个管事说好，每月包租二十元，让他们把房间租了下来。

就这样，他们凭着一把宝剑的威风住进了欧罗巴旅馆。萧军的蛮勇由此也可见一斑。

这段富有戏剧性的小插曲，给欧罗巴旅馆增添了一种近于浪漫的色彩。我一直怀着浓厚的兴趣，想看看这家旅馆是什么样子。五十年的风雨，楼还在吗？陈隄教授说："还在！"他带着我，沿着尚志大街一直朝北寻去。

这条街是热闹的商业区，街道很宽，车如流水，市音喧闹。我们走了一程，远远看见前面有幢五层楼房临街耸立，旁边是一家低矮的化工商店。陈隄老师指着楼房说："那就是欧罗巴旅馆！"我凝眸细看，这楼挺有点气派，墙外立满脚手架，大约正在进行粉刷。令人惊讶的是，大楼侧面露出的整壁红砖墙上，还隐约可以辨认出"欧罗巴旅馆"的字迹。陈隄教授站在远处指给我瞧时，起初我还未看出来。凝神细看才发现，五个很大的繁体字，从右端向左排列，周围加框，长度几乎横贯整个墙壁。由于年代久远，字迹已经很淡。当时光线很好，我抓住时机，从远处给楼房照了几张难得的相片。

欧罗巴旅馆的地址，在几种萧红传记中均未提及。据铁铮《萧红传略》所记，在道里十一道街。来到旅馆楼下，才确认旅馆大门在道里十道街，问楼前几位装灰浆的建筑工人，都说大门一直是朝这面的，应为道里十道街6号。楼房正在进行大修，地上堆着建筑材料，乱糟糟的。我怕陈隄老师登楼不便，请他在下面小憩。独自一人踩着跳板到楼上瞧了瞧。在三楼，找到唯一的一间小屋，大约就是两萧住的那间"阁楼式的小屋"（其余都是大间）。楼的内部已维修得差不多，一律水磨石地板，房间也全部粉刷一新，墙壁下方刷成淡雅的浅绿色。小屋的房门是锁着的，我踮起脚尖，从窗玻璃上向里窥望了一会儿。房间呈长方形，光线有些暗。五十三年前，一对尚未成名的青年作家就是在这间小屋里同结丹心，相濡以沫的啊！那一段短暂而不寻常的生活，萧红在清新隽永的散文集《商市街》前七篇里，有真切的记录。可以说那是饥饿和青春的写照，饥饿的痛苦伴着青春的欢乐。萧军像一头受冻受饿的犬，为了寻找谋生的职业成天在外奔走，萧红则寂寞地待在小屋里，数着窗玻璃上的雪花，听着嘈杂的街音和过道里单调的脚步声。萧军登了一个家庭教师的求职广告，结果找上门来的五花八门：治病的，学念庄子的，"还有人要练'飞檐走壁'，问先生会不会'飞檐走壁'"。他们的生活是窘迫的，精神却是丰富的。有时，他们也下馆子去解解馋。半角钱的猪头肉，八分钱的丸子汤，已经算是奢侈。吃完出来，像两个顽皮的大孩子，一人吮着一块纸包糖，回到小屋里，双双伸出舌头，互相比着，看谁的染成绿色，谁的染成红色……

那时他们真年轻啊！

我沿着走廊另一端的楼梯下来时，看见几扇尚未拆修的旧门板，黑黢黢的，满是裂纹，由此可见这楼内修缮之前已很破旧。这一端的楼梯也是旧的，又窄又陡。难怪萧红当年往上攀登时会觉得"楼梯是那样长，好像让我顺着一条小道爬上天顶"。大门处一个胖胖的建筑工人说："你要一年前来看，这可破了，可不像作家住的地方。"（我告诉他这里曾住过一对作家夫妇。）他还饶有兴趣地打听："他们（指萧军、萧红）现在在哪里？"我问他："这楼现在准备做何用途？"回答使我颇感意外："自动化研究所。"我脑子里突然冒出一个念头：为什么不能用原名，开一家二十世纪八十年代的"欧罗巴旅馆"呢？那一定会吸引许许多多国内外游客来此的。

萧军、萧红在欧罗巴旅馆住了一个多月。对两人来说，的确是一段名副其实的"蜜月"，尽管他们经常吃的是清水、白盐、黑面包。十一月间，萧军找到家庭教师的职业，他们离开欧罗巴旅馆，搬到商市街25号，寄住在学生家里，开始了新的生活。

十一、商市街

商市街是萧军、萧红苦恋历程的第二站。在这里，他们总算有了一个自己的家。

像春天的燕子似的：一嘴泥，一嘴草，我和我的爱人终于也筑成了一个家！

无论这个家多么简陋，是建筑在什么人的梁檐下，它的寿命能安享几时，这在我们是没有顾到的，也不想顾到。我的任务只是飞啊飞，寻找着可吃的食物，好使等待在巢中病着的一只康强起来！（萧军《为了爱的缘故》）

萧军每天早晚教房东的小孩武术和国文，每月有二十元学费收入。这时萧军复为《国际协报》撰稿，有了比较固定的稿酬，生活比前有所转机。后来老斐转到《哈尔滨公报》，《国际协报》文艺副刊由女作家白朗接手。陈隄那时还是一名初中学生，曾和一位朋友慕名去商市街拜望萧军。陈隄教授说，那天不巧萧军不在家，由萧红招待他们吃了一顿面条。两萧在商市街共住了一年多，他们的住房是一间半地下的小屋，生活还是比较清苦的。据萧老在京时介绍，大约有一年时间他们都装不起电灯（因为装灯要交什么费），只好点蜡烛，把眼睛都用坏了，到后来，收入多了些，才装上电灯。

如果说欧罗巴旅馆是两萧的爱情避风港，那么，商市街则是这一对青年作家文学的起飞和发祥之地。就是在这间半地下的小屋里，萧红开始了她的创作生涯。她的短篇处女作《王阿嫂的死》翌年6月发表在《国际协报》副刊上，10月她和萧军联名出版了短篇小说合集《跋涉》。集中收入萧红的六篇作品：《春曲》《王阿嫂的死》《小黑狗》《看风筝》《夜风》《广告副手》。萧军的也是六篇：《桃色的线》《烛心》《孤雏》《这是常有的事》《疯人》《下等人》。商市街这段生活，还使萧红的创作结出一个硕果——那就是她后来在上海写的，以这条街道命名的自传体散文集《商市街》（该书于1936年作为巴金主编的文学丛书之一出版）。这本集子以优美细腻之笔，朴素而极为真切地描绘了商市街的生活。作者周围的人、物、事，以及内心的哀乐，涉笔成趣，娓娓动人，在散文写作上独树一帜，自创了"萧红文体"，深受广大读者的喜爱。

商市街就在我的眼前！

街道依旧，街名现在改成了"红霞街"。

附近以"红"字起头的街巷还有不少，诸如"红专街""红旗街""红星街"等等，一看便知是"文革"中改的。呜呼！

陈隄老师陪着我，沿中央大街向北走了一程，再向西，拐进一条长而宽的街道，我抬头看见屋檐下的铭牌："红霞街。"

"这就是商市街！"教授告诉我，脸上露出兴奋之色。

找到了"红霞街25号"。这是一个拱形的大门洞，壁上的红砖已经有些剥蚀。进去是一个小院，住着几户人家，院子里横着绳子，上面晾着衣服杂物，墙角有几个脸盆。这院子比我想象的小多了，萧红在《商市街》里曾写道，"通过很长的院子，在尽那头"，就是他们的小巢。实际上院子并不很长，左右靠墙处伸出许多偏棚。萧军就在院子中教武术吗？陈隄老师说："确实。"他解释道，"这些偏棚都是后来的住户搭的，原来没这些还是挺宽的。"

我们穿过院子，走到里面尽头。可惜户主上班去了，两萧当年住的小屋上了锁，屋外围着齐肩高的木栅栏。只能探头向里张望，屋子很简陋，院子里一个小孩热情地搬来一个凳子，陈隄老师掏出一张纸垫在凳子上，我站上去拍了一张照，然后又教小孩如何操作，我同陈隄老师在栅栏前留了一张合影。

教授对这里非常熟悉，睹物生情，抚今追昔，他兴致勃勃地指点给我看，两萧这间小屋的对面，就是房东王家的住房。我侧头望去，那房子墙很高，窗楣的砖上还留着装修花纹，虽然已陈旧，当年的气势可见。据陈说王当时是铁路局的财务处长，很有钱，院门口还有站岗的，以防有人绑票。

教授指指院子对角的一个门说："萧军当时就是站在这边，听王三小姐在那里叫她的。"萧老在北京对我说，王三小姐和她弟弟如今都还在。看来，肖凤的《萧红传》把房东误作姓汪了，大约因为萧红在《商市街》里写作"汪"的缘故。实际上萧红用的是谐音。在大

308

门口，陈隄老师指了指那块"25号"的门牌，特意叫我留了一张纪念照。老头没使用过海鸥205型机子，我把光圈焦距调好，简单讲了一下要领，把机子递给他，然后站在门洞前，精神抖擞地瞅着镜头，"咔嚓"一声，摄影完成。不料次日照片冲出来时，画面是模糊的，人脸和门牌号都看不清楚，补拍已来不及了，真可惜。

陈隄老师说，商市街25号大门的街对面，原来有一家米黄色的小食品店。萧军、萧红当时回家时，怕有人盯梢，常常先进这家小店，买点花生米等小吃，吃了东西，见没有注意了，才进25号大门。

《跋涉》出版后，风声更紧。书很快被查封，他们处境危险，随时都可能被逮捕。迫于这种白色恐怖的威胁，萧军、萧红终于于1934年6月离开商市街，乘火车逃出哈尔滨，开始了流亡生活。萧红在《商市街》的最后一页，怀着依恋和辛酸写道：

> 我没有回转一次头走出大门，别了家屋！街车，行人，小店铺，行人道旁的杨树。
>
> 转角了！
>
> 别了，"商市街"！
>
> 小包袱在手上挎着。我们顺了中央大街离去。

从"商业街"出来，陈隄教授顺便带我去看了看《国际协报》旧址。地点在与中央大街平行的尚志大街117号。这是一幢门面不大的三层楼房，现在成了一家饭庄，门上悬着"新华楼"横匾，黑底绿字，门两侧挂着"包子、米饭、水饺"，"冷冻啤酒拼盘"的招牌。楼前有两株老柳树，枝条已经垂绿。陈指着二楼左面的一扇窗户说，那就是当年的编辑部！望着那个窗口，我不禁倍生敬意。这就是当年哈尔滨进步文艺的摇篮啊！据陈隄《我所认识的萧军》所记推测，两萧搬到商市街后，萧军同老裴仍有交往。老裴对萧军的态度如旧，他曾对年轻的陈隄说："别看萧军人穷，可常常顾不得填饱自己的肚子，就把稿费撒给了沿路乞讨的花子了。"可见知萧军者，老裴也！

还有当时文人常在那里聚会的"一毛钱饭店"，陈教授也领我去看过。

末了，陈还讲起一件萧军当年的逸事。我在此如实写出，也许对萧老有些不恭，但却活脱出"萧军"的性格来。有一次，陈隄和萧军正在屋里谈论文学，那时萧军已是名气不小的青年作家，正在此时，来了三个漂亮的女学生，是慕名来拜望萧军的。姑娘们进来时有些羞答答的，不一会儿两男三女就愉快地交谈起来，房间里洋溢着青春气息。在这种微妙而庄重的场合，两个男子汉中的一个（自然是不拘小节的萧军），突然连放三个响屁，这响声听起来如雷贯耳，三个女学生的脸蓦地红了。陈隄感到很尴尬，偷觑了一眼萧军，只见他却正襟危坐，若无其事。

"这就是萧军！"陈隄教授笑着，用这句话做了总结。

参观完毕，蒙陈隄教授盛情，要请我吃一顿西餐。因时间尚早，最大的一家戏场餐厅还未开门，我婉谢了，老头一直把我送到《小说林》编辑部门口，老人家百忙之中抽出大半天陪我，而且如此厚意，使我很感动。分手时，我向这位七十岁的萧红研究家深表谢意。他说："王德芬（萧夫人）就像我大嫂一样，她来信嘱托的事，我是尽力办的。"

在哈尔滨市文联（这里原是丹麦使馆）门口，与陈隄教授挥手告别。望着老头壮硕的背影走远，最后消失在街口，我才转身离去。

别了，"商市街"！

别了，难以忘怀的呼兰河！